박정수 실화소설

바보부자

박정수 실화소설

바보
부자

박정수 지음

평단

존경하고 사랑하는
아버지 영전에
이 책을 바칩니다.

"도전하는 자만이 승리할 수 있으며,

내 사전에 포기나 좌절은 없다.

때로는 독(毒)도 약(藥)이 된다는 사실을

반드시 기억하자!"

– 본문 중에서

차례

2부
설상가상 겹치는 불행

⋮
⋮
⋮

주변 사람을 기쁘게 하는 삶

"인간은 운명의 포로가 아니라 단지 자기 마음의 포로일 뿐이다."라는 프랭클린 루스벨트의 말을 나는 가장 좋아한다. 설상가상 연거푸 불행이 겹쳐서 주저앉고 싶을 때, 포기하고 싶을 때마다 루스벨트의 말을 떠올리며 스스로 용기를 북돋웠다.

'나를 주저앉히는 것도 나 자신이고, 일으켜 세우는 것도 오직 나 자신뿐이다. 내 앞에 어떤 미래가 펼쳐질 것인가는 내가 하기 나름이다. 자신과의 싸움에서 이겨 내는 정신력이야말로 성공에 다가가는 지름길이다. 박정수, 나의 장점은 끈기와 도전이잖아! 어떤 상황에도 굴복하지 않는 강한 정신력과 불도저처럼 밀어붙이는 추진력, 일에 대한 열정이 있는 한 난 반드시 성공할 수 있어!'

사람들은 나에게 묻는다. 성공의 비결이 뭐냐고, 어떻게 하면 남들은 평생 한 채 마련하기도 힘든 아파트를 300채가 넘게 마련했냐고, 그 소중한 비결을 아낌없이 공개한 부동산 관련 책을 세 권이나 펴낸 까닭이 뭐냐고.

나의 대답은 간결하지만 매우 함축적이다.

"어떤 고난과 역경에 처해도 결코 포기하지 않고, 온몸을 던져 발로 뛰며 움직이고, 아무리 배신과 상처를 받아도 상대를 원망하는 대신 사랑과 용서로 덮으려 애쓰고, 성공에 대해 초조하거나 불안해하는 대신 황소처럼 쉼 없이 걸어 나갔을 뿐이라고."

그리고 "너로 인해 주변 사람이 기뻐하는 삶을 살라!"는 아버지의 유훈 덕분이라고!

'정녕 내가 꿈꿔 온 직장 생활은 이게 아닌데⋯⋯.

안정된 대신 타성에 젖어 나태하게 시간 축내며 살 순 없잖아.

젊다는 게 뭔가?

끝없이 도전해 성취감을 가지고

또 새로운 목표를 향해 도전하며 보람을 느껴야 하는 거 아냐?

정수야, 여기서 주저앉지 마라! 네가 원하는 걸 찾으라고!'

– 본문 중에서

1부

:

아버지의
유훈

짧은 이별, 긴 그리움

"정수야, 아부지가 숨은 쉬는데, 아무리 부르고 흔들어 대도 의식이 없으시다. 으째야 쓰까잉? 얼릉 와라. 시방 어디냐?"

휴대전화 너머로 허둥대는 어머니의 다급한 목소리가 들려왔다.

"일일구 부르세요! 빨리! 당장 전북대 병원 응급실로 가자고 해요. 저도 전주 다 왔으니 금방 가요. 너무 맘 졸이지 마시고 침착하세요, 어머니! 아버지 응급실 가신 게 한두 번이요? 너무 걱정 마시고요."

나름 침착하게 응대했지만, 전화기 저편에서 갈피 못 잡고 이리 뛰고 저리 뛸 어머니를 생각하니까 마음이 한없이 조급해졌다.

1년 가까이 아버지 병간호를 하시느라 몸과 마음이 다 쪼그라든 어머니를 위로하려고 한 말이지만, 최근 아버지 건강이 눈에 띄게 나빠지시는 건 사실이었다. 기력도 쇠약해지고 근력이 다 빠진 몸은 뼈만 남아 휠체어 아니면 걷는 것도 불가능했다. 모든 게 최근 6개월 동안 급격히 진행됐다. 직장 때문에 주말마다 전주에 내려왔기 때문에 아버지의 상태는 쉽게 감지됐다.

'암만 해도 오래 못 사시겠군…….'

매주 일요일 밤 서울로 향하는 고속버스에서 캄캄한 창밖을 응시하며 현실을 인정할 수밖에 없었다. 마음을 비우고 내려놓으라는 냉혹한 경고였다.

여산휴게소를 지나면서부터 정체 때문에 고속버스는 거북이걸음이었다.

'사고라도 났나?'

차창 밖으로 헐벗어 앙상한 고목들이 줄지어 뒤로 뒤로 흘러갔다. 앞서거니 뒤서거니 누구나 가야 하는 마지막 길을 향해 마지못해 걸음을 떼는 이 세상 모든 환자…… 목숨이 경각에 달린 환자들처럼 보였다.

희끗희끗 유리창에 부딪히던 눈발이 금세 함박눈으로 변했다. 한 해를 마무리하는 12월 초, 드디어 올 것이 오는

가. 애써 침착하려 해도 내 머릿속은 온통 뒤죽박죽 뒤섞여 무엇 하나 또렷하게 정리되는 게 없고 대상 모를 원망으로 가슴이 답답했다. 버스만 아니면 목 놓아 울고 싶었다.

'정말 신이 있다면 장난이 너무 심하잖아? 내가, 우리 아버지가 그렇게 호락호락한 줄 알아? 천만에! 착각하지 말라고. 나한테 위암이라는 고통을 준 것도 부족해서 아버지까지…….'

설움은 분노로 변해 병원으로 향하는 택시에서 차창을 열고 눈발이 갠 대신 찌뿌둥한 하늘을 향해 종주먹을 들이대며 중얼거렸다. 택시기사가 백미러로 힐끔댔지만 개의치 않았다.

"아버지, 이대로 가시면 안 돼요! 아직은 아니라고요. 제가 보내 드릴 수 없습니다. 백세시대? 어떤 팔자 좋은 개새끼들이 백세시대라고 떠들어? 울 아버지 이제 겨우 예순여덟, 청춘인데 췌장암이라니……. 잔병치레 한번 없이 건강하셨는데!"

쉴 새 없이 흐르는 닭똥 같은 눈물을 닦을 새도 없이 응급실로 뛰어 들어갔다. 아버진 응급실의 집중처치실에서 따로 처치를 받고 계셨다. 그새 다행히 의식은 돌아왔지만 혈압, 맥박, 체온이 불규칙했다.

"박성호 님 보호자 계십니까?"

어깨가 축 늘어진 채 응급실 철제 의자에 쪼그리고 앉은 엄마와 두 눈이 퉁퉁 부은 여동생을 제치고 내가 나섰다.

"접니다. 저희 아버님 좀 어떠세요?"

"환자의 폐에 물이 차서 호흡이 어려운 건 알고 계시죠? 지금 체력도 너무 고갈되고 면역력도 떨어지셔서……. 삼성서울병원에서 항암 치료를 포기하셨더군요. 암튼 현재 위기를 넘기려면 기도 삽관을 해야 해서 보호자 동의가 필요합니다."

위기를 넘기기 위한 치료라면 무엇을 망설인단 말인가. 한시가 급한데……. 여러 생각할 것 없이 동의서에 바로 서명했다. 중환자실로 옮겨진 아버지의 목구멍에는 큰 관이 꽂혀 있었다. 의식이 돌아와 아들을 알아본 아버지가 뼈만 남은 손으로 어렵사리 손짓을 하셨다.

'정수야, 이 관을 빼다오.'

간절한 눈빛으로 애원하는 듯했다. 눈에 물기가 어려 있었다.

"아버지, 힘들더라도 조금만 참으세요. 치료 잘 받고 얼른 회복돼서 퇴원하셔야죠. 불편하시더라도 조금만…… 조금만 참으세요. 부탁입니다!"

아버지가 의식을 잃으시자, 지금은 힘들어도 의사의 조치가 옳다고 믿었다. 나는 호스 좀 빼 달라는 애절한 표정을 끝까지 외면했다. 폐에 찬 물을 빼서 폐렴이나 폐질환까지 가지 않으려면 그쯤은 참아야 한다고 독하게 마음먹었다. 그러나 아버지의 애원도 집요했다. 대체 어디서 저런 힘이 나올까 싶을 만큼 필사적이셨다.

"이놈아, 이 아버지 마지막 소원이니 지발, 이 호스 좀 빼여!"

눈에 눈물이 그렁그렁한 채 아버지가 나뭇가지 같은 손으로 연신 호스를 가리키셨다. 그러나 의사들은 한 번 관을 삽입하면 퇴원할 때까지 뺄 수 없다며 단호하게 거절했다. 점점 혼미해지는 의식 속에서도 입안에 꽂힌 호스를 빼 달라는 의사 표현은 필사적이었다. 의사들과 아버지 사이에서 이러지도 저러지도 못하는 가운데 속절없이 시간만 흐르고 있었다.

한바탕 실랑이가 끝나고 병원 옥상의 휴게실에 올라가 줄담배를 피우며 어둠이 내린 도시의 화려한 간판들을 멍하니 내려다봤다. 아무 일 없다는 듯 번쩍번쩍 돌아가는 네온사인 아래 저마다 탐욕을 채우기 위해 동료를 밟고 일어서는 세상, 시기와 질투에 모함이 판을 치고 가식과 거짓으로 중무장한 자들만 살아남는 정글 같은 세상. 그래도 스스로 자부심을 갖고 살아왔다. 그들과 전혀 다른 가치관과 삶의 자세를 갖고도 당당히 그 어렵다는 보험회사에서 전체 사원 1,600명 중 9등을 해서 실력을 인정받았다. 그러나 최근에 자부심이, 아니 자존감이 큰 상처를 입었다. 누구보다 열심히 온몸과 발로 뛰어온 회사에서 해고 통보를 받은 것이다. 차마 인정하고 싶지 않지만 엄연한 현실이었다.

망치로 한 대 얻어맞은 심정인데 설상가상 아버지까지 건강이 악화되면서 너덜너덜해진 심정을 달랠 길이 없었다. 게다가 평생 하나뿐인 아들, 장남이자 장손을 뒷바라지해 온 늙은 아버지가 한생을 마감하려 하는 현실 앞에서 아무리 줄담배를 피워도 가슴의 응어리가 풀어지지 않았다.

'박정수, 너 아직도 현실 파악이 안 되냐, 응? 지금 아버지가 가장 원하시는 게 뭔지 모르겠냐고?'

퍼뜩, 생각이 나서 엘리베이터를 기다릴 여유도 없이 10여 층의 계단을 우당탕 두어 계단씩 뛰어 내려가 당직 의사를 붙들고 사정했다.

"그건 곤란합니다. 만약 호스를 뺐다가 환자가 사망하기라도 하면 의료사고로 문제가 커질 수 있어요."

무릎을 꿇고 손이 발이 되게 빌었다.

"살날이 얼마 남지 않은 환자가 저렇게 애원하는데……. 고통받지 않고 편히 떠나실 수 있게 도와주세요. 제발 부탁입니다."

몇 시간을 빌었는지 모른다. 그러나 돌아오는 대답은 매한가지. 의사는 녹음된 인형처럼 무표정하게 같은 말만 되풀이했다.

"안 됩니다."

다음 날 아침, 아버지는 눈에 초점을 잃고 의식이 오락가락한 와중에도 호스 빼라는 손짓은 계속하셨다. 결국 내 인내심이 한계에 다다랐다. 눈에서 불이 날 것 같았다. 참지 못하고 병실에서 고래고래 소리를 질러 버렸다.

"당장 호스 빼지 않으면 내가 직접 빼겠어. 너희가 사람 살리는 의사야, 사람 죽이는 의사야? 책임 회피에 급급한 개새끼들!"

소란스러워지자 안 되겠다 싶었는지 담당 주치의가 다가와 말했다.

"여기서 이럴 게 아니라 법의학실에 가서 상의합시다. 다른 환자들 생각도 하셔야죠."

실성하다시피 소리를 지르던 나는 그 말에 한 줄기 희망을 걸고 법의학실로 따라갔다. 그러나 결론은 마찬가지였다. 냉혈한 앵무새들이 흰 가운 입고 폼 잡으며 인간의 존엄한 생명을 다루는 지독한 꼴이라니……. 모순도 그런 모순이 없었다. 벽에 히포크라테스의 선서를 적은 액자라도 걸려 있었다면 당장 박살냈을 것이다.

"미친 개새끼들, 너희도 나중에 똑같이 당해 봐라!"

더 늦기 전에 아버지의 마지막 소원을 들어주기 위해 뒤도 돌아보지 않고 달려가는데, 젊은 의사가 달려와 내 팔을 잡으며 바로 와서 빼 드릴 테니 잠시만 진정하라고 했다.

꺼져 가는 의식을 가까스로 붙잡고 아들을 기다리던 아버지가 눈을 가늘게 뜨고 손을 뻗으셨다. 뭔가 할 말이 있는데 호스 때문에 할 수 없어 답답해 죽을 지경이라는 것 같았다.

"아버지, 이제 금방 호스 뺄 겁니다. 곧, 금방 뺀다니 조금만 기다리세요. 금방, 금방 빼요."

그 말을 듣긴 하셨을까? 더 이상 눈꺼풀은 미동도 없고 가늘게 내뿜던 숨소리도 들리지 않았다. 가시오가피나무처럼 비쩍 마른 두 손엔 아직 온기가 남았건만 바이탈 숫자는 급속도로 하강 곡선을 그리다 한순간 멈춰 섰다. 긴 호스에 관통당한 채 사지를 결박당한 것처럼 맥을 못 추고 허우적대다 끝내 유언 한마디 못 하고 세상을 떠나신 것이다.

　12월 7일 오전 11시 59분, 나는 무덤덤한 표정으로 사망 선고를 하는 의사를 한 대 후려치지 못한 게 두고두고 후회스러웠다. 경황이 없어서였을까? 황망해서? 꼭 그 때문은 아니었다. 대신 마음속 깊은 곳에 화인(火印)처럼 분명히 새겨 두었다. 아버지의 억울한 임종을.

아버지의 암뽕

아버지가 돌아가시기 3일 전.

아버지는 계속 집 안방에서 몸을 가누시지 못하고 누워만 계셨다. 반쯤 엎드린 상태에서 눈만 껌뻑거리셨다. 조금이나마 몸을 움직이시면 심하게 아파하셨고, 그저 한 자세로만 계속 누워 계실 수밖에 없으셨다. 식사도 제대로 하지도 못 하시는 것은 당연했다.

저녁때가 될 무렵 갑자기 아버지가 날 부르셨다.

아버지가 나에게 지금 이 시간에 너무나도 드시고 싶으신 게 있다는 거였다. 나와 어머니는 당연히 기쁠 수밖에 없었다. 지금까지 제대로 식사를 하지도 못하시던 분께서 갑자기 드시고 싶으시다는 게 있다니 가족들로서는 얼마나 기뻤겠는가?

드시고 싶으신 게 뭐냐 여쭈어보니 시원한 막걸리 한 사발과 암뽕을 드시고 싶다는 거였다.

암뽕은 예전에 아버지께서 건강하실 때 자주 즐겨 드셨던 음식이다. 시장 골목 순댓국 집에 가셔서 맛있게 드셨던 그 암뽕! 그렇게도 좋아하셨던 막걸리와 암뽕!

어머니는 절대 그건 드시면 안 된다고 노발대발하셨다. 몸이 이 지경인데 무슨 막걸리에 암뽕이냐고. 그게 지금 하실 소리냐고. 소리치며 반대하시는 어머니를 방에서 내보낸 뒤 난 아버지에게 조용히 여쭈어 보았다.

"아버지! 정말 지금 막걸리와 암뽕이 드시고 싶으세요? 정말로?"

"응! 정수야! 먹고 싶구나."

"……."

"……."

"예! 아버지. 드셔야죠. 아버지가 얼마나 그것을 좋아했는지 제가 잘 아는데, 그리고 지금 얼마나 드시고 싶으시면 저에게 그런 말씀을 하셨겠어요. 제가 지금 바로 가서 사 오겠습니다."

안방 문을 닫고 나오자 어머니가 여전히 반대가 심했다. 몸이 저러신데 무슨 막걸리냐고. 그게 말이 되냐고.

"어머니! 아버지가 사시면 얼마나 더 사시겠어요? 아버지 드시고 싶은 거 드시고 저세상 잘 가실 수 있도록 해 드리는 게 우리의 도리 아닐까요? 그렇게 해 드립시다. 어머니."

결국 어머니는 포기하셨다. 그러면서 다른 방에 가셔서 계속 우시기만 하셨다.

나는 차를 가지고 전주에서 가장 맛있다는 집에 찾아가서 암뽕 한 그릇을 사서 미친 듯이 빨리 집으로 왔다. 암뽕은 따뜻한 상태로 먹어야 제맛이 나오기에 아버지에게 그 따뜻한 맛을 전해 드리고 싶었다.

그렇게 아버지 앞에 막걸리 한 사발과 암뽕을 준비했다. 제발 맛있게 드시기를 바라면서…….

아버지가 막걸릿잔을 드시는 순간 아버지는 겨우 한 모금이나 드셨을까. 막걸릿잔을 내려놓으시더라. 목에서 넘어가지 않으신다는 거였다.

"그러시면 아버지! 암뽕이라도 드셔 보세요. 아버지가 그렇게도 좋아하던 암뽕요!"

아버지가 젓가락으로 암뽕 한 점을 집으시고 씹으시더니 그것을 삼키지 못하시는 거였다.

그러면서 눈물을 흘리셨다.

"정수야! 정말 너무나도 먹고 싶었는데……. 정말정말 너무나도 먹고 싶었는데 말이다. 이게 내 목에서 넘어가지를 못하는구나!"

근 한 달 동안 제대로 식사도 못 하시던 아버지가 너무나도 드시고 싶다는 그것을 결국 한 점도 드시지도 못하고 젓가락을 놓게 되셨고 다시 아버지는 눕게 되셨다.

나는 집밖에 나와서 담배를 물고 눈물을 흘렸다. 아버지가 저세상에 가실 날이 얼마 남지 않았다는 것을 직감하게 되었다.

결국 아버지는 3일 뒤에 돌아가셨다.

넌 살인자

수개월 전. 워낙 건장한 체격에 규칙적인 운동으로 체력 단련을 해 온 아버지는 언제부턴가 몸이 심상치 않다는 것을 느끼셨다. 젊어선 돌이라도 씹어 삼킬 듯 소화 기능이 좋아서 남들이 소화가 안 된다는 말도 잘 이해하지 못하셨다. 그런데 여름이 되고 걸핏하면 체한 듯 속이 더부룩하고 배가 살살 아픈 게 화장실을 다녀와도 소용이 없으셨다. 소화제를 먹어도 그때뿐이고 목에 뭔가 걸린 듯 답답해서 양치질하다 헛구역질을 하기 일쑤였다. 무엇보다도 아버지를 괴롭힌 건 등뼈가 아파서 똑바로 눕지 못해 밤새 뒤척거리는 것이었다. 몸무게가 눈에 띄게 줄기 시작했다. 아버지는 가족들에게 함구한 채 동네 병원을 찾으셨다.

"복부 초음파 상으로 뭐가 좀 보이는 것 같기도 하고…….

확실치는 않지만 좀 이상하니까 큰 병원에 가 보시죠."

의사는 진료의뢰서를 써 주며 크게 걱정하지 말되 꼭 큰 병원에 가 보라는 말을 잊지 않았다. 뭔가 잘못되었음을 직감하신 아버지는 나를 시켜 전주에서 가장 큰 병원에 예약하셨다. 복부 초음파와 CT, MRI까지 촬영했지만 사진을 판독한 의사는 대수롭지 않게 말했다.

"교장선생님이 연세 자시니 마음이 약해지나 봅니다. 허허. 아무 이상 없어요. 등이 아픈 건 그 연세에 운동을 너무 열심히 해서 그런 거니 운동만 좀 줄이면 괜찮아지실 겁니다."

"정말? 진짜 아무 이상 없능가?"

"허허, 그렇당게요. 마음의 걱정이 병을 키우는 수가 있응게 걱정 붙들어 매시고 인생을 즐겁게 재미지게 사세요!"

의사가 검사 결과에 아무 이상 없다는데 더 이상 무슨 말을 하랴. 아버지는 께름칙했지만 결과가 좋다는데 일부러 사서 걱정할 필요 있나 싶어 비로소 아들에게 저간의 상황을 설명하셨다.

"의사라고 다 같은 의사가 아녀. 먼저 간 동네 병원 의사가 돌팔인갑다. 그래서 병원은 큰 데 가 봐야 써!"

애써 웃으며 안도하는 아버지를 바라보며 나도 가벼운

마음으로 위로했다.

"맞습니다, 아버지. 이참에 건강검진 잘 받았다 치고 앞으론 맘 편히 아무 걱정 마시고요, 평생 교단에서 말썽쟁이 머시마들 가르치느라 마음고생 많이 하셨으니 어머니랑 여행도 다니고 소문난 맛집도 찾아다니며 즐겁게 사세요."

아버지 성격에 씨도 안 먹힐 소리인 줄 알면서도 이번 일을 계기로 아버지 인생관이 바뀌길 진심으로 빌었다.

'인생 별것 있나……'

아직 젊긴 해도 건강한 고객이 하루아침에 돌연사하거나 교통사고로 죽는 걸 자주 봐 온 나로선 인간에게 주어진 삶이 결코 길지 않을뿐더러 한 번뿐인 유한한 삶의 무상함을 누구보다 뼈저리게 깨달은 뒤였다. 나 역시 2년 전 위암으로 혹독하게 고생한 만큼 분초를 다투며 최대한 열심히 성실하게 그리고 즐겁게 누리며 살고 싶었다. 아버지 역시 평생 마음고생, 몸 고생이 심했으니 여생은 남들보다 배로 즐겁고 편안하기를 진심으로 바랐다.

어느 날 아침 아버지가 전화를 걸어오셨다.

"아야, 정수야, 아무래도 뭔 사달이 나도 단단히 났지 싶다. 갈수록 등짝이 더 심하게 아파 이젠 똑바로 눕지도 못

하겠어. 요즘은 시도 때도 없이 헛구역질에 배가 아파 허리를 펼 수가 없어야."

"네? 그럼 체중은요?"

"너그 어매 걱정헐깜시 입도 뻥끗 안 했다만 지난주보다 이 킬로가 또 빠졌어야. 저그 거시기, 우리나라에서 젤로 크다는 삼성병원에 너가 예약 좀 해야 쓰것다."

가슴이 철렁했다. 평생 자신을 위해선 양말 한 짝, 바지 한 벌도 꼭 시장에서 싸구려를 사 입고 도시락 싸 갖고 다니며 점심값까지 아낀 아버지가 우리나라에서 가장 큰 병원에서 진찰받고 싶다고 자청하실 때는 그만한 이유가 있지 않겠는가.

"알겠습니다. 최대한 빨리 가장 훌륭한 선생님 특진으로 예약 잡겠습니다, 아버지."

목이 메었지만 울음을 삼키고 우렁찬 목소리로 대답했다. 이제 나와 아버지는 한배를 타고 험난한 바다로 나가는 선장과 항해사였다. 선장은 노련하지만 노쇠해졌으니 항해사인 내가 키를 잡고 방향을 제대로 잡아야 했다. 평생 희생적인 선장의 보호를 받으며 성장했으니 이젠 내 기량을 보여 줄 차례였다.

다행히 나를 깊이 신망해 주는 고객의 소개로 삼성병원

의사와 연이 닿아 생각보다 빠르게 진찰받을 수 있었다. 검사는 신속하게 진행되었다. 복부 초음파에서 시작해 복부 전산화 단층촬영이며 자기공명 영상, 내시경 초음파, 심지어 상당한 고가의 검사 장비인 양성자 방출 단층촬영까지 마쳤다. 나는 검사에 지칠 대로 지친 아버지를 입원실에 뉘고 의사와 마주 앉았다. 의사의 표정이 별로 밝지 않았다.

"여기 화면을 보면 아시겠지만 췌장(膵臟)은 워낙 후복막, 즉 위 뒤쪽에 위치한 장기입니다. 췌장을 이자(胰子)라고도 하는데 이자머리 부위는 십이지장과 하부 총담관(總膽管), 즉 쓸개와 한 덩어리예요. 이자 몸통은 위의 후방, 그리고 대동맥과 대정맥 바로 전방을 지나가고, 이자 꼬리는 위의 후방 중에서도 비장(脾臟, 지라) 근처에 위치합니다. 그런데 지금 환자분의 암 덩어리는 십이지장에서 가까운 혈관에 딱 붙다시피 하여 수술이 상당히 위험합니다. 잘못 건드렸다가 혈관이 파열되면 사망에 이를 수 있거든요."

췌장암을 일컬어 침묵의 암이니, 소리 없이 찾아오는 죽음의 암이니, 예후가 나쁜 암이니 하는 건 알았지만, 너무 청천벽력 같은 이야기였다.

"암이라고요? 두 달 전에 다른 병원에서 씨티랑 엠알아이 촬영했을 때도 아무 이상 없다고 했는데요? 깨끗하다고 했어요. 어떻게 이럴 수가…….”

“췌장암이 원래 초기 증상이 없어서 조기 진단에 어려움이 많습니다. 수술로 절제했다 쳐도 항암제나 방사선 치료 효과가 매우 낮죠. 오죽하면 생존율 오 퍼센트 미만이라는 통계까지 나왔겠습니까? 췌장암은 암의 크기와 위치, 환자의 나이와 건강 상태 등을 고려해 여러 가지 방법을 병행하는 게 보통입니다만 환자분의 경우는 좀 전에 말씀드렸다시피…….”

“수술을 할 수 없다고요? 선생님, 그럼 저희 아버님은 어떻게, 어떻게 해야 합니까?”

“약물로 다스리는 수밖에 없습니다.”

하루 한시가 절박한데 암을 약물로 다스린다니 그게 가능한가? 망연자실했다. 암이라면 누구 못지않게 공부한 터라 많이 안다면 안다고 할 수 있었다. 위암 삼기 선고를 받은 직후부터 완치 판정을 받기까지의 고독한 사투를 생생히 기억하기에 아버지의 암 판정을 차분하게 받아들이자고 수없이 다짐했다. 그런데 수술조차 불가능하다니…….

“완치를 위한 외과적 절제 수술은 사실 췌장암 환자의 이십 퍼센트에서 이십오 퍼센트에 불과해요. 초기에 황달이 나타나 췌장머리에 종양이 있는 환자나 효과를 볼 수 있고, 대부분은 외과적 절제가 불가능한 환자라고 보면 됩니다."

의사는 내가 위암이 완치된 사실을 알기 때문인지 비교적 상세히 설명했다.

"그러면 저희 아버님은 앞으로 얼마나 더 사실 수 있나요?"

가장 현실적이면서도 입을 떼기 어려운 질문이지만 미적거릴 새가 없었다.

"글쎄요, 길면 육 개월⋯⋯. 췌장암 환자의 평균 생존 기간이 그렇습니다."

6개월이라는 말에 가슴이 턱 막혔다. 까마득한, 바닥이 보이지 않는 절벽 끄트머리에 서 있는 듯 두려움과 절망감으로 다리가 후들거렸다.

"겨우 유, 육 개월이라고요?"

"유감스럽지만 아시다시피 췌장암은 다른 암에 비해 가장 예후가 안 좋고, 진행이 빠르다 보니 현재로선 환자의 체력이나 면역력이 떨어지지 않도록 노력해서 통증을 완화하고 덜 고통스럽게 돕는 것이 최선입니다."

나는 한마디 대꾸할 기력도 없어 일단 병실로 돌아왔다. 자는 듯 눈을 감고 있던 아버지가 실눈을 뜨는가 싶더니

도로 감으셨다.

"의사가 뭐라더냐?"

"……."

"한마디 거짓을 보태면 혼난다. 사실대로 말혀!"

아버지의 성품을 누구보다 잘 알기에 사실을 감출 생각은 없었다. 그러나 당장 충격받을 어머니도 배려해야 하기에 여동생 은영에게 눈짓을 했다. 알아들었다는 듯 은영이 억지로 어머니를 부축해 병실 밖으로 나갔다.

"아버지, 저 거시기……췌장암이라네요."

"……."

"고통스럽게 수술받는 대신 약물치료로 대신한답니다. 수술받기엔 아버지 체력도 너무 떨어지고 해서요."

"폐일언허고, 얼마나 남았다냐?"

"아버지!"

나는 바닥에 무릎을 꿇고 침상에 엎드려 와락 울음을 터뜨렸다. 아버지 역시 눈물을 감추지 않으셨다. 흐느낌을 넘어 꺼이꺼이 통곡했다. 태어나 처음 보는 절절하고 애간장을 녹이는 울음이었다. 두 사람이 한마디도 없이 울음만 쏟아 놓기를 얼마나 지났을까, 아버지가 아주 낮은 그러나 비장한 음성을 토해 내셨다.

"억울하다, 너무나 억울혀……. 눈 깜박할 새 지나간 한 평생, 내 나이 겨우 육십하고도 여덟인데…… 사형선고라니 억울하고 기맥히다."

나는 아버지의 병만 낫는다면 무엇이든 다 할 각오가 되어 있었다.

"정수야, 네 위암은 반드시 애비가 고쳐 준다. 애비만 믿어라."

지극정성으로 간호해서 위암 3기의 아들을 완치시킨 거목이 이제 뿌리째 흔들리려 하고 있었다. 항상 자식 앞에서 엄하고 당당하던 아버지가 약하디약한, 어찌 보면 지극히 인간적인 모습으로 속을 드러내보이자 억장이 무너졌다.

"정수야, 건강을 잃으면 천하를 잃는 것이니 모쪼록 건강 잘 챙겨서 술 담배 줄이고 밥 굶지 마라. 아무리 바빠도 틈틈이 운동 게을리하지 말고……."

만날 때마다 건강을 강조하며 규칙적인 생활과 운동으로 단련해 온 아버지가 어떻게 암에 걸린단 말인가. 현실을 받아들이기 어려웠다.

수술이 어렵다면 하루빨리 다른 방법을 찾아야 했다. 나와 은영이는 아버지의 삶의 질이 향상되는 게 무리라면 마지막 순간까지 삶의 질이 떨어지지 않게 돕기로 의견을 모았다. 야속한 시침과 분침은 쉬지 않고 정확한 속도로 째깍째깍 아버지의 육신과 정신을 야금야금 파먹어 갔다.

마냥 손 놓고 기다릴 수만은 없어서 주치의에게 면담을 신청했다.

"저, 항암 요법은요……."

"항암 화학 요법은……."

우연의 일치였을까. 나와 의사가 동시에 항암 요법을 입에 올렸다.

"항암 치료의 목적은 암이 진행되는 걸 억제해 증상을 호전시키고 나아가 환자의 생존 기간을 연장하는 데 있습니다만……."

"그럼 저희 아버님이 항암 치료를 받으시면 얼마나 더 사실 수 있습니까?"

다급하게 묻자 의사가 곤혹스런 표정으로 고개를 저었다.

"환자분처럼 진행성 췌장암인 데다 위치도 아주 위험한 부위라 설령 항암 치료를 한다 해도 치료 반응을 관찰하는 데 어려움이 많습니다. 게다가 췌장암은 항암 치료가 별 효과 없는 거로 보고돼 있어서 적극 권하지 않는 편이에요."

답은 나온 셈이었다. 나 역시 항암 치료의 고통을 누구보다 생생히 기억하는 터라 지금 아버지의 체력으로 항암 치료는 무리라고 판단했다. 아니, 권할 상황이 못 됐다.

"박사님, 잘 알겠습니다. 그동안 여러 가지로 감사했습니다."

"아닙니다. 환자분의 상태가 안 좋으면 언제든지 내원하세요."

나와 동생은 서둘러 아버지를 퇴원시키고 백방으로 대체요법을 강구하기 시작했다.

인터넷에는 췌장암 대체요법과 민간요법 정보가 넘쳐났다. 정보의 신빙성과 사례자들의 상태를 꼼꼼하게 확인하고 믿을 만하다 싶으면 지체 없이 구해다 달여 드리기 시작했다. 아버지도 자식들의 정성을 생각해 다시 삶의 의지를 불태우며 하자는 대로 따라 했다.

"어떻게든 암이란 놈과 해보자. 누가 이기나……."

"그럼요. 아버지 덕분에 저도 거뜬히 이겨 냈잖습니까? 대체요법으로 의사가 선고한 기간보다 오래 사는 환자가 많습니다. 힘내세요!"

"그려, 그려."

대체의학과 온열요법, 식이요법, 운동요법을 병행하여 아버지의 몸속 독소와 노폐물을 배출하고 면역력을 높이며 암 전이를 막기 위한 필사적인 합동 작전이 시작됐다. 옻

나무 추출물을 비롯해 와송과 부처손, 차가버섯, 그라비올라, 얼룩조릿대 등 전국 각지에서 좋다는 약재는 전부 다 구해 왔다.

한동안 효과가 있는 듯하자 온 가족이 뛸 듯이 기뻐했다. 그러나 단 한 사람, 아버지의 막내 여동생이 펄쩍 뛰며 반대했다.

"정수야, 너 정신이 있냐 없냐? 지금이 어느 시대인데 민간요법이랍시고 풀떼기를 달여 먹여? 대체 왜 항암 치료를 안 하는 거야? 너 지금 아버지 일찍 죽으라고 일부러 고사 지내냐, 엉? 입이 있으면 말 좀 해 봐라!"

어느 날 밤 지칠 대로 지친 나에게 전화를 건 고모가 다짜고짜 호통을 쳤다.

"고모, 항암 치료를 안 하는 건 다 이유가 있어요. 속사정도 모르면서 이러시면……."

"시끄러워! 어따 대고 말대꾸야? 네 아버지를 어떻게 치료하는지 내 두 눈으로 똑똑히 지켜본다!"

전화가 끊어졌다. 기가 막혔다. 아버지를 살리고 싶은 열정이라면 전국에서 둘째가라면 서러운 판에 아버지 죽기를 바라고 항암 치료를 안 한다니……. 더구나 고모가 지금이 판국에 나서서 길길이 뛸 자격이나 있단 말인가? 그동안 문병 한번 온 적이 없으면서. 심지어 아버지가 삼성병원에 입원해 계신 동안, 본인은 외래로 치료 받으러 왔다가도 그냥 가서 환자를 낙담하게 만든 고모가 왜 이제 나서서 감 나라 대추 나라 참견인지 알다가도 모를 일이었다.

어린 시절, 언제부턴가 친척들이 다 모이는 명절이 너무나 싫었다. 집에 모인 형제들은 장남인 아버지를 못마땅히 여겨 무시하고 사사건건 시비를 걸어 기어이 대판 싸움을 벌인 뒤에야 흩어지곤 했다.

아버지가 학교 다니실 적엔 체격이 좋은 데다 공부도 잘하는 모범생에 학생회장까지 맡다 보니 친척들 사이에서 칭찬이 자자했다. 그러나 막상 결혼하고 나이 먹어 가면서 세상을 원칙대로만 살다 보니 돈도 별로 못 모으고 꼬장꼬장한 노친네 취급이나 당하면서 동생들에게 권위를 잃고 말았다. 심지어 열 살이나 어린 막내 고모는 돈 좀 모으고 살 만해지자 노골적으로 큰오빠를 무시하면서 형제간에 이간질을 일삼았다.

그러니 설날이나 추석에 친척들이 모이면 순탄할 리 만무했다. 아버지가 모시고 사는 할머니조차 장남 편을 들기보다 다른 자식들 두둔하기에 바빴다. 시누이 노릇 톡톡히 하는 맛에 사는 듯 막내 고모는 더욱 거들먹댔고, 어머니는 시어머니와 시누이에게 안팎으로 시달리느라 팍팍하고 고달프셨다. 아버지는 그럴 때마다 늘 무기력한 자신을 자책하며 우리 앞에서 내색하지 않으셨다.

"오빠, 난 이 세상에 설날이나 추석 같은 명절이 없으면 좋겠어."

"너도 그냐?"

"오빠도 그런감? 무 담시 어른들은 만나기만 허믄 잡아 묵을 듯 으르렁대능가 몰러. 난 아버지랑 엄니가 불쌍혀."

"짜식, 우리 은영이도 다 컸구먼."

나는 동생의 머리를 가만히 쓰다듬었다.

췌장암에 좋다는 온갖 약재를 달여 먹고 식이요법과 환자의 마음가짐이 바뀌면서 증세도 호전되는가 싶더니 기쁨도 잠깐, 다시 악화되기 시작했다. 췌장암은 암 중에서도 가장 세고 독한 모양이다. 어떻게든 이겨 보겠다고 덤빌수록 놈은 그악스럽게 뻗대다가도 마음을 비우고 내려놓으면 슬그머니 물러서는 아량을 보였다. 병과의 길고 험난한 싸움에 먼저 지친 쪽은 아버지였다. 자식들 성의를 봐서라도 어떻게든 이겨 내 살아남겠다고 다짐했건만 끝내 자포자기한 듯 고개를 저으셨다.

"아버지, 벌써 지치시면 안 됩니다. 제가 아플 때 어떻게든 꼭 살려낼 테니 걱정하지 말라고 하셨잖습니까? 저도 아버지를 반드시, 꼭, 살려낼 겁니다. 저를 믿으세요!"

애절하게 매달리는 아들이 눈에 보이지 않는지, 혼수상태에서 전북대병원을 거쳐 삼성의료원으로 후송되는 일까지 벌어졌다. 응급 상황을 벗어나면 병원에서도 진통제 외에 더 해 줄 치료가 없었다. 근육이 강직되는 것을 지연시키려고 때때로 침상에서 일어나 팔다리운동을 했지만 점점 꼼짝없이 누워 있는 시간이 길어졌다.

그때 또 고모가 전화를 걸어와 내 마음에 비수를 꽂았다.

"넘들은 항암 치료니 방사선 치료니 마지막까지 포기하지 않고 한다던데 넌 손 놓고 뭐, 민간요법? 자알하는 짓이다. 넌 아버지를 죽인 살인자야, 살인자!"

고모는 아직 살아서 숨 쉬는 오빠를 이미 죽은 사람 취급하며 조카를 살인자라고 몰아붙였다. 나는 더 이상 대꾸할 기력도, 가치도 없기에 말없이 통화 종료 버튼을 눌렀다. 그러나 '살인자!'라는 한마디는 잘 벼린 단도가 되어 가슴 깊숙한 곳곳을 날카롭게 들쑤시며 만신창이를 만들었다.

아름다운 잔치

"음마, 사램 목심이 이리도 허망할 수가 있냐? 너그 아
부지가 어디 보통 분이셨냐? 남덜은 성격이 앞뒤 꽉 막혔
다느니, 무신 낙으로 사는 중 모르것다느니 입방아를 찧어
쌌어도 내는 다 안다. 시상천지에 너그 아부지처럼 속정
짚은 양반이 또 있간디? 어야, 어야, 시상 원통해서 워치케
보낸다냐?"

평상시 워낙 성격이 정반대라 살면서 다툼도 많았지만
생의 마지막까지 매 순간 고비마다 서로 의지가 되고 바람
막이가 되어 준 부부라 어머니는 몸부림치며 비통해하셨
다. 섧게 우는 어머니를 보며 아버지의 생전 모습이 주마
등처럼 흘러갔다.

생의 버팀목이었던 아버지를 끝내 보낼 수밖에 없는 충

격이야 두말할 나위 없지만 마냥 넋 놓고 슬퍼할 수는 없었다. 어떻게든지 어머니와 여동생을 추슬러 장례를 치러야 했다. 난생처음 치르는 장례라 상조 회사의 도움을 빌리는 수밖에 없었다.

7남매의 장남으로 태어나 고등학교 교사를 거쳐 교장으로 퇴직할 때까지 평생 교직에 계셨지만 아버지의 마지막 가는 길은 단출했다. 아버지의 원칙주의와 교과서 같은 삶, 불의를 보면 결코 넘어가지 않는 융통성 없는 성격 탓도 있었다.

부음을 듣고 찾아온 옛 동료와 제자들은 고인을 추모하며 자연스럽게 아버지의 성격을 화제 삼았다.

"자네 아버님은 거시기, 고속도로에서 운전할 때 절대 백 킬로를 넘어 본 적이 없네. 물론 국도에선 육십 킬로! 시상 어느 누가 박 교장의 고집을 꺾는당가? 그러다 보니 다른 운전자들에게 욕도 잡쉈지만 끄떡도 않으셨제."

"박 교장은 너무 철두철미하게 원칙을 지켜서 거짓부렁하는 걸 용납 못 했당게. 한 입으로 두말 못 허고 목에 칼이 들어와도 반드시 바른말은 헌다! 그것이 평생 좌우명이었을 것이여. 대나무로 치자믄 부러지믄 부러졌지 휘어지진 않는다, 그런 분이었어."

"아, 고것이 꼭 장점은 아녀! 옛말에도 맑은 물엔 고기가 놀지 않는다, 그런 말이 있잖여! 어울렁더울렁 모른 척 넘어가는 것도 있어야제. 박 교장이 국어 선생일 때 곤욕 치른 제자가 어디 한둘인가? 한참 호기심, 반항기 많은 머시매들을 당신 뜻대로 휘어잡으려니 맘처럼 쉬운가?"

나는 아버지의 평생 지인인 문상객들의 말을 무릎을 꿇고 경청했다. 어느 말 한마디 틀린 게 없었다. 한 잔씩 따라 주는 소주를 고개를 돌리고 받아 마시다 얼근히 취기가 오르자 아버지의 영정을 물끄러미 바라보는데 귀에 익은 목소리가 들려왔다. 평상시 그나마 아버지와 속을 터놓고 지내며 비슷한 시기에 정년퇴직해 이따금 소주 한잔씩 기울인 정 교장선생님이었다.

"어쨌거나 너무 일찍 가 부렀어. 예순여덟이믄 한창인디! 인생 이모작 농사는 어떻게 지을까 계획도 많을 나인디 참 아깝네! 생전 누구와 어울려 여행을 가나, 고스톱을 칠 줄 아나, 자랑할 만한 취미가 있나……. 나가 한번은 물었지. 박 교장은 대체 무슨 낙으로 사소? 물었더니 얼굴이 환해지면서 말여, 아, 우리 정수 뒷바라지해서 성공하기 바라는 기대로 살지, 그 밖에 뭣이 더 필요허요, 하질 않겠나? 아무튼지 아들 사랑이 지극했당게. 자네도 알고 있었제?"

정 교장선생님이 물어보셨다.

두말해 무엇을 하겠는가? 내가 하필이면 아버지가 근무하는 완산고로 진학할 때 전교 8등으로 들어가면서 아버지의 기대는 배가되었다. 그때부터 아버지는 내 장래를 서울대로 정했다. 아버지 자신은 수재 소리 들을 만큼 실력이 출중하셨지만 가난한 집안의 장남이란 이유로 육군사관학교 진학을 포기하고 사범대학을 졸업한 뒤 교사가 되어 동생들 공부시켜야 하는 현실에 치여 살아온 게 평생 한이셨다.

그런데 하나밖에 없는 아들이 마냥 개구쟁이 철부지인 줄 알았는데 자신이 근무하는 학교에 떡하니 전교 8등으로 입학했으니 좀 기뻤으랴. 그때부터 반드시 아들만큼은 서울대에 입학시켜 제 하고 싶은 공부 다 하게 뒷바라지해 주겠다는 목표를 세우셨다. 그것은 곧 집념이 되어 나를 매섭게 다그치셨다. 아버지의 심정이 간절할수록 나의 반발은 커졌다. 철없는 나이라 아버지의 좌절된 꿈을 알 리 없는 터, 그저 공부만 강요하는 게 싫었다.

저마다 한잔씩 걸친 술이 거나해져 분위기가 가라앉자 단짝 동창이자 아버지의 제자인 기완이가 조심스럽게 입을 열었다.

"참말로 박성호 선생님은 훌륭하셨지라! 자식이나 제자

나 한 치 차이도 없이 똑같이 사랑하셨응게라! 정수 덕분에 아버님, 아니 선생님의 정성 어린 도시락도 많이 얻어먹어구만요. 고것은 시방도 감사하고 좋지만, 행여나 공부에 지쳐 주말에 농구라도 할라치면 어김없이 나타나서 우리 귀때기를 잡아댕기셨당게요. 지금 **빼빠지게** 공부를 파도 서울에 있는 대학 갈까 말까 헌디 농구가 가당찮냐? 말씀은 백번 옳지만 한창 피 끓는 젊은 우들은 원망스러울 때도 많았어요. 정수야, 너도 그랬제?"

기완이가 슬쩍 응원을 청했다. 기완의 말은 다 사실이었다. 주말에 농구 한번 맘 놓고 한 적도 없을뿐더러 그저 사설 도서관 끊어 도서관에 가면 아버지는 흐뭇하여 손수 도시락을 날라주셨다. 아들 친구들 것까지……. 학교에선 때로 고리타분하고 때로 다정다감한 국어 선생님이었지만 학교 밖에선 일방적으로 따를 것을 명령하는 엄격한 아버지라는 불만에, 나의 고등학교 시절은 행복하거나 즐거운 추억이 없다.

"근데 참, 사람 운명은 한 치 앞을 모른다고, 모퉁이 돌면 북망산, 문턱 아래가 북망산이란 말이 맞는개벼. 어디 사람이 살아 있다고 할 수 있는가?"

"글쎄 말여…… 인간의 생로병사 길흉화복이 어디 우리

뜻대로 되간?"

"그려, 지금 살아서 숨 쉬고 먹고 자픈 거 먹고, 잠자고 내일이 주어지면 그것이 감사헐 일이제. 그렇게 보면 살아 있다는 게 참 감사헌 일인디 우리가 자주 까막새맨키로 이 자묵고 산당게."

나이 지긋한 문상객들이 이구동성으로 고개를 끄덕였다. 그때 정 교장선생님이 말문을 여셨다.

"정수 자네가 들으면 어찌 생각할랑가 몰러도 이 나이쯤 되면 말여, 지나온 삶이 다 감사하고 그려. 우리 때 시상은 어찌나 팍팍허고 고단했던지 하루 한 끼 먹는 것도 감사하고, 하루하루 보내는 것이 고달퍼서 꿈을 꾸는 것도 사치였어. 내일은 뭣을 허고 장래에 뭐가 돼서 어떻게 살겠다, 그렇게 앞뒤 돌아볼 겨를 없이 안팎으로 혹사당하며 눈 깜박하고 보니 이 나이 먹었더라 고것이여. 요즘 드는 생각이 그래도 요즘 젊은 사람들은 호시절 만나 좋은 거 다 누리며 사는 중도 모르고 불평불만만 많아서 걸핏허면 죽겠네, 못 살겠네 핑핑 나자빠져 자살들 허고 나약할 대로 나약해 빠져서 참말로……."

"아, 취했능가, 정 교장? 사설이 길구먼. 여기 우리들 다 그렇게 살았지 뭐, 안 긍가? 그려서 요점이 뭐여, 요점이?"

"아이구, 정 교장쌤 취하셨나 본데 그만 드시지요?"

내가 생수 한 잔을 놓아 드리는데 정 교장선생님이 덥석 손을 잡아주셨다. 참 따뜻했다. 나를 바라보는 시선이 웅숭깊었다.

"나가 하고 자픈 말은 인자부터여. 잘 들게나. 사람 인생은 누구나 한 번 왔다가 한 번은 반드시 가네. 누구나 다 간다고! 왕후장상도, 만석 부자도, 가난뱅이도 똑같이 왔다가 가는디 죽는 것이 반드시 슬픈 일은 아니란 말여. 이 나이쯤 된게로 삶에 대한 미련이나 애착보다는 지나간 시절이 아스라하니 꿈만 같고 고생한 것도 웃으며 얘기할 정도가 됐다 이런 말일세. 인명은 재천이니 아버님이 일찍 가신 것은 참말로 애석하네만, 오래 산다고 꼭 복 받은 인생도 아니고, 모든 게 다 하늘의 뜻이고 하늘에 맨 것이여. 내 말 뭔 뜻인지 알아듣제? 자네가 누구보다 효자라는 건 알 사람은 다 알어. 그만큼 지금 자네 심정이 어떨지 알고도 남네만……."

숨 가쁘게 말을 이어 온 선생님이 잠시 말을 끊더니 지그시 눈을 감으셨다. 나 역시 방금 들은 말을 곱씹고 있었다.

'죽는 게 반드시 슬픈 건 아닌 거 안다. 나 역시 이 년 전까지 위암 투병을 하는 내내 수없이 천국과 지옥을 오가

다, 나중엔 기꺼이 죽음을 인정하며 받아들이겠다고, 그래, 올 테면 와라, 겁나지 않아, 하고 마음을 비우지 않았던가.'

"이런, 이 친구 보게나. 친구 장례식장에 와서 아들내미 붙들고 뭔 소리여? 취했구면. 자, 자, 일어서자고!"

누군가 자리를 끝내려고 했다.

"아, 아닙니다, 어르신들 그리고 정 교장님, 무슨 뜻인지 충분히 알아들었습니다. 충심으로 감사드립니다."

"그려, 역시 자네는 똑똑한 만큼 말귀도 빠르구면. 인생 짧은 걸세. 슬퍼할 겨를도 없이 화살처럼 흐르는 게 세월이여. 지금은 많이 상심되겠지만 마음 추스르고 주어진 시간 하루하루 열심히 잘살다 때 되면 즐겁게 기꺼운 맴으로 가는 거이 인생이여! 그러니 장례식은 눈물의 장이 아니라, 한평생 수고하시고 모범된 모습 보여 주신 아버님 덕분에 배운 게 많습니다, 아버님, 감사합니다, 그러니 이제 편히 쉬시오, 허고 기쁘게 배웅해 주는 자리가 돼야 마땅하다 그것이네, 알것제?"

"네, 잘 알겠습니다. 고맙습니다, 어르신!"

정 교장선생님의 두 손을 부여잡고 90도로 몸을 꺾어 인사하는데, 굵은 눈물 한 방울이 툭, 떨어졌다. 또 한 분의 아버지가 생겼다는 기쁨의 눈물이었을까, 진심으로 아버지를 기쁘게 보내 드릴 것 같은 홀가분한 눈물이었을까.

모두 자리를 털고 일어서는데, 영정을 모신 장례식장 입구에서 쨍하니 여인의 쇳소리가 들려왔다.

"아이고오, 오라버니, 이렇게 일찍 세상을 버리다니……. 이를 어쩐다요. 저 땜에 스트레스 받아 병을 얻었능갑소. 아이고오, 아이고오……."

신발을 꿰던 노신사들이 멈칫 서로의 시선을 교환하며 머뭇거리자 배웅하느라 곁에 섰던 내 표정이 관리가 되지 않았다. 한바탕 곡을 하더니 언제 울었냐는 듯 발딱 일어선 여자가 복도로 나와 두 팔을 내저으며 소리쳤다. 화려한 액세서리를 걸치고 요란하게 화장한 고모였다. 상주 노릇을 하느라 영정 앞을 지키던 어머니와 은영이 난처한 기색으로 따라 나왔다.

"정수 어딨냐?"

"죄용죄용 말허씨요, 고모. 넘들 우세스럽게 큰 소리 내지 말고……."

"아니, 올케는 졸지에 남편 잃고도 정신 못 차려 아들 편을 드씨요? 암 걸린 제 아버지 수술도 안 허고 항암 치료도 안 허고 두 손 놓고 자빠져서 죽기만 바란 것도 아들이라고. 하이고, 올케는 저런 거 낳고도 미역국 먹었능가? 미역국이 넘어가드냐고?"

"고모, 상갓집에서 목소리가 너무 큽니다. 그리고 아무것도 모르면서 말씀이 지나치십니다."

"넌 살인자여! 아버지 죽인 살인자!"

고모는 1초의 망설임도 없이 나를 살인자로 낙인찍었다. 누가 고모의 억지를 감당하겠는가. 문상객들은 서로 눈 마주치는 것도 면구스러운 듯 험, 허험, 큰기침을 하며 장례식장을 빠져나갔다. 심지어 아버지의 다른 형제들조차 고모의 억지에 침묵으로 일관했다. 동조하는 것인지, 불똥이 어디로 튈지 모르는 강퍅한 성격에 봉변당할까 두려운 것인지 슬금슬금 자리를 피했다.

관객 없는 무대에 홀로 선 늙은 여배우는 단 한마디, 넌 살인자야! 라는 대사를 신경질적으로 읊조렸다. 어디선가 12월의 칼바람이 불어와 아이라인과 눈물로 얼룩져 기괴하게 변한 얼굴을 매섭게 훑고 갔다. 아버지 말년을 고통스럽게 한 피붙이의 광기 어린 조문은 그렇게 끝이 났다.

비참한 해후

며칠 동안 나는 유리관 속에 들어앉은 듯 진공 상태에서 벗어나지 못했다. 아버지를 선산에 모시고 삼우제를 올리고 정신없이 며칠이 흘렀건만, 머릿속은 뒤죽박죽 현실과 비현실이 뒤얽혀 마음을 잡을 수가 없었다. 공기업 KTX까지 퇴사하고 마음과 열정을 다 바친 외국계 A보험사에서 하루아침에 해고당한 충격을 추스를 새도 없이 아버지 간병에 이리 뛰고 저리 뛴 지난 몇 달이 까마득했다. 아주 불쾌하고 기분 나쁜 꿈을 꾼 듯 찝찝하고 묵지근한 상태로 며칠째 식음을 전폐한 터였다.

'그래도 아버지께서 해고당한 사실을 모른 채 떠나셨으니 망정이지, 그 사실마저 알았으면 충격에 더욱 버티기 힘드셨을 거야.'

불현듯 눈시울이 뜨거워지면서 목이 메어 왔다.

장례식을 치르는 내내 혹시나 하는 마음으로 문상객들을 눈여겨보았지만 A보험사의 직원들은 보이지 않았다. 무려 6년 동안 몸이 가루가 되도록 열정을 쏟아부었건만 해고되자마자 동료들은 안면 바꾸고 강 건너 불구경하듯 부당한 해고를 기정사실로 받아들였다. 정녕 지점에서 실적 1위 자리 골드를 연거푸 차지한 이 박정수의 불행이 곧 자신들의 행복이었을까. 설마 그랬을까? 나는 엄혹한 현실에 망연자실했다.

'거친 풍파 헤치며 생사고락을 함께한 동료들인데…….'

그래서였을까, 조문을 받는 내내 지나간 회사 생활과 해고 통보를 받았을 때의 충격에 자기 설움까지 더해져 몇 배로 쓰라린 통곡을 쏟아냈다. 짐승처럼 어흥 어어흥…….

A보험사는 나의 피나는 노력을 해고라는 쓰디쓴 대가로 보상하면서 일말의 양심은 있었는지 자회사인 P&P로 발령을 냈다.

'피앤피 자회사라…….'

갑작스럽게 해고당하면서 성실과 신용으로 쌓은 인간관계 등 모든 것이 한순간에 무너졌지만, 고객들을 계속 관리하고 도와드릴 수 있다는 생각에 자회사 발령을 받아들였다. 아니, 내가 회사 대표를 찾아가 빌고 애원한 결과였다. 다른 회사에서 스카우트 제안이 쇄도했지만 굳이 자회사를 고집한 것은 오직 하나, 나의 고객에 대한 신용을 저버릴 수 없다는 이유 하나였다. 한편 실의와 낙심이 깊어져 마음을 못 잡고 방황하기 시작했다.

매일 출근 도장은 찍었지만 외근을 핑계 삼아 바깥으로 돌았다. 유일한 위안이 술과 담배였고, 철저히 혼자였다. 사방을 둘러봐도 첩첩산중에 들어앉은 듯, 무인도에 떨어진 듯 혼자 술로 시간을 죽이며 '해고'라는 단어를 통째로 떨쳐 내기 위해 몸부림쳤다. 그동안 살아온 삶을 통째로 부정하고 싶을 정도로 좌절감과 억울함이 솟구치면 자기 최면을 걸었다.

'정수야, 넌 반드시 다시 일어난다. 두고 봐라. 기필코 일어나고말고! 지금까지 네가 살아온 과정을 돌아봐. 네 사전에 포기라는 단어가 있었냐? 항상 뒤에서 믿어 주고 용기를 주신 아버지를 생각해서라도 이제 그만 털자. 억울하게 누명 씌운 인간들에게 보란 듯 다시 일어서는 거야.'

한 해를 마무리하는 12월의 거리는 휘황찬란한 크리스마스 트리와 캐럴, 송년회 모임으로 떠들썩한 직장인, 데이트하는 연인으로 넘쳐났다. 저마다 무엇이 그리도 즐겁고 바쁜지……. 거리를 오가는 사람들을 물끄러미 바라보며 혼자 깡소주를 마시고 빈집에 돌아와 쓰러져 잠드는 폐인 같은 생활이 며칠째 계속됐다. 마음에선 의욕과 오기가 꿈틀대는데 육체가 소진됐는지 영 맥을 못 추었다.

크리스마스 이브, 도로는 자동차로 꽉 막혀서 주차장을 방불케 했고 사람들은 케이크를 들고 총총걸음을 옮겼다. 헛헛한 마음에 일찌감치 낮술 한잔하고 쓸쓸히 집으로 향하는 중이었다.

"어머, 죄송해요."

하마터면 정면으로 부딪힐 뻔한 여성이 황급히 옆으로 비켜서며 외마디소리를 냈다.

"죄송합니다."

고개를 들어 상대방을 쳐다본 순간 나는 두 눈을 의심했다. 이미 15년의 세월이 흘렀지만 단번에 알아본 그녀는 바로 박정혜. 제대하고 대학 TV 방송국에서 선후배로 만나 뜨겁게 사랑하고 결혼까지 결심했던 그녀다. 세월을 비껴간 듯 여전히 옛날 모습 그대로 예쁜 정혜도 나를 즉각 알아봤다.

"어머, 정수 오빠!"

"너, 너…… 여긴 웬일이야? 서울로 이사 왔어? 이 근처 살아? 결혼은?"

술이 확 깨서 한꺼번에 여러 가지 질문을 쏟아냈다.

"네. 남편과 저녁 약속이 있어서요."

"그렇구나."

당연한 일인데도 실망감이 스쳐 갔다.

"오빠도 결혼하셨죠? 같은 과 후배랑 결혼했다는 소문 들었어요."

나는 차마 이혼했다는 말을 할 수 없었다.

"차 한잔할 수 있을까?"

"저…… 남편이 기다려서 곤란해요. 사실은 지금도 좀 늦었거든요."

"그래, 그럼 얼른 가 봐야지. 행복하니?"

정혜는 대답 대신 희미한 미소를 지어 보였다. 미소의 의미가 무엇인지 알 수 없었다.

대학 TV 방송국에서 가장 미인으로 꼽혔고 똑똑하고 일 처리가 깔끔한 데다 목소리까지 예뻐서 아나운서로 활동할 때 모든 남학생에게 선망의 대상이었다. 그녀가 존재하는 방송국 분위기는 늘 유쾌하고 명랑했지만 남학생들 간의 보이지 않는 경쟁심 때문에 묘한 기류가 흐르곤 했다.

"오빠도 행복하시죠? 워낙 성실하고 능력 있는 분이라

부인이 좋아할 거예요."

그녀와 헤어질 당시의 기억이 생생하게 떠오르자 가슴 한구석이 먹먹해져 대답 대신 악수를 청했다. 한 번만이라도 만나 보고 싶다는 열망에 시달린 적이 있었다. 그러나 이렇게 다시 만날 줄은 몰랐다. 하필이면 가장 비참한 이 시기에…….

치열하게 앞만 바라보며 질주할 때도, 이혼을 앞두고 아내와 실랑이하느라 지쳤을 즈음에도 마치 사랑니처럼 있는 듯 없는 듯 정혜가 떠오르곤 했다. 단 한 번만, 아니 꿈에서라도 얼굴을 볼 수 있다면……. 현실적으로 불가능하다는 생각에 고개를 내젓곤 했는데 바로 지금 그녀가 눈앞에 서 있다니. 만감이 교차하여 아무 말도 못 하고 서 있는 내가 어색했는지 정혜가 말문을 열었다.

"해피 뉴 이어! 새해엔 대박 나시길 빌게요. 오빠 재주가 많고 사람을 끌어들이는 묘한 매력이 있어서 주변에 사람이 많으니까 반드시 크게 성공하실 거예요. 두고 봐요! 내 말이 맞나 안 맞나…… 호호호."

정혜가 수줍게 잡고 있던 손을 빼며 특유의 미소를 지어 보였다. 하얗고 고른 치아가 가지런히 드러나는 환한 미소, 늘 나를 설레게 한 미소였다.

"고마워. 나도 네가 늘 건강하고 행복하길 빌게. 만나서 정말 반가웠다!"

울컥했지만 일부러 목소리에 힘을 줬다. 망부석처럼 우두커니 서서 그녀가 사라지는 모습을 하염없이 바라보고 섰는데 소주에 대한 갈증이 물밀 듯 밀려왔다.

'아, 하필 이런 때……. 좀 더 멋지고 잘나가는 모습을 보여 주고 싶었는데……. 만일 그때 정혜와 결혼했다면 내 인생이 이렇게 뒤죽박죽되진 않았을까?'

먹고 죽자는 심정으로 소주 네 병과 라면을 사 들고 집으로 향했다. 어둠 속에 잠긴, 반겨 주는 이 하나 없는 텅 빈 집으로. 하루빨리 세상 사람들의 시선에서 사라지고 싶은 마음뿐이었다.

엔도르핀 제조기

식탁에 앉아 불어터진 라면을 안주 삼으며 세월 저편의 스무 살 대학 시절을 떠올리기 시작했다. 아버지의 기대를 여봐란듯이 저버리고 서울대는커녕 전북대 토목공학과에 간신히 합격한 뒤로는 공부와 담쌓고 신나게 대학 생활을 즐기기 시작했다. 아버지는 몸져눕고 싶은 심정이건만 나는 아랑곳하지 않고 물 만난 고기처럼 본격적으로 신입생의 통과의례를 차근차근 밟아 나갔다. 강의보단 술과 데모, 동아리 활동, 미팅, 당구에 빠져들며 아버지와 엇나가기 시작했다. 그러자 아버지가 초강수를 뒀다.

"통행금지 시간은 밤 열 시다! 무슨 일이 있어도 열 시까진 집에 들어와라!"

"네? 대학생 통행금지가 밤 열 시라니 너무하시잖아요."

"너 시방 지방대학 들어갔다고 인생 포기할 셈이여? 졸업 후 장래를 생각해 지금부터 새로운 목표를 정해야제. 만날 술에 쩔어 몰켜 댕기고……. 졸업 후 뭣해서 먹고살 것다는 목표는 세웠냐? 지방대학이지만 취업 준비며 할 일이 얼마나 많은데 만날 술타령이여?"

대학에 입학하면 아버지의 통제와 감시에서 벗어날 거라고 철석같이 믿었던 나는 아버지의 감시와 잔소리가 싫어 최대한 마주치는 걸 피했다.

물론 스스로 지방대학, 그마저 장래 유망한 과도 아닌 토목공학과에 턱걸이로 입학한 게 자존심 상하고 성에 차지 않았다. 그래서 자포자기와 오기가 뒤섞인 심정으로 시간을 죽이며 살고 있었다.

유일하게 위안이 되는 것은 딱 하나, 노래였다. 워낙 노래 부르는 것을 좋아해 초등학교 4학년 때 합창단원에 뽑히자 뛸 듯이 좋아했지만 기쁨은 오래가지 못했다. 연습을 막 시작했는데 갑자기 아버지가 음악실에 뛰어들어와 다짜고짜 내 손목을 잡아끌었다.

"아버님, 시방 합창반 연습해야 쓰는데 어째 이러십니까?"

"우리 정수는 쓰잘데기없는 노래 연습한다고 시간 뺏길

새가 읎습니다. 쌔빠지게 공부혀도 서울에 있는 대학을 갈까 말까 헌디 합창반 노래가 가당키나 헌대요?"

"아버님, 그러지 말고 잠깐만 지 말 좀 들어 보셔요. 정수는 남자아이인데도 목소리가 아주 곱고 음정이 정확해 소질이 많당게요. 합창반 아이들이라고 다 공부를 등한시 허간요? 음악이 정서적으로 안정을 줘서 공부에 더 몰두할 수 있는 장점도 있응게 한 번만 다시 생각해 주셔요."

"아녀요, 아닙니다. 노래는 암 때나 저 부르고 자플 때 혼자 부르면 되제, 이렇게 모여서 시간 뺏겨 가며 부를 것이 아니요. 공부는 때가 있는 법, 초등학교 사 학년이면 기초가 튼튼혀야 쓴당게. 얼른 가자잉!"

합창단원으로 뽑혀 내심 신나고 자랑스러웠는데 울상이 되어 끌려 나오다시피 집으로 돌아왔다. 그때 어린 마음에도 얼마나 아버지가 원망스러웠는지 모른다.

대학에 들어가자 선배들이 강의실에 들어와 자기 동아리를 소개하고 복도 게시판이나 화장실 곳곳에 동아리를 소개하는 한편 신입생을 환영한다는 포스터가 나붙었다. 그 중 민중가요 동아리가 눈에 확 들어왔다.

원래 대중가요는 별 관심이 없었다. 1990년대 초라 민중가요를 부르며 데모에 참가하는 것이 시대를 대변하는 참

된 젊은이의 초상이라고 굳게 믿었기에 망설일 여지가 없었다. 선배들의 열렬한 환영을 받으며 민중가요 동아리 '견우직녀'에 가입했다. 민중가요 동아리 이름치곤 낭만적이다 싶었지만 피 끓는 청춘에 적잖이 설렜다.

'견우직녀에 들어가면 정말로 직녀를 만날지 누가 알아?'

즐거운 상상을 하며 출석부에 도장 찍듯이 매일 동아리방에 들렀다. 그러나 막상 동아리 분위기는 낭만적이라기보다 비장함이랄까, 투쟁 의식이랄까, 전운이 감돌았다면 좀 과장됐지만 하여간 그랬다. 새로운 민중가요를 한 곡씩 배우고 익히면서 가사를 음미하다 보니 정말 투사라도 된 기분이었다.

"우리들은 단순히 노래를 부르는 것이 아니라 노래로 투쟁하는 막중한 책임이 있다는 것을 잊지 마라잉. 데모는 빛나는 정신과 단련된 몸으로도 허지만, 앞에 나서서 민초들의 한과 넋을 위로하고, 또 데모할 때 분위기를 고조시키는 매우 중요한 사명이 있응게 명심해라잉."

선배들은 운동권답게 수시로 후배들의 정신과 육체를 스파르타식 훈련으로 재무장시켰다. 그러다 보니 가끔 선배들끼리도 갈등을 일으키거나 선후배 간에 오해가 생겨 분위기가 험악해질 때가 있었다. 자기주장이 강하고 의사 표현을 직설적으로 하다 보니 각양각색의 의견이 대립으로 치닫기도 했다. 어느 조직에나 있는 일이었다. 비교적 낙천적인 나는 그런 분위기에 크게 개의치 않고 누구 말에나 성의껏 귀 기울이고 긍정적으로 대처했다. 대부분의 회원들은 자기 뜻과 다르면 배척하거나 멀리했지만 나는 선후배를 막론하고 누구의 의견이든 일단 동의하고 동조하면서 대화를 통해 이견을 좁혀 가거나 오해를 풀었다.

"정수야, 너는 노래는 거시기헌데, 참말 요상한 능력이 있어야!"

"그게 뭐래요?"

노래를 잘 부른다고 굳게 믿어 온 나로서는 노래 실력이 거시기하다는 말에 실망하면서도 요상한 게 무엇인지 궁금했다.

"사램은 누구나 저 잘난 맛에 사는 거여. 나도 글고 저그들도 글고 너고 글고 말여. 그래서 사램 간에 너 잘났니 나 잘났니 오해가 생기고 패가 갈리고 그란디……. 그것이 사램의 약점이자 가장 인간다운 맛이기도 허제. 어쨌거나 나가 하고 자픈 말은……."

침을 꼴딱 삼켰다. 동아리 회장인 선배는 별명이 독사로 여간해서 자신의 속을 드러내 보이지 않고 회원들을 칭찬하기보다는 질책하기로 유명했다. 한번 의견을 정하면 고개 뻣뻣이 들고 무조건 밀어붙여서 그를 따르는 그룹과 두려워하며 거리를 두는 그룹으로 나뉘었다. 그런 회장 선배가 어느 날 조용히 나만 실비집으로 불러 소주를 따라 주며 말을 꺼내니 긴장하지 않을 수 없었다.

"박정수 넌 말여! 신입생 주제에 존재감이 뚜렷허긴 헌데 물 같단 말여! 여그 섞어도 섞이고, 저그 섞어도 잘 섞여서 색깔도 냄시도 안 나는디, 넌 너로 우뚝 서 있단 말여! 참 묘한 짜식이여!"

헷갈렸다. 독사 선배의 말뜻을 이해하기가 어려웠다. 칭찬인지 비난인지 비아냥인지……. 그렇다고 꼬치꼬치 캐묻기도 뭣해서 잠자코 있었다.

'나로 우뚝 서 있다? 존재감이 뚜렷한데 물 같다? 뭔 말이여?'

보통 사람들은 자신이 무시당했다고 생각할 때 나를 물로 보냐는 말을 한다. 그럴 때 물은 결코 좋은 의미가 아니란 것쯤은 알았다. 그래서 더욱 헷갈렸다. 그때 소주 한 잔을 단숨에 들이켠 선배가 말했다.

"짜식, 어린놈이 입회한 지 을매나 됐다고, 애늙은이여, 뭐여?"

갈수록 아리송한데 어쩐지 긍정적인 의미는 아니란 생각에 은근히 부아가 치밀어 오르려는 순간이었다.

"회원들이 너나없이 너가 참말로 편하고 재미진단다. 너랑 대화를 하면 갈등도 풀리고 고민도 해결되고 의욕도 생기고……. 그게 신기허디야. 나도 글고! 짜아식, 하하하."

그날 독사 선배와 사나이 대 사나이로 밤늦도록 소주잔을 기울였다. 아무리 누구와도 잘 어울리는 성격이지만 내심 독사 회장이 껄끄러웠는데 모든 것이 오해고 기우였음을 알아챈 기분 좋은 술자리였다. 회장으로서 동아리를 이끌어 나가며 겪을 수밖에 없는 남모르는 고통을 독선과 아집으로 포장했던 선배의 솔직한 심정을 알고 나니 그보다 더 인간적인 사람이 없다고 생각했다.

대학 1학년이 그렇게 지나가고 2학년을 맞았다. 여전히 '견우직녀' 활동에 적극 참여했고 데모에도 빠지지 않았으며 칼스버그 모임도 활발하게 이끌어 나가는 한편 학점 관리도 꼼꼼히 했다. 토목공학과는 거의 남학생이라 학우들끼리 술 마시고 당구 치고 노는 분위기가 팽배했다. 특히 나를 주축으로 한 '칼스버그' 회원 여섯 명은 유난스레 수업도 가장 많이 빠지고 교정 잔디밭에서 시작한 낮술이 저녁 술자리로 이어지는 일이 다반사였다.

"거시기, 누가 이름 지었능가 참말로 잘 지었다."

내가 능청을 떨자 절친한 종철이가 킬킬댔다.

"칼스버그 맥주 회사에서 우들한테 상 안 주나? 정수야, 네가 대장이니까 맥주 회사에 전화해 봐라."

"근데 정수 너는 만날 데모다, 민중가요다 뭐다 해서 바쁘고, 우들과 술 마시는 것도 일등인데 공부는 언제 하길래 학점이 그리 좋냐?"

당시 가장 인기 있던 칼스버스 맥주를 대낮부터 박스째 준비해 잔디밭에서 마시다 기분이 얼근해진 그들 중 누군가가 물었다.

"저 자슥은 머리도 좋고 노력파인데 작심하고 파면 뭘 못 하겠냐? 잘 놀제, 술 잘 먹제, 분위기 잘 띄우제, 여자들한테 인기 많제. 우리 칼스버그는 정수 없으면 당장 해체다 해체!"

"쓸데없는 소리 집어치우고 술이나 마시자!"

내가 술잔을 들자 나머지 다섯 명이 일제히 술잔을 들었다. 수업을 예사로 빠지면서 교정에서 낮술 마시고 당구장과 술집을 전전하는 우리들은 동기들에게도 환영받지 못했지만 개의치 않았다.

그러나 내색하지 않아도 현재 생활에 만족하지 못했다.

진지한 토론과 노래 연습, 친구들과의 실없는 농담과 술자리……. 마음 한구석엔 늘 아버지의 얼굴이 얼핏얼핏 스쳐갔다. 아무리 말해도 듣지 않는 아들에게 지쳤는지 언제부턴가 아버지는 굳은 표정으로 나를 외면하셨다.

"자석도 품안에 적 자석이라고 머리 굵어진 게 애비 말이 말 같지 않은 게여, 저눔이……."

아버지의 입이 굳게 닫혔다는 것을 어느 날 퍼뜩 깨달은 후 전전긍긍하기 시작했다. 사실 내가 소속된 학과의 친구들이나 학과 선배들이 너무나 시시해 보였다. 이율배반적이고 이기적인 생각이지만 그들이 한심했고 한심한 만큼 나도 그들과 똑같이 살 수는 없다는 이상한 우월감, 자신감 사이에서 줄타기하며 학과 공부만큼은 뒤처지지 않으려고 남모르게 노력했다.

'난 뭐든지 맘만 먹으면 할 수 있어. 언젠간 보란 듯이 비상한다. 박정수가 날아오른단 말여.'

스스로에게 다짐하듯 이를 앙다물었다. 언젠가는……. 그 언제가 언제가 될지 모르지만 반드시 그 순간이 오리라는 나의 확신은 날이 갈수록 더욱 확고해졌다.

카르페 디엠

"저, 토목공학과 박정수 학우 맞으시죠?"

"예, 맞는데요?"

2학년 늦가을 어느 날, 마지막 강의를 듣고 나오는데 한 남학생이 다가왔다.

"반갑습니다. 저는 전북대 총학생회 소속인 티브이 방송국 피디 유기철이라고 합니다. 지금 잠깐 시간 좀 내주시겠습니까?"

"방송국에서 무슨 일로요?"

"견우직녀 동아리에서 박정수 학우의 활약과 열정에 대해 익히 들었습니다. 긴히 의논드릴 일이 있는데 같이 방송국으로 좀 가 주실라요?"

학내 방송국 피디는 나를 찾아온 이유를 단도직입적으로

설명했다. 현재 TV 방송국의 분위기가 많이 가라앉아 활력이 없고 방송국원들 간에도 크고 작은 갈등이 많아 난처한 상태여서 누군가의 역할이 필요한데 내가 적격이라는 추천을 받았다는 것이다.

"이 년 동안 민중가요 동아리를 활성화시켰으니 이제 우리 티브이 방송국으로 자리를 옮겨 국원들 간의 갈등을 해소하고 융화시키는 데 한몫해 주길 바라는 마음에 부탁드리는 겁니다."

"제가요?"

좀 얼떨떨했다. 칼스버그 회원들과 몰려다니며 대학생의 본분을 다하지 못해 욕먹을 거라고 지레짐작했는데, 나에 대한 학우들의 평가는 뜻밖이었다. 이미 나도 모르는 사이에 나는 운동권 학우들 사이에서 유명 인사가 돼 있었던 것이다.

데모할 때는 누구보다 강성으로 물불 안 가리고 앞장서지만 감성적이고 섬세한 면도 있는 편이라 단번에 방송국에 대한 호기심이 나를 사로잡았다.

"다른 동아리와 달리 우리 티브이 방송국은 입회 시험이 매우 어렵고 까다로운데, 박정수 학우는 특채로 모시는 겁니다. 하하하."

"그래요? 그렇다면 제가 영광입니다. 비록 능력은 보잘 것없어도 한번 열심히 해보겠습니다."

매사 호기심 많고 자유분방하면서도 목표 의식이 뚜렷하여 무엇을 하고자 하면 끝장을 보는 나로선 새로운 세계에 발 담그는 것이 신나고 매력적이지 않을 수 없었다. 방송국장 선배를 비롯해 PD와 엔지니어, 아나운서 등 국원들이 나에게 기대하는 것은 어느 조직에서나 벌어지는 인간관계에 얽힌 대립과 갈등을 잘 융화하는 역할이었다.

목소리도 우렁차고 힘이 넘치는 데다 발음도 정확한 편이라 아나운서로 첫발을 내디딘 나는 방송국 내에서도 특유의 친화력을 발휘해 많은 학우의 인기를 얻으며 때로는 상담자로, 때로는 중재자로, 때로는 잘 노는 분위기 메이커로 기대 이상의 몫을 톡톡히 해냈다.

"정수야, 너는 어째 사람 많은 곳에만 가면 물 만난 고기처럼 신이 나 부냐? 끼가 다분혀야. 마이크를 쥐어 주면 떨법도 헌디 떨긴커녕 너스레가 보통이 아녀야. 제대로 자리를 찾았구먼."

"전 어릴 때부터 개구쟁이로 온 동네 쏘다니며 놀기 좋아하고, 노래 좋아하고, 장난도 잘 쳐서 말썽 많이 부렸는데 희한하게 어른들이 미워라 안 하대요? 제가 좀 뻔뻔하고 천연덕스러운가 봐요.?"

"그려. 그게 너의 장점이자 매력이여. 사람들 속에 섞여
도 절대 기죽지 않고 넉살 좋고 대장노릇하는디 잘헌게 미
워할래야 미워할 수가 없제. 그래서 말인데 이번 봄 축제
중 대동제 사회는 네가 봐라."

"대동제 사회를 제가요?"

수천 명이 참여하는, 축제 중에서도 꽃 중의 꽃으로 가
장 큰 행사인 대동제의 메인 MC를 맡으라니……. 겁이 더
럭 났다. 아무리 배짱 있고 넉살 좋아도 그때까지 수천 명
앞에 서 본 적은 없었으니 당연했다. 은근히 겁이 나서 며
칠을 곰곰이 생각하려 했지만 이미 방송국 내에선 내가 사
회 보는 것을 기정사실화한 채 행사 준비를 하느라 저마다
동분서주했다. 그런 판국에 못 하겠다고 발을 뺄 수도 없
는 노릇이라 계속 마인드 컨트롤을 했다.

'하면 하지 왜 못 혀? 넌 할 수 있어. 공부는 적성에 맞지
않아 안 했던 거고, 대학 입시 빼고 여태까지 니가 한번 맘
먹은 일을 못 해낸 적은 없잖여?'

스물한 살까지 성장하는 동안 고비마다 아버지가 늘 용
기를 불어넣어 주신 말씀들이 떠올랐다.

"정수야, 세상에는 작심하고 덤벼들면 못 해낼 일이 없

느니라. 초등핵교, 중핵교 판판이 놀았어도 전교 팔등으로 입학했잖여. 넌 머리도 있고 뚝심도 있는데 노는 걸 너무 좋아혀서 고것만 고치면 얼마든지 맘먹은 대로 할 수 있느니라."

결론은 항상 공부 열심히 하라는 말로 끝나서 귀를 막고 도리질 쳤지만, 은연중에 아버지는 항상 아들에게 자신감과 자존심, 자기 확신을 심어 주셨다는 것을 비로소 깨달았다. 한편 정작 아버지가 바라는 것은 오직 학과 공부 열심히 해서 졸업하고 사시나 행시를 준비하든가 남들 부러워하는 대기업에 입사해 안정된 직장인이 되는 거지, 운동권에 몸담아 민중가요 부르고 방송국에서 아나운서 한답시고 축제 행사에 휩쓸려 다니면서 귀중한 학창 세월을 흘려보내는 게 아닌 것은 분명했다.

사회를 보기로 결심하고 나니 이번에는 아버지가 알면 얼마나 노발대발하실지 그게 또 걱정이었다. 그러나 지금 이 순간을 즐기는 게 최선의 삶이라고 스스로 위안 삼았다.

'뒷일은 나중에 걱정하고 오직 지금 이 순간에 최선을 다하며 즐기자! 이 순간도 내 소중한 삶의 한 부분 아녀? 카르페 디엠!'

이제 주사위는 던져졌으니 만반의 준비가 필요했다. 행

사 날짜가 하루하루 다가올수록 솔선수범 나서서 꼼꼼히 행사 순서를 체크하고 뱃심을 키우려 애썼다. 동학농민혁명 정신을 계승하여 해마다 열리는 대동제의 메인 MC를 한다는 사실이 기쁘고 자랑스럽기까지 했다. 그 모습을 엄마 아버지는 몰라도, 평상시 손주라면 세상 제일가는 보물로 여기는 할머니에겐 꼭 보여 드리고 싶었다.

"저기, 할머니, 있잖요, 지가 낼 학교 축제의 큰 행사 사회를 봐요. 사람들이 겁나게 많이 오는 아주 큰 행사요. 긍게 엄니 아부지헌티는 암 말 말고 택시 운전사한테 전북대 갑시다 하고 택시 타고 오셔요. 지가 젤 앞에 할머니 자리 잡아 놓을 테니 꼭 오씨요!"

"그려? 그려, 암만, 내 새끼, 내 강아지가 큰일을 한다는디 할미가 꼭 가 봐야제. 암만, 갈 텡게 실수 없이 잘하그라잉?"

드디어 무대에 조명이 쏟아지고 사물놀이패와 민중가요 동아리 '견우직녀'가 흥을 돋우며 분위기를 고조시키기 시작했다. 객석도 빈틈이 없을 정도로 꽉 찼고, 자리를 잡지 못한 학우들은 앞으로 나와서 바닥에 앉거나 뒤에 서서 박수와 합창으로 호응했다. 게임이나 주막, 퍼포먼스 등 다른 역할을 맡은 학우들도 대동제 기념식만큼은 한마음 한뜻으로 동학혁명의 정신을 기리려고 모여들어 인산인해였다.

학우들의 열정과 활력이 넘치는 모습에 저절로 신이 나서 목소리에 더욱 힘이 들어가고 사물놀이패 장단에 맞춰 덩실덩실 춤이라도 추고 싶은 심정이었다. 셀 수 없이 많은 눈동자가 무대의 나에게 쏠려 있다는 사실에 가슴 벅찬 감동마저 느껴졌다. 나는 물 만난 고기처럼 마이크를 잡고 무대를 활보하며 학우들의 열화와 같은 박수를 이끌어 냈다. 그러나 쏟아지는 조명 속에서도 이따금 손차양을 하고 무대 맨 앞자리를 보니 비어 있었다.

'뭔 일 있으신가? 할매는 어째 여태 안 오신담?'

걱정과 실망이 교차됐지만 무대 진행 순서를 한순간이라도 놓치면 큰일이었다. 그때 아뿔사! 할머니를 부축하며 운집한 인파를 헤치고 앞으로 나오는 이는 바로 아버지가 아닌가. 어머니는 그 뒤를 따라오며 무대를 향해 손을 흔들고 계셨다. 진행 요원이 재빨리 의자 두 개를 구해 와 무대 바로 아래 세 분이 앉은 걸 본 순간 눈앞이 캄캄했다.

'할매 혼자 오시랑게, 어째 엄니 아버지까지 모시고 왔능가. 참말로 난 내일 죽었구먼!'

"자, 이번엔 우리 전북대 최고의 민중 동아리 '견우직녀'의 특별 공연이 있겠습니다. 여러분, 우렁찬 박수와 함께

구호로 환영해 주십시오!"

나의 멘트가 끝나기 무섭게 관객들의 환성이 터지는 순간, 거짓말처럼 사방이 캄캄해졌다. 순식간이었다. 무대 정면으로 보이는 분수의 시원스런 물줄기가 어둠 속에서 솟구치는 게 허여스름하게 보였다.

"뭐여? 이게 뭔 일이여?"

"과부하로 일시 정전입니다."

"뭐엿? 하필 이 순간에……. 보수하는 데 얼마나 걸릴 거 같혀?"

"최대한 손을 보는 중인게 쪼매만……."

실무진이 당황해서 우왕좌왕하는 사이 유기철 PD가 다가와 나에게 속삭였다.

"어떻게든 이 위기를 넘겨! 실력 발휘를 해보라고!"

안 그래도 아버지의 눈초리를 의식해 좌불안석인데 정전까지 되자 등에서 식은땀이 흘렀다. 이 난관을 어찌 극복할 것인가. 다행히 조명은 나갔지만 마이크는 자체 발전기를 가동해 소리가 났다. 당혹스럽고 암담했다.

객석이 술렁대기 시작했다. 그도 그럴 것이 한창 흥이 돋아 분위기가 무르익을 무렵에 찬물을 끼얹은 격이니, 기다리는 것도 5분이 넘어가자 야유를 던지는 이도 있었다.

사실 수천 명이 모인 객석에서 5분의 어둠은 길고 지루한 시간이었다. 야유와 실망의 외침이 터져 나오기 시작하자 내면 깊은 곳에서 끼가 발동하기 시작했다. 일단 관객들을 진정시키려면 무엇이든 해야 했다. 장기자랑이든 개그든 노래든······.

"사랑하는 우리 전북대 학우 여러분, 지금 이 행사장 맨 앞자리에는 연세가 지긋하신 어른 세 분이 앉아 계십니다. 대학 축제 대동제에 웬 나이 드신 분들이 그것도 세 분이나 오셨을까요? 이분들은 제가 사회 보는 모습을 보러 오신 할머니, 아버지, 어머니십니다. 특히 제 아버지께선 늘 제가 공부는 게을리하고 술만 마시며 동아리 활동이나 방송국 생활에 귀한 시간 허비한다고 노심초사하시는데, 지금 여기에 제가 사회 보는 모습을 보러 오셨습니다. 그러니 제가 속으로 얼마나 떨고 있겠습니까? 식은땀으로 등이 다 젖었습니다. 게다가 정전까지 발생해 행사 진행이 힘든 상황이니 제 심정이 오죽하겠습니까? 이 상황을 어떻게든 헤쳐 나가기 위해 노래 한 곡 부를까 하는데 어떻습니까? 저희 아버지 애창곡 나훈아의 〈무시로〉! 어떻습니까, 여러분?"

"좋아요!"

"사회자님, 짱짱짱!!!"

누군가는 입으로 휘파람을 불었다. 힘을 얻어 객석 아래를 가리키며 저희 아버지를 위해 박수 한번 쳐 달라고 부탁했다. 나의 너스레가 적중했는지 관객들은 우레와 같은 박수로 화답했다. 나는 반주도 없이 오직 맨목으로 온몸을 흔들며 노래를 부르기 시작했다.

"이미 와 버린 이별인데 슬퍼~도 슬퍼 말아요. 이미 때~ 늦은 이별인데 미려~언은 두~지 말아요. 눈물~을 감추어요 눈물을 아껴요. 이별보다 더 아픈 게 외로~움인데 무시로~ 무시로~ 그리울~ 때 그때~ 울어요……."

동학혁명 정신을 계승하고 기리는 대동제에서 트로트를 그것도 온몸을 흔들어 대며 열창했으니……. 마지막 소절을 부를 때 조명이 들어오는 바람에 춤 솜씨도 만천하에 드러났고 관객들은 박장대소와 함께 박수를 아끼지 않았다.

한고비 넘겼다는 생각에 안도와 더불어 자신감이 생기자 그 뒤로 행사 진행은 더욱 매끄럽게 흘러갔다. 정신없이 남은 순서를 마치고 정신을 차려 보니 할머니와 아버지, 어머니의 모습은 보이지 않았다.

'내일 아침에 엄청 깨지겠군.'

아버지의 굳은 얼굴이 눈에서 아른거렸다. 대학 들어와 제멋대로 살면서 대립각을 세우곤 했어도 마음 깊은 곳에서 아버지는 가장 존경하는 분으로 자리매김돼 있기에 내 마음은 결코 가벼울 수 없었다. 행사 준비 요원들은 다들 뒤풀이에 몰려갔지만 하루가 1년처럼 긴장의 연속이었기에 곧장 집으로 향했다. 몸도 마음도 파김치가 되어 방바닥에 머리를 대자마자 깊은 잠 속으로 빠져들었다.

다음 날 아침, 가족들이 빙 둘러앉아 식사하는데 아버지가 흠흠 큰기침을 하셨다.

'드디어 올 게 왔군.'

아버지의 호통을 기다리며 고개를 푹 숙이고 있는데 뜻밖이었다.

"정수야! 노래 실력이 고거밖에 안 되냐? 사회 보는 거! 잘 봤다. 아주 잘했어! 대신 어디 가서 애비 아들이라고는 허지 마라. 노래 실력이 그거밖에 안 되니 남부끄러워서 돌아다니겠냐? 허허허."

아버지의 말씀에 멍했다. 이게 꿈은 아니겠지 싶어 슬그머니 허벅지를 꼬집어 봤다. 아팠다. 대학 입학 후 처음 듣는 칭찬 아닌가. 울컥해서 첫술을 삼키지 못하고 밥을 먹는 둥 마는 둥 집을 나섰다.

파일럿의 꿈

방송국 생활에 시간 가는 줄 모르고 지내다 보니 남들보다 입대 시기가 늦었다. 누구보다 아버지가 나의 입대를 서두르셨다.

"모름지기 남자는 군대 댕겨 와야 사람 된단 말도 있듯이 더 늦기 전에 입대해라. 아버지는 공군이 맘에 드는데 네 생각은 어쩌냐?"

육사를 가지 못한 게 평생 한이라는 아버지가 웬일인지 아들에겐 공군을 권유했다.

"아버지는 육군 아녀요? 어째 공군을 권하십니까?"

"아무래도 내 보기엔 공군이 수준도 높고 어쩐지 신사 같은 분위기라 멋져 보인다."

"그래요? 저도 공군이 좋습니다. 공군에 입대하면 전투기도 조종할 테고, 생각만 해도 멋집니다."

"옳거니! 전투기 조종술을 익혀 두면 언젠간 반드시 써먹을 데가 있을 거여."

나는 아버지의 뜻에 따라 3학년 1학기를 마치고 한여름 뙤약볕이 쏟아지는 7월, 공군에 입대했다.

여름에 군사 훈련을 받는 데 가장 괴로운 것이 장마와 무더위다. 입대하자마자 장마로 인한 습기에 온몸이 끈적거리고 불쾌지수도 높은데 한 달 동안 이어진 진주공군군사학교의 군사 훈련은 지옥 그 자체였다. 민간인으로 대학 다니면서 자유롭고 때론 나태하게 자기 맘대로 생활한 습성이 밴 나로선 점점 강도가 세지는 군사 훈련에 머리가 돌 지경이었다. 완전군장을 한 채 진흙탕을 구르고 흙먼지 속에서 포복하다 보면 입안이 껄끄러웠다. 나도 모르게 입을 벌리고 헉헉대다 흙이 들어와도 뱉을 틈조차 없었다.

"신병들, 체력이 그거밖에 안 되나? 자, 처음부터 다시 실시!"

"실시!"

훈련병 동기 중 한 명이라도 처지면 모두가 다시 반복 실시를 하다 보니 서로 피해를 주지 않으려고 애쓰면서 전우애까지 생겨났다. 종일 구르고 뛰고 토끼뜀과 구보를 반복하다 보니 가장 기다려지는 것은 식사 시간과 취침 시간이었다. 식사 시간이면 최대한 많이 그리고 무조건 빨리 먹어치우는 게 습관이 되다시피 했고 베개에 머리를 대는 순간 잠에 빠져들었다.

'사람이 이렇게 단순해질 수 있나?'

어느 날 밤, 보초를 서다 문득 나 자신을 돌아보았다. 철저히 무념무상, 동물의 본능에 충실한 나를 보며 생각했다. 짧지만 지난 대학 시절이 얼마나 행복했던가, 국방부 시계는 거꾸로 매달아도 간다지만 앞으로 남은 군 생활을 어떻게 보낼 것인가, 대학 졸업 후에 무엇을 할 것인가…… 비로소 수많은 생각이 두서없이 머릿속을 스쳤다. 이 모든 과정을 먼저 겪은 선배로서 아버지의 노심초사와 아들에 대한 걱정, 숱한 잔소리의 이유를 조금은 알 것 같았다.

"제군들, 오늘 실시하는 화생방 훈련은 지금까지 겪은 모든 훈련 중에서도 최고라 할 만큼 색다른 경험이 될 것이다. 자, 이제부터 정신 똑바로 차리고 설명을 잘 숙지하기 바란다!"

"예!"

'비로소 올 게 왔구나.'

선배들에게 숱하게 들어 온 악명 높은 화생방 훈련, 눈물 콧물 다 쏟고 정신까지 혼미해져 훈련 과정을 무사히 과정을 마치는 생도가 손꼽을 정도라는 화생방 훈련. 가장 힘든 군사 훈련 1, 2위를 다툰다는 화생방 훈련을 코앞에 둔 나는 같은 조가 된 옆의 동기에게 속삭였다.

"훈련이 생각한 것보다 진짜 빡세네. 너무 힘들어 입맛도 없구먼."

"아니, 군대 훈련이 무슨 어린애 장난도 아니고 이렇게 쉬워? 근데 이게 빡세다고? 군사 훈련이라면 더 힘들어야 하는 거 아냐?"

그가 방독면을 만지작거리며 태연한 표정으로, 아니 너무 쉬워서 불만스럽다는 듯 이마를 살짝 찡그렸다.

"화생방 훈련은 좀 기대돼. 다들 힘들다고 난리니까!"

동기가 어깨를 으쓱해 보였다.

'아차!'

내가 지금 얼마나 나약한 모습을 보였는지, 아니 실제로 약해 빠지고 군기가 제대로 안 들었다는 사실을 뼈저리게 깨달았다. 더구나 동기들보다 평균 한 살 이상 더 먹었건만, 남들은 다 묵묵히 잘 버티는데 나만 엄살 부린 것 같아 부끄럽고 창피했다. 그날 나는 옆의 동기를 의식한 탓인지 이를 앙다물고 화생방 훈련을 무사히 통과했다. 물론 이후로 다신 힘들다는 말을 입 밖에 내지 않고 열심히 훈련에 임했다.

자대 배치는 광주비행장으로 받았다. 나는 내심 회심의 미소를 지었다.

'이제 공군 비행 전투 훈련을 받노라면 비행기 조종술도 배울 테지.'

비행기 조종석에 앉게 될 순간을 머릿속에 그리자 흐뭇해서 실없이 웃음마저 나왔다. 광주비행장에 모이자 각자 일할 곳이 정해지는 자대 배치 순간이 왔다.

"박정수 이병!"

"예, 이병 박정수!"

배치 대장 서류를 든 상사가 나를 위아래로 훑어보는 눈빛이 매운 만족스러웠다. 인물이 좋은 데다 키도 체격도 커서 마음에 든 모양이었다. 입대할 때 공군 헌병도 염두에 두었는데, 전투비행단 면회실에서 근무하거나 정문에 정자세로 서서 폼 잡는 것도 괜찮을 듯싶었다. 그러나 헌병도 헌병 나름이지 장병들 체포하고 조사하는 일이 영 안내켜서 맘을 접은 터였다.

"박정수 이병은 남들이 부러워할 만한 아주 좋은 곳으로 배치해 주겠다!"

"감사합니다!"

정말 기뻤다. 공군으로 입대해서 남들이 부러워할 만한 아주 좋은 곳이라면…… 전투기 조종사밖에 더 있겠는가. 공군에 입대한 보람이 있다며 벌써 하늘을 나는 듯 마음이 붕 떴다. 매의 눈으로 한반도 영공을 살피는 전투기를 조종한다니 생각만 해도 근사했다. 그러나 매사 변수는 있는 법, 만일 전투기 조종이 아니라면 관제탑에서 하는 전투기 관제도 매우 흥미 있고 보람 있는 업무가 될 것 같았다. 물론 매 순간 긴장해야 하지만 최첨단 레이더 기지에서 24시간 가동되는 레이더를 관찰하는 관제탑 업무도 멋져 보였다. 어쨌거나 남들이 부러워할 만한 곳이라 했으니 기대에 부푼 심정으로 내가 호명되길 기다렸다. 동기 이름이 한 명씩 불리고 드디어 내 이름이 호명됐다.

"박정수 이병, 항공유지반 배치!"

"이병 박정수, 항공유지반 배치!"

제자리로 돌아가는 나의 머릿속이 띵했다. 항공유지반? 항공유지반은 무슨 업무를 하는 건가? 분명 전투기 조종이나 관제와는 다른 것 같은데……. 의문과 동시에 실망감이 엄습했다.

항공유지반은 전투기에 급유하는 유조차를 운전하는 부대였다. 유조차에서 비행기에 기름을 넣으려면 긴 호스를 빼서 전투기에 연결해야 하므로 체격과 체력이 좋은 장병들만 뽑았다. 장병 둘이 긴 호스를 끌고 가서 전투기에 기름을 넣고 끝나면 바로 호스를 빼서 다른 전투기에 기름을 넣어야 하므로 늘 긴장해야 하고 체력이 소모되는 고된 작업이었다.

더구나 전투기에 넣는 기름은 일반 휘발유보다 발화성이 높아 사고의 위험성이 크기 때문에 장병들이 행여 정신적으로 해이해질세라 군기가 센 곳으로 유명했다. 여우 피하려다 호랑이 꼬리를 밟은 셈이었다. 나는 실망했지만 낙담에 빠져들 겨를이 없었다. 전투기 훈련이 밤늦게까지 있다 보니 항공유지반 대원들 역시 밤늦게까지 전투기에 급유하기 위해 대기하다가 달려가 기름 넣고, 다시 대기하고 기름 넣는 일과가 반복됐다.

원래 모든 대원은 오후 6시가 되면 업무를 끝내고 각자 개인 시간을 보내는데 항공유지반만 예외였다. 고달픈 일과도 일과지만 나에게 괴로운 일은 따로 있었다. 무슨 이유 때문인지 모르지만 고참들이 나를 좋지 않은 시선으로 보는 것이었다. 졸병은 음식 나르고 식기 닦는 일을 전담하는데 아무리 깨끗하게 닦아도 트집 잡히기 일쑤였다.

"야, 이 새끼야, 눈깔이 있음 똑바로 봐! 이게 설거지했다고 한 거냐, 엉?"

상병들은 일부러 작정한 듯 다 씻어서 정리해 놓은 그릇을 집어던지며 꼬투리를 잡았다.

"다시 하라고! 어따 눈깔을 뒤집어? 눈 깔지 못해, 이 씹쌔꺄!"

"다시 닦겠습니다. 죄송합니다."

"죄송할 일은 하지를 마, 엉? 하지를 말라고! 짜식이 군기가 빠졌어."

상병들은 돌아가며 나의 머리를 툭툭 치거나 군홧발로 정강이뼈를 걷어찼다. 다른 자대보다 군기를 더욱 강조하는 항공유지반이라 기강을 바로 세우기 위해서라지만 유독 나에게만 더 가혹하다는 느낌을 떨치지 못했다. 그때마다 구세주처럼 나타나는 이가 있었다. 바로 김억주 병장이었다. '억수로 병장' 또는 '윽수로 병장'이라고 불리는 그는 처음부터 나에게 노골적으로 호감을 보였다.

"너 참 남자답게 생겨서 좋다. 나처럼 머리가 큰 것도 맘에 들고!"

"감사합니다. 이병 박정수!"

병장이면 감히 맞대면도 어려운 신참인 나에게 김억주는 첫날부터 호의를 보였다. 입대 전에 힘깨나 쓴 터라 최고참들도 함부로 대하지 못하는 그였다. 눈빛이 매처럼 사나운 데다 화가 났다 하면 물불 안 가리고 행동해서 다들 근접을 꺼렸다. 신입이 들어오면 가장 먼저 나서서 군기 잡는답시고 괴롭히기로 유명한 김 병장이 나를 싸고돌다 보니 상황은 점점 안 좋게 꼬여 갔다.

"김억주 병장 믿고 함부로 깝죽대다간 죽는 수가 있어. 조심해라!"

"옥수로 병장 제대할 날만 기다리는 사람 많다. 명심하고 행동해!"

"김 병장 제대하면 너 제삿날인 줄 알아라."

남의 눈을 피해 슬쩍슬쩍 나의 귀에 대고 속삭이는 다른 고참들의 소리를 들으면 온몸에 소름이 돋았다. 마치 악마의 속삭임 같았다. 대체 무엇 때문에 미운털이 박혔는지, 단지 김억주 병장의 총애를 받는 게 왜 시기거리가 되는지 이해할 수 없었다. 그러던 어느 날 김 병장이 나와 둘만 있을 때 속을 털어놓았다.

"사실 너는 나랑 동갑이고, 대학 생활 이력을 보니까 가만두면 가장 잘난 체하고 날 무시할 거 같아서 처음엔 못마땅했다. 근데 가만 보니까 싹수가 있더라구. 그래서 너를 예뻐하다 보니 부대원들에게 시기와 질투로 괴롭힘당하는 것도 대충 알고 있다."

"그러셨군요. 부족한 저를 믿어 주셔서 감사합니다."

진심으로 그가 고마워 눈물이 날 지경이었다. 군대라는 조직에 들어와 처음으로 받아 보는 인간적인 대접에 그가 형제처럼, 오랜 죽마고우처럼 고맙고 믿음직스러웠다. 그의 제대가 얼마 남지 않은 게 아쉬울 정도였다.

솔선수범 고참

김억주 병장의 제대를 앞두고 송별 축구 대회가 열렸다. 축구를 워낙 좋아해서 주말이면 무조건 축구 시합을 열었던 김 병장을 위한 마지막 축구 시합이었다. 사실 나는 축구라면 완전 젬병이라 시합을 할 때마다 고참들에게 엄청 깨지곤 했다. 그러나 김억주 병장은 프로 선수 버금갈 정도로 축구를 잘하는 데다 승부 근성이 강해서 지는 것을 못 참기로 유명했다. 나는 여러 포지션 중에서 그나마 잘할 수 있는 게 뭘까 매번 고민했다. 그런 속마음을 꿰뚫어 보기라도 한 듯 어느 날 축구에 진 팀이 내는 회식에서 과자와 음료수를 먹다가 김 병장이 넌지시 제안했다.

"야, 박 일병, 넌 달리기도 서툴고 몸집이 커서 민첩성도 떨어지니까 골키퍼를 하면 어떻겠냐?"

남들이 기피하는 게 바로 골키퍼였다. 축구는 운동장에서 달리고 몸싸움하면서 공을 몰고 가다 슛! 하는 맛에 하는 운동인데, 골문 지키고 서서 눈으로 공만 쫓는 것은 아무래도 축구의 짜릿한 맛을 느낄 수 없기 때문일 터였다. 김 병장의 제안을 들은 나는 무릎을 탁 쳤다. 매번 시합 끝나면 고참들에게 혼나는 것도 창피하지만 후임병들까지 놀리는 것에 오기가 생겼기 때문이다.

'좋아, 남들이 우습게 여기는 골키퍼를 제대로 해보자.'

목표가 생기자 나는 곧장 동료들이 슛하면 막는 연습을 했다.

"어라?"

"어쭈? 저 자식 봐라? 제법인데?"

이쪽저쪽 여러 각도에서 날아오는 공을 척척 막아 내자 나는 물론 선임과 후임들도 놀라워했다.

"굼벵이도 구르는 재주가 있다더니, 이제 보니 굼벵이가 아니라 운동신경이 있긴 있네!"

그때부터 축구 시합이 재미있어지고 그 때문에 주말이 기다려질 정도였다. 그런데 김억주 병장의 제대를 축하하는 기념 축구라니 만감이 교차했다. 김 병장의 농담 섞인 면박과 선후임들의 놀림에 오기로 시작하여 이제 최고의 골키퍼로 인정받았는데, 정작 김 병장은 제대한다니…….

"와아, 와아!"

갑자기 함성이 터져 나왔다. 멀리서 단독 드리블로 돌진해 오는 말년 병장 김 병장의 왼발이 슛하는 장면이 눈에 들어온 순간 나는 본능으로 공을 향해 몸을 날렸다.

"야, 김 병장님의 공을 막다니……. 대단한데?"

"진짜 장족의 발전을 했군. 축하한다, 박 일병!"

누구보다 좋아한 사람은 물론 김억주 병장이었다.

"짜식, 하산해도 되겠다! 가르친 보람이 있어. 하하하."

그러나 정작 하산, 즉 군 생활을 마치고 사회로 복귀한 사람은 김억주 병장이었다.

국방부의 시계는 심장처럼 한시도 멈추지 않고 착실하게 작동해 어느새 나도 상병 중에서 고참 상병 계급을 달았다.

후임들은 나를 잘 따랐고, 심지어 고참들도 어려운 문제가 생기면 나에게 상의했다. 장교들과도 친분이 두터워지면서 나는 사병들과 장교 사이에서 난감한 문제를 푸는 해결사로 통했다.

"박 상병은 성격이 모난 데가 없고 사람들과 대화하는 걸 좋아하는 거 같아."

"아, 그렇습니까? 성격은 모르겠지만 제가 워낙 사람들과 얘기하는 걸 좋아하는 건 맞습니다. 대화를 나누다 보면 오해도 저절로 풀리고, 또 상대를 새롭게 알아 가면서 친해지니까 속을 털어놓는 좋은 친구가 되잖습니까?"

"그게 말이 쉽지, 요즘 같은 세상에 솔직하게 속을 드러내는 사람이 얼마나 되겠나?"

"먼저 저를 드러내고 상대가 하는 말을 무조건 다 믿고 들어 주다 보면 상대도 언젠간 속을 열던데요? 저부터 솔직한 사람이 되자! 이것이 제 신조입니다."

"박 상병은 사람한테 실망하거나 배신당한 적 없나?"

"저라고 왜 없겠습니까? 하지만 그럴 만한 이유가 있겠지 생각하면 이해 못 할 것도 없습니다. 일단 상대를 이해하자 하고 뒷담화를 안 하면 어느새 그 사람과 친해집니다. 하하하."

"그래?"

갈수록 사는 게 팍팍해지다 보니 사람 간의 불신과 배신, 이기주의가 팽배해서 인간관계가 황폐한 것은 군대도 마찬가지인데, 우리 내무반은 어쩐지 평화롭고, 서로 양보하고, 대화를 많이 하는 유쾌한 분위기로 변해 갔다.

계급에 의한 상명하복, 즉 명령과 복종만이 미덕으로 통하는 조직에서 나는 명령보다 솔선수범을 택했다. 이젠 위로 고참보다 아래로 까마득한 후임병이 훨씬 많은 입장이 됐지만 명령 대신 행동으로 모범을 보였다.

"앗, 상병님, 저희가 하겠습니다."

"괜찮다. 너희는 하던 일 마저 해라."

늘 기름밥을 먹어 복장이 번들번들한 데다 활주로의 햇빛에 그을려 새까만 얼굴에 흰 이를 드러내며 내가 손사래를 치면 후임들은 경례하고 물러섰고, 나는 내 임무에 더욱 충실했다.

병장 달고 두어 달쯤 됐을까, 바로 아래 상병에게 후임 상병이 대들고 욕을 하는 바람에 한바탕 소란이 있었다는 보고를 받았다. 나는 두 사람을 불렀다. 후임이 고참을 들이받는다는 건 상상하기 어려운, 있어서는 안 될 하극상이라 엄벌에 처해지는 중대 사건이었다.

"무슨 일이 있었는지 김 상병이 먼저 말해 봐!"

갓 상병 계급장을 단 후임에게 말할 기회를 먼저 주었다.

"저기, 저어……."

"괜찮다. 말해 봐라!"

"이 상병님이 평상시 저를 함부로 대하고 자주 놀리고 욕을 많이 해서 참다못해 그만……. 무시당하는 것 같아서 순간 이성을 잃었습니다. 잘못했습니다. 벌을 달게 받겠습니다."

김 상병이 고개를 떨군 채 굵은 눈물을 툭 떨어뜨렸다.

"이 상병, 이 말이 사실이야? 네 생각을 말해 봐!"

"아닙니다. 전 그냥 농담하고 장난친 건데 김 상병이 좀 예민하게 받아들인 거 같습니다."

"그래?"

나의 침묵이 오래가자 두 사람은 오금이 저리는지 서로 눈치를 보다 슬슬 몸을 비틀기 시작했다. 그때 내가 낮게 가라앉은 목소리로 말했다. 목청이 크기로 소문난 내가 목청을 깔자 두 상병이 흠칫 놀랐다.

"두 사람 다 완전군장하고 삼 분 내로 연병장에 집합한다. 실시!"

"실시!"

"실시!"

나도 완전군장을 하고 연병장으로 뛰어나갔다. 서녁 하늘에 노을이 토끼 꼬리만큼 남은 저녁, 세 사람은 완전군장을 하고 마주 섰다.

"오늘 너희 두 사람 간에 일어난 문제는 너희 둘의 일이 아니라 내게 가장 큰 책임이 있다. 내무반을 이끌면서 선후임, 동기들 간의 인화와 단결 분위기를 조성하지 못한 것은 내가 부족하고 모범을 보이지 못한 탓이다. 그러므로 이제부터 난 너희와 함께 벌을 받을 것이다."

"……."

두 상병은 부끄럽고 창피한 마음에 입이 열 개라도 할 말이 없었다.

"내가 동작 그만할 때까지 지금부터 연병장을 뛴다, 알았나?"

"예, 알겠습니다!"

내가 맨 앞에 서서 완전군장 차림으로 연병장을 돌기 시작하자 두 후임도 질세라 함께 뛰기 시작했다. 해는 완전히 넘어가서 띄엄띄엄 불을 밝힌 가로등 아래 세 사람의 헉헉거리는 소리만 들려왔다. 한 시간이 넘어가자 5분간 휴식을 취한 뒤 이번에는 포복을 실시했다. 등을 찍어 누르는 배낭의 무게, 발꿈치와 무릎 통증, 숨을 쉴 때마다 씹히는 모래……. 그러나 누구 한 사람 말이 없었다. 말 대신 신음이 연병장 하늘을 채웠고 그 모습을 나무들만 숨죽이고 선 채 내려다보았다.

"동작 그만!"

나는 외침과 함께 벌러덩 드러누워 하늘을 올려다보았다. 아, 말로만 듣던 은하수가 흘러가지 않는가. 별이 무더

기처럼 쏟아진다는 말은 들어 봤지만 백사장 모래처럼 수억 만 개의 별이 거대한 장막처럼 흐르는 광경은 처음이었다.

"아, 저 은하수 보고 있냐? 아름답지 않냐?"

내가 가쁜 숨을 몰아쉬며 묻자 두 사람도 같은 자세로 누워 하늘을 올려다보며 대답했다.

"병장님, 제가 정말 잘못했습니다. 앞으론 고참님 모시 듯 후임도 모시는 맘으로 내무반 생활을 하겠습니다."

"아닙니다. 제가 정말 옹졸하고 버릇없이 굴었습니다. 혼날 짓을 했습니다. 잘못했습니다. 앞으로 절대 이런 일 이 생기지 않도록 조심하겠습니다."

나는 말없이 손가락으로 하늘을 가리켰다. 그제야 비로 소 세 사람은 한결 가벼운 마음으로 도도하게 흘러가는 밤 하늘의 신비로운 은하수를 올려다보았다.

그리고 그동안 몰래 땅속에 묻어 둔 소주를 꺼내 한 잔씩 따라 주며 말했다.

"오늘 일은 잊는다! 다 지난 일이니 기억할 필요가 없단 말이다, 알겠나?"

군대에선 크고 작은 사고가 발생하면 고참이 계급대로 내려가며 기합 주는 게 관례였지만 그 일을 계기로, 적어 도 내가 근무하는 소대에선 부대원들 간의 갈등이나 반목은 서서히 사라졌다. 부내 내의 전통이나 분위기도 부대원들 하기 나름이란 걸 새롭게 확인한 계기였다.

말년 병장은 떨어지는 낙엽도 조심하라는 말이 있다. 하루하루 달력을 보며 카운트다운하는 심정으로 시간 흐르기만 기다리는 게 말년 병장인데, 나는 달랐다. 부지런한 생활이 몸에 밴 나는 나에게 주어진 일을 후임들에게 미루는 일이 거의 없었다. 유조차를 운전하고 호스로 급유를 하는 것도 후임들보다 나 자신이 오랜 경험으로 익숙하다며 솔선수범하여 앞에 나서면 나섰지, 명령을 내리고 순시하는 스타일이 못 됐다. 그게 화근이었을까.

무한삽질의 미학

제대를 두 달 앞둔 그날 아침 일과를 시작할 때도 특별한 조짐은 없었다. 다른 장병들은 몸은 내무반에 있어도 마음은 이미 민간인 신분으로 고향이나 도시를 헤매며 과거의 행복했던 순간을 회상하느라 아차 하는 순간에 실수를 범하는 경유가 종종 있었다. 그러나 매사 꼼꼼하고 책임감 강한 내가 그런 큰 사고를 낼 줄은 아무도 예상치 못했다.

"어, 어, 병장님!"

조수석에 앉아 있던 상병이 외마디소리를 지르는 것과 동시에 엄청난 굉음과 함께 앞 유리창이 짜자작 소리를 내며 무수한 금이 가더니 쏟아져 내리기 일보 직전이었다. 본능처럼 두 팔로 얼굴을 가린 것도 잠시, 금 간 유리창으로 살펴보니 이게 웬일인가, 유조차가 전봇대에 정면으로 충돌해 전봇대가 휘청했는데 다행히 옆으로 꺾어져서 유조차를 덮치진 않았다.

"큰일났군. 대형 사고를 쳤어."

"그, 그러게요. 이 정도 사고면……."

후임 상병이 말끝을 흐렸다. 바로 영창감이라는 걸 나는 누구보다 잘 알고 있었다.

'대체 정신을 어디다 팔다 이런 대형 사고를 냈냐, 엉? 너 미쳤어?'

부대장과 대대장들은 잠시라도 긴장을 풀면 큰 사고로 이어진다고 귀에 딱지가 앉을 정도로 부대원을 닦달해 왔다. 나 역시도 업무가 손에 익을수록 그 말이 실감나서 부대원들에게 누누이 정신 똑바로 차리라고 강조해 왔는데, 내가 사고를 쳤으니 입이 열 개라도 할 말이 없었다.

중대장의 호출이 왔다.

"박 병장, 너 이게 얼마나 중대한 사고인지 알고 있나?"

"알고 있습니다!"

평상시의 쩌렁쩌렁한 목청 대신 풀 죽은 목소리로 대답했다. 물론 동정을 구할 생각은 전혀 없었다. 그저 면목이 없고 변명의 여지가 없을 뿐이었다.

"졸았나?"

"아닙니다."

"그럼?"

"잠시 딴생각을 하느라 주의가 산만했습니다. 잘못했습니다. 어떤 처벌이라도 달게 받겠습니다."

잠시 딴생각하느라 주의가 산만했다는 대답이 뜻밖이라는 듯 중대장이 한동안 뚫어지게 바라보더니 나가라는 손짓을 했다. 넋이 반쯤 나간 나는 모든 걸 체념한 채 일단절도 있는 동작으로 사무실을 나왔다.

'상부에 보고가 들어가면 본격적인 조사를 받을 테고, 경위서와 반성문은 물론이고 어떤 체벌을 받을지……. 제대 두 달 앞두고 이게 무슨 청천벽력이냐.'

유조차와 전봇대가 충돌할 때 어찌나 핸들을 세게 잡았는지 양팔이 뻐근하고 통증이 심했지만 의무대에 갈 염치가 없었다. 기물을 파손한 주제에 몸 아프다고 치료를 받는 것은 더욱 몰염치한 행동이란 생각이 들었다. 내무반에 누워서 이런저런 상념에 빠져 있는데, 중대장 연락병이 나를 부르러 왔다. 중대장 호출이라고 했다.

"그동안 너를 쭉 지켜봤고 근무 태도도 훌륭했기에 이번 사건은 상부에 보고하지 않기로 했다. 대신 내일 오전 아홉 시부터 오후 여섯 시까지 너의 근무지가 바뀌었다. 무기한이고 자세한 건 선임 장교가 알려 줄 거다. 이상!"

영창 가는 신세를 면한 대신 아침부터 저녁까지 삽질이 시작됐다. 정해진 일정 구역을 깊이 50센티미터까지 판 뒤 다시 흙으로 메우고, 원 상태가 되면 다시 50센티미터 깊이로 팠다가 메우고……. 무려 한 달이 넘도록 삽질이 반복됐다. 그러다 보니 손에 물집이 잡혔다가 터지고 다시 잡히고 터지면서 손바닥과 손가락에 굳은살이 박이기 시작했다. 허리도 통증이 심해 한번 펴려면 아구구, 저절로 신음이 나왔다. 그러나 무엇보다 나를 힘들게 한 것은 마음이었다.

'말년 병장이 돼 갖고 후임병 앞에서 한 달 넘게 삽질이라니……. 게다가 쓸모 있는 노동이라면 얼마든지 하겠는데, 이건 도무지……. 아아.'

하루치의 고된 노역을 마치고 내무반으로 돌아올 때면 초저녁 별 하나가 나를 내내 따라오며 속삭였다.

"부끄럽니? 부끄러워하지 마! 이것도 인간 박정수를 완성된 인격체로 만들어 가는 과정이니까! 자존심? 풋! 자존심보다 더 중요한 게 뭔지 알아? 바로 자존감이야. 자존심은 때때로 버릴 필요가 있지만 자존감을 잃으면 한 사람의 인격체로서 끝났다고 봐야지."

초저녁, 별의 속삭임이 나를 미망(迷妄)에서 깨어나게 했다. 소대장과 중대장들의 결정은 겉으로 보면 무의미하고 무식한 체벌이지만 같은 땅을 파는 데도, 메우는 데도, 다시 파는 데도 매번 과정과 결과가 조금씩 달라졌다. 그저 삽질에만 몰두하는 것과, 똑같은 일의 반복이라도 마음 자세를 달리하여 방법을 바꿔 가며 파고 메우는 것은 분명 차이가 있었다. 그 미묘하고도 판이한 차이의 묘미를 깨달을 즈음 체벌은 끝이 났고, 나의 제대일이 나흘 앞으로 다가와 있었다.

여러 가지 복잡한 감정이 뒤섞여 제대한다는 실감이 나지 않았다. 제대를 앞두고 송별식이 열리자 후임들은 눈물을 흘리며 서운해했다.

"그동안 병장님 덕분에 많은 걸 배웠고, 그래서 군 생활이 힘들지 않았습니다."

"병장님은 꼭 큰형님 같습니다. 한번 안아 주시면 안 되겠습니까?"

"나도 너희 덕분에 말년을 즐겁게 보냈다. 너희를 정말 친동생처럼 생각했다. 고맙다!"

눈물이 핑 돌았지만 애써 삼켰다. 오락 시간이 되자 나는 노래방 반주기에 나훈아의 〈무시로〉를 예약했다. 입대

전 대동제 축제에서 정전 시간을 때우는 동안 아버지의 기분을 맞추려고 무반주로 부른 기억이 새로웠다. 쿵짝쿵짝, 반주에 맞춰 스스로도 만족할 만큼 멋지게 부르고 나니 후임들의 함성과 박수가 쏟아졌다.

"병장님, 사회 나가서 본격적으로 가수 데뷔를 하시면 어떻습니까?"

"정말 재주가 많으십니다. 부럽습니다!"

후임들의 칭찬이 싫지 않았다. 아니, 기분 좋았다. 한편 그동안 심각하게 장래를 생각해 본 적이 없다는 사실에 스스로 소스라치게 놀랐다.

'졸업하면 무얼 하지? 어떤 직장을 잡아야 하나…….'

남은 세 학기의 대학 생활에 나의 미래가 달렸다 생각하니 정신이 번쩍 드는 느낌이었다. 전공인 토목공학으로 제대로 된 직장이나 잡을 수 있을 것인가. 왜 그토록 아버지가 신입생 때부터 공부해라, 미래에 대해 고민해라 닦달했는지 알 것 같았다.

제대 당일 아침 중대장의 호출이 왔다.

"박 병장, 그동안 국가와 국민을 위해 참으로 고생했다. 네가 선임이 된 뒤로 부대 내 사건사고 발생률도 현저히 낮아졌고, 부대 내 고참과 후임 간 분위기도 좋았다는 거

인정한다. 무엇보다도 박정수 병장이 매사 솔선수범해 여러 사람에게 모범을 보인 덕분이라고 생각한다. 그 정신으로 사회에 나가서도 훌륭한 인재가 되길 바란다!"

"감사합니다. 여러 가지로 부족한 저를 그렇게 좋게 봐주시니 진심으로 고맙습니다."

유조차로 전봇대를 들이받아 무한삽질을 했던 최근의 기억이 떠오르자 나는 쥐구멍이라도 찾고 싶은 한편 상사에게 인정받았다는 사실에 뿌듯함이 밀려왔다. 대학 시절 내내 자괴감과 자포자기, 아버지와의 갈등 속에서 위축됐던 자신감이 군 생활을 통해 치유받은 느낌이었다. 남들은 제대와 동시에 자신이 근무한 부대 쪽을 향해선 오줌도 안 눈다는데 위병소를 나서며 자신감과 자존감이 한데 뭉쳐 내 발걸음을, 아니 등을 힘차게 떠미는 느낌이 들었다.

'가라! 세상 속으로! 자신 있게 첫발을 내디뎌라!'

나는 정든 내무반과 연병장, 출격에 대비해 도열한 전투기들을 찬찬히 둘러보았다. 무엇보다 나의 시선을 오래 붙든 것은 유조차였다. 햇빛에 반사돼 반짝이는 거구의 유조차들이 전투기 사이를 바삐 오가며 급유하는 모습이 보였다.

'사타구니에서 요령 소리 나도록 ×빠지게 호스 끌고 사다리에 올라가 전투기에 급유하고도 걸핏하면 굼뜨다고 고

참들한테 ×나게 얻어터지던 때가 엊그제 같은데 세월 참 빠르군. 파일럿? 꿈도 참 야무졌지. 하하하.'

　나는 입가에 미소를 띤 채 식재료 보급받으러 갈 겸 시외 버스 터미널까지 태워 주겠다며 기다리는 군용 식자재 탑차를 향해 유쾌하게 걸음을 옮겼다.

꿈같은 첫사랑

　3학년 2학기로 복학한 나는 대학 방송국의 열렬한 환영을 받으며 다시 방송국 아나운서 생활을 시작했다. 입대 전과는 확실히 마음가짐이 달랐다. 술집 대신 도서관에 머무는 시간이 많아지고 방송국 생활도 소홀함이 없었다. 물론 다 속셈이 있었다.

　입대하기 전까지는 동아리에서 함께 술 마시고 가볍게 영화 보는 정도의 여학생들은 있었지만 사랑의 감정을 느끼는 여성은 없었다. 그런데 제대하여 복역하고 방송국에서 나의 마음을 자석처럼 강력하게 끌어당기는 여학생을 발견한 것이다.

　후배 아나운서 정혜였다. 미모가 뛰어나 방송국에서 그녀를 흠모하는 남학생이 한둘이 아니었지만 그녀는 누구에게나 친절하되 데이트 신청에는 분명하게 선을 그었다. 맺고 끊는 게 분명한 성격이라 들이댈 용기가 없는 남학생들은 가슴앓이를 하면서 주변을 맴돌 뿐이었다.

가을도 깊어져서 교정의 나무들이 하나 둘 낙엽을 떨구자 마음이 스산했다. 정혜에게 뜨거운 열정을 품은 나는 늦가을의 정취가 깊어 갈수록 전전긍긍했다. 언제 고백할 것인가, 고백했다가 거절당하면 어쩌나. 그녀 주위를 빙빙 돌며 기회만 엿보고 있었다.

그러던 어느 날, 단둘이 방송국에서 퇴근하는 길에 어둠이 내린 교정을 함께 걸으며 내가 슬며시 말을 꺼냈다.

"정혜도 벌써 삼 학년 말인데 사귀는 사람 없어?"

그녀가 어둠 속에서 흘끗 나를 쳐다보는 눈초리를 느낀 순간 나도 찔끔했다. 그런데 이어서 그녀가 또렷한 목소리로 말했다.

"없어요. 근데 마음에 둔 사람은……. 있어요."

그 말을 듣는 순간 나는 실망감에 가슴이 철렁 내려앉는 기분이었다.

'아, 그럼 그렇지. 다 틀렸군.'

"선배님, 배 안 고파요? 전 점심도 굶어서 배고픈데 밥 사 주세요."

"그, 그럼. 얼마든지 사 주지. 마침 나도 배고파 쓰러질 지경이었는데. 하하. 가자!"

나는 강의 끝나고 학생식당에서 이미 라면 한 그릇 먹고 방송국에 들른 터라 전혀 밥 생각이 없었지만, 하늘이 준 기회일지도 모른다는 생각에 쾌재를 불렀다. 항상 방송국 직원들과 몰려가서 회식은 했지만 단둘이 밥 먹는 일은 처음이었다.

"정혜는 뭐 좋아해?"

"선배님은 뭐 좋아하시는데요?"

"난 잡식성이라 뭐든 다 잘 먹어!"

"저도 잡식성이에요. 호호호."

밤하늘에 울려 퍼지는 그녀의 낭랑한 웃음소리에 나는 기분이 환해지는 걸 느꼈다. 오늘은 가진 돈 다 털어서라도 그녀가 먹고 싶은 것은 다 사 주리라 결심했다. 술집과 음식점 간판이 휘황찬란한 교정 밖으로 나서자 나와 정혜는 어디로 갈지 잠시 망설였다. 그때 내가 성큼 앞장섰다. 학생들 사이에선 분위기 좋고 음식이 맛있는 대신 가격이 비싸 자주 못 간다는 고급 레스토랑으로 이끌었다. 정혜가 문앞에서 잠시 머뭇거리더니 못 이기는 척 따라 들어갔다.

"여기 티본스테이크 둘하고 하우스 와인 두 잔 주세요.

정혜, 와인 정도는 마시지?"

방송국원들 회식 자리에서 맥주를 곧잘 마시던 걸 기억하고 나는 한술 더 떠 와인을 주문했다. 어쩐 일인지 정혜는 평상시와 달리 다소곳하게 앉은 채 말이 없었다. 평상시 같았으면 활짝 웃거나 선배, 동료들의 말에 맞장구를 치는 등 리액션을 잘해 다들 더욱 웃겨 보려고 경쟁하게 만들었는데……. 평상시와 다른 모습으로 앉아 있는 그녀를 보니 슬슬 불안해지기 시작했다.

'이 자리가 불편한가? 마지못해 따라왔나?'

정혜의 안색을 살피다가 내 특유의 배짱이 고개를 쳐들었다.

'오늘이 시작일 수도 있고 마지막이 될지도 모르는 기회다. 기회를 놓칠 내가 아니지. 내 진심을 보여 주면 하늘이 감동해 정혜의 마음이 움직일지도 몰라. 부딪쳐 보자!'

스테이크가 나오자 나는 정혜의 접시를 가져다가 먹기 좋은 크기로 썰어서 앞에 놓아 주었다. 그리고 그녀가 한 입 베어 먹는 것을 바라보다 건배를 제안했다.

"오늘 밤을 영원히 기억하기 위하여!"

"오늘 밤을……."

순간 정혜는 눈을 동그랗게 떴다가 다시 내리깔고 건배

사를 따라 하다 말끝을 흐렸다. 그녀가 부끄러워하는 모습은 처음이었다. 나는 스테이크는 먹는 둥 마는 둥 연거푸 와인을 두 잔 마셨다. 평상시 소주 아니면 막걸리만 마시다 와인을 마시니 들척지근하고 시금털털한 게 술맛은 모르겠고 알딸딸하니 취기가 돌았다. 말없이 스테이크 조각만 몇 점 오물거리던 정혜가 와인을 단숨에 쭉 들이켰다.

"저, 한 잔 더 마셔도 돼요?"

아나운서라 평상시 표준말을 구사하여 마치 초등학교 때 서울에서 전학 온 여자애처럼 근접하기 어려웠는데, 볼이 발그레해진 채 한 잔 더 청하자 나는 순간 술이 확 깨는 느낌이었다. 정혜가 취하기라도 하면 집에 바래다 줘야 할 테니 내가 취하면 안 된다는 생각이 들었다.

"그럼. 근데 괜찮겠어? 지금도 살짝 취한 거 같은데……."

"기분 좋을 정도지 취하진 않았어요."

"여기, 와인 두 잔 더 주세요!"

정혜는 한 모금 마시더니 다시 시무룩해져서 고기 조각으로 접시 가장자리를 빙빙 돌리며 뭔가 딴생각에 빠져 있는 것 같았다. 나는 초조해지기 시작했다. 시간은 흐르는데, 둘 다 더 취하기 전에 꼭 하고 싶은 말이 있는데……. 종잡을 수 없는 그녀의 표정에 초조해진 나머지 용기를 내

자고 결심했다.

"정혜야……."

"말씀하세요. 왜 말을 시작해 놓고……."

정혜는 나와 눈을 정면으로 마주친 채 피하지 않았다. 똘망똘망한 눈과 야무진 입매. 그녀의 오목조목한 이목구비를 이렇게 가까운 거리에서 바라본 적이 없기에 잠시 말을 잊었다.

"저기, 난 말야, 이미 오래전부터 내 마음속에 네가 들어와 있어. 네 감정은 어떤지 모르지만, 우리…… 정식으로 사귈래?"

말이 끝나기 무섭게 정혜가 와인잔을 들어 서너 모금 쭉 들이켰다. 내가 당황해서 어쩔 줄 모르는 사이 그녀가 핸드백과 책을 들고 벌떡 일어나 입구를 향해 걸어갔다.

"정혜야, 자, 잠깐만……."

내가 계산대에서 계산을 마치고 뛰어나가는 것과 동시에 그녀가 택시에 올라탔다. 택시가 서서히 출발하는데 그녀가 고개를 돌려 바라보는 게 보였다. 손을 살짝 흔든 것 같기도 했다. 그 자리에 멍하니 서서 한참 동안 택시가 사라진 방향만 바라보다 터덜터덜 집까지 걸어갔다.

정혜가 사귀자는 말을 듣자마자 뛰쳐나간 건 거절을 의

미했다. 그런데 왜 택시 안에서 끝까지 나를 바라봤을까. 멀고 어두워서 그녀의 눈빛은 확인할 수 없었지만 뭔가 하고 싶은 말이 있는 것 같았는데, 손을 흔든 것은 무슨 신호인 것 같았는데……. 낭패감과 착잡함에 걷고 또 걸어 새벽녘 집에 도착한 나는 그대로 잠에 곯아떨어졌다.

다음 날 아침이 되자 몸이 뜨겁고 머리도 불덩이인 데다 오한이 들고 밤새 두들겨 맞은 듯 온몸이 아팠다. 도저히 일어나 학교 갈 엄두가 나지 않았다. 자다 깨다 다시 자고 일어나 비퍼(삐삐, 무선호출기)를 확인해 보니 메시지가 10여 통이 넘었다. 대부분 학과 친구와 방송국 후배들이었다. 눈으로 번호를 확인하며 훑어 내리다 맨 마지막 전화번호에 눈이 번쩍 뜨였다. 정혜의 번호였다. 벌떡 일어나 일단 냉수를 한 잔 들이켜고 나서 심호흡을 했다.

'정혜는 무슨 말을 남겼을까. 거절인가? 어제 행동으로 봐선 답이 나온 것도 같고 아리송한데…….'

선뜻 수화기를 들지 못하고 한참 망설이다 드디어 메시지 청취 버튼을 눌렀다. 짧은 침묵 끝에 그녀의 목소리가 흘러나왔다.

'어제는 너무 부끄러워서 그만 뛰쳐나올 수밖에 없었어요. 사실은 저도 진작부터 선배님을 마음에 두고 있었는데 막상 고백을 들으니 너무 부끄럽고 어찌할 바를 모르겠더라고요. 오늘 학교도 안 나오시고 무슨 일인지 걱정돼요. 어디 아프신 건 아니죠?'

나는 가슴이 벅차서 메시지를 대여섯 번이나 들었다. 뛸 듯이 기쁜데 어떻게 표현해야 할지 아무 생각이 나지 않았다. 그새 언제 아팠냐는 듯 몸이 가뿐해졌다. 한참을 멍하니 앉아 있다 비로소 쾌재를 부르며 자신 있게 그녀의 비퍼에 메시지를 남겼다.

'내일까지 꼭 제출해야 하는 리포트가 있어서 좀 바빴어. 오늘 시간 되면 저녁때 만날까? 보고 싶다, 정혜야. 전화해 줄래?'

스스로 생각해도 낯간지러운 멘트에 거짓말까지 하고 보니 좀 찔리는 구석이 있었지만 세상을 다 얻은 기분인데 그게 뭐 대수랴 싶었다. 정혜는 얼마 지나지 않아 전화를 걸어왔다.

"어디 아픈 줄 알고 걱정했잖아요. 저도 지금 막 도서관에서 나가려는 참인데 어디세요?"

"응, 난 우리 동네 시립 도서관에서 자료 좀 찾느라 학교 못 갔어. 넌 컨디션 괜찮아?"

"저도 아침에 머리가 아파서 혼났어요. 호호호."

"와인이 마실 땐 몰라도 뒤늦게 머리가 아픈 건데 그렇게 단숨에 마셨으니……. 우리 정혜 아프면 오빠가 미안하지. 저녁도 다 됐는데 만나서 저녁 먹을까?"

"오늘은 제가 살게요. 스테이크는 못 사도 라볶이에 쫄면, 아니면 돈까스 정도는 살 수 있어요."

"하하. 암튼 학교 정문 앞에서 여섯 시에 만나자!"

"네."

나와 정혜는 오랜 연인인 듯 스스럼없이 통화를 끝냈다. 시계를 보니 아뿔사, 번갯불에 콩 튀듯 샤워하고 스킨을 바르는 둥 마는 둥 뛰쳐나갔다.

정문 앞 단풍나무 아래에서 책을 읽고 있는 정혜를 발견하는 순간 나는 세상을 다 얻은 듯한 기쁨에 단숨에 뛰어갔다.

"오래 기다렸어? 오빠가 좀 늦었지."

여태 선배로 호칭했는데, 내가 자칭 오빠라고 해도 정혜는 별 거부 반응 없이 맞장구를 쳤다.

"오빠한테서 좋은 향기가 나요. 스킨 어떤 거 써요? 설마 향수는 아닐 테고……."

"응, 이거? 평상시 늘 쓰는 건데."

"근데 이상하네? 아침에 바른 화장품 냄새가 여태 이렇게 진하게 나요?"

살짝 눈을 흘기면서도 뭔가 짐작이 간다는 듯 배시시 웃었다. 우리는 단골 분식집 대신 늘 방송국 후배들이 단골로 몰려가던 막걸리 집으로 향했다.

"해장술 한잔해야지. 하하. 날도 꾸무룩한데 이런 날은 빈대떡에 막걸리가 제격이잖아?"

나는 쌀쌀한 가을바람이 옷깃을 파고들어도 가슴이 쿵쿵 뛰고 몸에서 열이 나며 추운 줄 몰랐지만 해 저문 저녁이라 정혜가 추울 거 같아 점퍼를 벗어 어깨에 둘러 주었다. 정혜는 학교 앞이라 아는 사람들 눈에 띄기 십상인데 개의치 않는 듯 둘러 준 점퍼를 말없이 걸친 채 막걸리 집으로 향했다.

역시나, 술집에 들어서자 여기저기서 두 사람을 알아본 후배들이 인사를 하다 말고 어안이 벙벙한 표정으로 두 사람을 번갈아 쳐다보았다.

"아니, 형은 오늘 죙일 안 보이더니만 어떻게 두 사람이 같이 들어온당가?"

"어라, 형 점퍼가 어째 정혜 어깨에 걸쳐 있당가? 수상한디?"

"뭣이여, 둘이 사귀어?"

"에이, 설마……."

그들은 일시에 의심의 눈초리와 함께 사실이 아니길 바라는 표정이 역력했다. 질투에 불타서 입이 댓발 나오고, 믿을 수 없다는 표정을 짓고, 실망한 듯 굳은 얼굴로 막걸리 사발을 쭉 들이켰다.

"속 씨원히 말 좀 해 봐! 둘이 뭔 사이여?"

"보면 모르겠냐? 딱 감이 안 잡혀?"

"얼래, 정말인갑다!"

나는 모든 경쟁자를 물리치고 정혜를 차지했다는 승리감에 도취해 뻐기듯 말했다.

"우리 정식으로 사귀기로 했다."

나의 말이 떨어지기 무섭게 으아아악! 다소 과장스럽다 싶을 정도로 탄식과 환성이 터져 나왔다. 정혜는 그저 말없이 웃고 있었다.

"오늘은 내가 기분 좋게 쏠 테니 먹고 자픈 거 다 시켜! 오늘만큼은 먹고 죽자!"

내가 막걸리 사발을 높이 들자 다들 마지못한 듯, 분하다는 듯, 세상의 희망이 사라졌다는 듯 구시렁대며 사발을 들어 건배했다. 그렇게 우리 두 사람은 공개 커플이 되었다.

남학생뿐인 토목공학과와 '견우직녀' 동아리, 방송국에

그들의 연애 소식이 알려지자 축하와 시샘으로 뒤엉킨 인사가 쏟아졌다. 나와 정혜는 그들의 축하를 받으며 남의 눈치 볼 것 없이 홀가분하게 본격적으로 연애를 시작했다.

사랑의 장벽

하루가 멀다 하고 만나 강의실과 도서관, 방송국을 오가며 바쁘게 3학년을 마감했다. 연애와 학업을 병행하는 게 쉬운 일은 아니었다. 이제 졸업까진 두 학기, 겨울방학이 되자 비록 나이는 많지 않지만 군대도 다녀왔으니 졸업하면 결혼식을 올릴 계획이었다. 어차피 서로의 이상형을 만나 행복한데 연애를 길게 끌 이유가 없었다. 취직만 하면 두 사람 먹고사는 거야 어떻게든 해결될 것이고, 그러다 보니 취직에 대한 압박감이 밀려와 나는 4학년 땐 어떻게든 올 A를 받겠다는 결심과 더불어 취업 정보 사이트를 검색하는 일이 잦아졌다. 웬만한 데는 성이 차지 않고 적어도 공무원이나 공기업 정도는 들어갈 생각이었다. 지방대학 비인기학과 출신이면서 자존심 세고 이상이 높은 건 아무래도 마음속 깊은 곳에 도사린 자신감 때문이었다.

'난 일단 목표를 세우면 무서운 속도로 집중하니까, 나 자신을 믿고 도전해보자. 남들 보란 듯이 해내는 거야!'

먼저 양가 어른들께 만남을 허락받고 안정된 마음으로 학업을 마친 뒤 취업에 도전해 직장 구하면 자연스레 결혼하지 않을까.

"정혜야, 내년 설에 부모님께 인사드렸으면 하는데 네 생각은 어때?"

먼저 여자 부모님께 인사드리고 허락받은 뒤 남자 집에 가는 게 도리라고 생각하여 의향을 묻자 정혜도 고개를 끄덕였다.

해가 바뀌어 설 연휴 사흘째 날, 일가친척들이 모두 다녀간 뒤 나는 청주와 한우 세트를 사 들고 정혜의 집 대문을 들어섰다. 육군 소령 출신이라는 정혜의 아버지는 체격이 다부지고 눈썹이 짙은 데다 목청도 크고 군기가 몸에 배어 한 치의 흐트러짐이 없었다. 나는 웃음기 없이 굳은 표정에 순간 위축됐다가 마음을 고쳐먹었다. 체격으로 치자면 나도 밀릴 게 없고 목청도 커서 주눅들 이유가 없다며 평상심을 되찾았다. 어른에게 예의를 깍듯이 갖추느라 마침 설날이고 해서 겸사겸사 세배를 드렸다. 그러나 정혜

아버지는 세배는 받는 둥 마는 둥 다짜고짜 질문 공세를
폈다.

"군대는 다녀왔것제? 어디 몇 사단 몇 중대에서 복무했
능가?"

"전 공군······."

"공군? 흠흠, 사내라면 뭐니 뭐니 해도 육군이 제일이
제. 거두절미허고 내 딸 어디가 맘에 들었능가?"

"네, 저는······."

"자네의 좌우명, 가치관은 뭣이여?"

"제 좌우명은······."

"듣자 하니 토목공학과 나왔다던데 졸업 후 취업 계획에
대해 일목요연하게 말해 봐."

대답할 새를 주지 않고 연신 질문을 퍼붓는 데다 추궁하
는 듯한 말투가 대답할 의욕을 자꾸 꺾었다. 정혜가 가벼
운 술상을 들고 왔지만 정혜 아버지는 내가 따라 드린 잔
을 받을 뿐 권하지 않았다. 내가 성에 차지 않는다는 기색
을 노골적으로 드러내는 것 같아 슬슬 마음이 상하기 시작
했다.

"저, 아버님······."

"그러고 보니 여태까지 이름을 안 물었군. 자네 이름이

뭔가?"

"아, 네 전 박정수라고 합니다."

"박정수? 박씨라…… 본이 어딘가?"

"밀양입니다."

"뭣이? 이런 쯧, 밀양 박씨면 동성동본이잖여! 생각하고 자시고 할 것도 읎네."

'아차!'

나도 가슴이 철렁 내려앉았다. 그동안 왜 같은 박씨라는 사실을 한 번도 염두에 두지 못했을까. 본(本)과 파(派)가 같으면 같은 조상에서 여러 갈래로 뻗어 나간 후손이지만 결국은 한 핏줄, 한 가족이라는 유학 사상이 뿌리 깊은 탓에 동성동본은 법적으로 혼인이 금지돼 있었다. 생각지도 못한 복병에 발이 걸려 고꾸라질 판이라 나는 정신을 바짝 차리고 예비 장인을 설득하기 시작했다.

"저기, 어르신, 전통적인 관습으로 동성동본은 혼인이 금지돼 있지만, 우리나라에 밀양 박씨가 얼마나 많습니까? 수천 명, 아니 수만 명일 텐데 그 많은 사람이 우연히 만나 서로 사랑하지 말라는……."

"떼끼, 시끄랍네. 더 들을 것 없고 썩 나가게."

"어르신, 제 말씀 한마디만 들어 주십시오. 동성동본이라도 파가 다르면 혼인이 가능하다는 얘길 들은 것도 같습니다. 그리고 지금 시대가 어느 땝니까? 이십세기 말인데 조선시대 유학 사상에 발목 잡혀서……."

"허허, 썩 꺼지지 못할 텨? 본 데 없이 자란 늠 같으니라고! 어디서 귀신 씨나락 까묵는 소리 허고 자빠졌어?"

그래도 무릎 꿇은 채 꼼짝도 하지 않자 급기야 주먹이 날아왔다. 평생 군인으로 체력을 단련해 다부진 체격만큼 주먹이 매웠다.

"근본도 모르는 쌩 무식쟁이 놈이 어디 내 귀한 딸을 넘봐? 당장 헤어져!"

아버지가 주먹을 휘두르자 놀란 정혜가 그 팔을 잡고 매달리며 우는 소리로 말했다.

"정수 오빠, 얼른 일어서요. 얼른 나가요."

"한 번만 더 내 딸내미 만났다간 봐라. 다리몽댕이를 분질러 놓을 테니!"

정혜 아버지는 흥분을 가라앉히지 못해 씩씩대며 눈앞에 종주먹을 들이댔다. 하는 수 없이 일어서서 대문을 나서는데 눈물이 핑 돌았다. 처음부터 동성동본인 줄 알고 사귄 것도 아니고, 그것을 뛰어넘고도 남을 지극한 사랑이 뜻밖의 난관에 맞닥뜨린 데 대한 답답증과 안타까움으로 가슴이 답답했다. 더구나 다른 사람도 아닌 사랑하는 여인의 아버지한테 새해 벽두부터 욕과 매를 맞은 것이 서러웠다.

아버지가 펄펄 뛰는 통에 정혜는 배웅하러 나오지도 못했다. 축 늘어진 기분으로 터덜터덜 걸어가는데 소담스럽게 눈이 내리기 시작했다. 한 풀 두 풀 내리던 눈은 곧 함박눈으로 바뀌어 앞이 안 보일 지경이었다.

"이런 제길헐, 함박눈이 눈물을 가려 주는군. 사내자식이 이만한 일로 찔찔대면 못쓴다."

아버지의 목소리가 들리는 듯했다. 금세 하얀 눈사람이 된 나는 자연스레 막걸리 집으로 발길을 옮겼다. 답답한 현실을 잊는 데 술만 한 게 없었다. 흠뻑 취하고 싶었다. 솔직히 동성동본이라는 소리를 들었을 때는 나도 당황했다. 그러나 하늘이 무너져도 솟아날 구멍이 있다지 않은가? 어떻게든 희망을 버리고 싶지 않았다.

막걸리 한 주전자를 들이켰을 때쯤 삐삐가 울렸다. 정혜였다. 나는 곧장 공중전화로 달려가 메시지 청취 버튼을 눌렀다.

'오빠, 정말 미안해요. 많이 놀랐죠? 맞은 데는 괜찮아요? 오늘은 제가 못 나가고 통화도 불가능하니까 조만간 다시 삐삐 칠게요. 저도 마음이 너무너무 아파요. 오빠, 사

랑해!'

울음마저 섞인 그녀의 목소리를 듣자 정신이 번쩍 들었다. 나보다 더욱 마음이 아프고 절망에 빠졌을 그녀를 떠올리니 지금 내가 이러고 있을 때가 아니란 생각이 들었다.

'그래, 어떤 사랑이나 다 난관은 있어. 정혜야, 난 널 절대 놓지 않을 거야. 자식 이기는 부모 없다잖아. 꼭 법적으로 혼인 신고를 해야만 부부는 아냐. 우리 반드시 이겨 내자.'

나는 스스로 다짐하며 어떻게든 정혜 아버지를 설득하겠다고 마음을 고쳐먹었다.

2주쯤 뒤 다시 정혜의 집으로 향했다. 이번엔 무슨 일이 있더라도 아버지의 마음을 돌려 보겠다는 각오였다. 정혜 역시 아버지의 고집을 알기에 적극적으로 나의 편에 서서 함께 매달려 볼 작정이었다. 그러나 현관을 들어서는 나를 향해 불호령이 떨어졌다.

"뭐여, 저눔 자식이 왜 또 우리 집 현관을 넘어? 당장 안 꺼질껴? 오호라, 으른 말이 말 같지 않다 이거냐?"

아버지가 순식간에 달려와 이단발차기로 나의 옆구리를 강타했다. 방심하고 있다 일격을 당한 터라 체격이 큰 나로서도 휘청할 수밖에 없었다. 넘어지는 나를 정혜가 붙잡지 않았더라면 그대로 현관 유리문에 머리를 박을 뻔했다.

"아빠, 정말 너무하세요! 그냥 말로 하시지, 왜 사람을 때려요?"

정혜가 원망 가득한 목소리로 앙칼지게 대들었다. 그러자 이번에는 정혜를 향해 솥뚜껑만 한 손이 올라갔다. 나는 정신이 혼미한 와중에도 온몸으로 정혜를 감싸 안았다. 뺨을 때리려던 손이 그대로 나의 등을 강타했다.

"나가! 썩 나가라고! 애비 말을 귓등으로 들어도 유분수지. 네년도 나가!"

정혜의 어머니가 아버지의 팔을 잡고 늘어지며 눈물로 호소했다.

"정혜 아부지, 말로 하지 왜 사람을 때린다요? 정혜가 으떤 딸인디⋯⋯. 제발 고정허씨요. 혈압도 높은 양반이⋯⋯."

어머니가 정혜와 나를 향해 손을 휘이휘이 내저으며 얼른 피하라는 시늉을 했다. 우리는 마루에 올라서 보지도 못하고 그대로 쫓겨났다.

대문 밖을 나서니 봄을 시샘하는 매서운 칼바람이 두 사람을 찔러 댔다. 장독도 깬다는 꽃샘추위지만 몸보다 마음이 더 추웠다. 장갑 낀 손을 둘이서 꼭 잡고 말없이 덕진공원으로 향했다. 겨우내 꽁꽁 얼었던 호수는 가장자리부터 서서히 녹고 있었다. 봄이 머지않았다.

"정혜야, 꽃피는 봄이 오듯 우리 앞날도 활짝 피면 참 좋겠다, 그치?"

"오빠, 맘 약해지지 말기! 난 언제까지고 기다릴 자신 있어. 정 안 되면……."

"어쩔라고?"

내가 눈을 크게 뜨고 정혜의 어깨를 부여잡은 채 뚫어져라 바라봤다.

"아빠가 계속 반대하면 도망가서 살림 차리고 애 하나 낳으면 어쩌시겠어?"

정혜는 평상시 그녀답게 당차고 결연한 표정으로 말을 마치더니 고개를 돌려 먼 하늘을 망연히 바라보았다. 하늘은 우리의 앞날을 예측하듯 먹구름이 잔뜩 긴 것이 금세라도 눈발이 쏟아질 기세였다. 정혜 역시 말은 그렇게 했지만 과연 자신의 말을 책임질 수 있을지 어떨지 몰라 답답했다. 우리는 동시에 한숨을 내쉬었다.

뺨도 발도 시렸지만 무엇보다도 마음이 시려 공원 벤치에 더 앉아 있기 힘들었다. 어깨를 잡고 이마에 입을 맞추는데 정혜의 속눈썹에서 굵은 눈물이 소리 없이 흘러내렸다. 나는 가슴이 짠해서 미칠 것만 같았다. 어떻게든 그녀의 마음을 따뜻하게 녹여 주고 싶다는 일념으로 두 눈에 입을 맞추었다.

4학년 1학기 첫 주라 분주한 틈에 방송국에서 우리는 마주쳤다. 어쩐 일인지 정혜는 모자를 푹 눌러쓰고 마스크로 얼굴을 가린 채 내 시선을 피했다. 나는 직감으로 무슨 일이 있다는 걸 알아차리고 정혜의 손을 끌어 강의동 옥상으로 올라갔다. 정혜는 자꾸만 고개를 외로 꼬며 기침을 해 댔다. 모자챙을 들고 얼굴을 보려 하자 완강하게 몸을 저으며 내 손을 뿌리쳤다.

"무슨 일이야? 마스크는 왜?"

"감기가 심해서요. 옮으니까 가까이 오지 마요."

내가 억센 팔로 그녀의 허리를 안고 한 손으로 모자를 벗기자 두 눈가가 시퍼렇게 멍들어 있었다. 잽싸게 마스크를 벗기자 뺨엔 벌겋게 손자국이 나 있었다. 내 두 눈에 번갯불이 번쩍였다. 그 길로 단숨에 정혜의 집으로 달려갔다.

"아니, 저놈이, 저놈이 또 왔네? 참말로 질긴 놈이네. 저렇게 끈덕지니 우리 정혜가 맘을 못 잡고 휘둘리는겨."

나는 현관 바닥에 무릎을 꿇은 채 간곡하게 말했다.

"어르신, 제발 부탁입니다. 저는 얼마든지 때리셔도 좋습니다. 때리시는 대로 맞겠습니다. 하지만 정혜는 제발 손찌검하지 말아 주십시오."

"네놈이 사달이여. 네놈 만나기 전까진 이날 입때꺼정 속 한번 썩인 적이 없는 딸이여. 워쩔래? 네놈이 계속 부모 자식 간을 갈라놓을 텨?"

"정말 부모님이 사랑으로 키우신 거 못잖게 저도 평생 사랑하고 아끼며 살겠……. 헉!"

말을 마치기도 전에 찬물 바가지가 날아왔다. 순식간에 머리부터 얼굴로 몸으로 찬물이 흘러들어 온몸이 와들와들 떨렸다. 속옷까지 젖은 데다 무릎 꿇은 다리가 저렸다. 무엇보다 견디기 힘든 것은 수치심과 모욕감이었다. 한 여자를 사랑하는 게 이리도 큰 죄인가. 바닥을 짚고 겨우 일어서는데 정혜 아버지가 마지막 비수를 꽂았다.

"한 번만 더 만나면 정혜란 년 다리몽댕이를 분질러 집 안에 들어앉혀 놓을 텡게 그리 알어! 졸업이 대수냐? 못된 연애질이나 하는 건 딸내미도 아녀!"

칼은 정확하게 나의 가슴을 뚫어 콸콸콸 진한 피가 흐르는데 이상하게 아프기보다 홀가분했다. 그간 몸속 곳곳에 스며든 고통과 낙담, 좌절감이 녹아들어 피를 흘리면 흘릴수록 머리가 맑고 개운해지는 느낌이었다. 가슴을 짓눌러 온 바위도 일순간에 부스러기가 되어 떨어져 나갔다. 나는 일어나 저리다 못해 휘청거리는 다리로 애써 중심을 잡고 고개를 숙여 인사했다. 멀뚱히 바라보던 정혜 아버지가 방문을 쾅 닫고 들어가 버렸다.

나는 대문을 나서며 결심했다.

'더 이상 정혜를 아프게 하지 말자. 정말 그 애를 사랑한다면 놓아주는 게 최선이야!'

연애의 완성이 결혼은 아니라는 말도 있지 않은가. 아름다운 추억으로 가슴에 묻어 두고 그녀를 떠나보내는 게 지금 나 자신이 할 행동이란 걸 뼈저리게 깨달았다. 그 길로 학점 관리며 취업 준비 때문에 바쁘다는 핑계를 대고 방송국을 사직했다. 한동안 비퍼가 수없이 울려 댔지만 정혜에게 연락하지 않았다. 나중에는 아예 메시지조차 확인하지 않았다. 교정에서도 그녀가 보이면 다른 길로 돌아갔다. 그리고 간절히 빌었다.

'정혜야, 하루빨리 날 잊어라. 오빠가 원망스럽겠지만 앞으로 살아가는 동안 우리는 수많은 선택을 하겠지. 훗날 오늘의 아픔과 고통이 최선의 선택이었다고 웃으며 회상할 수 있도록 함께 노력하자. 너를 사랑한 기억은 죽을 때까지 간직하마…….'

토목공학과 여학생들

　남학생만 우글거리는 토목공학과에 여학생들이 들어왔다. 그것도 10여 명이 한꺼번에 입학하자 학과 분위기가 확 달라졌다. 여학생들은 참새처럼 재재거리며 남학생들과 잘 어울렸고, 남학생들은 쾌재를 부르며 걸핏하면 여학생들과 술 마실 기회를 만들었다. 96학번 동기들은 물론이고 91학번 복학생 선배들도 설레긴 마찬가지였다. 나는 정혜와 헤어진 뒤 실의를 달래기 위해 수업에 집중했지만 종종 토목공학과 전체 모임에 참석해 신입생들과 어울리곤 했다.

　그중에서도 특히 김현미라는 신입생이 자꾸만 눈에 밟혔다. 얼굴은 그리 예쁘지 않지만 성격이 쾌활하고 명랑한데다 생글생글 잘 웃으면서 남학생들하고 잘 어울렸다. 나에게도 첫 만남부터 오빠, 오빠 하며 따랐다.

"오빠, 저희 배고픈데 밥 좀 사 주세요."

여학생 대표로 현미가 나서서 밥 사 달라, 술 사 달라 조르면 남학생들은 누구도 거절하지 못했다. 나 역시 있는 돈 다 털어서 여학생들 밥을 사곤 했다. 맏형 노릇을 하자니 돈이 들었지만 병아리처럼 학과 분위기를 바꾼 여학생들에게 밥을 사는 것이 아깝지 않았다. 자연스레 여학생들은 나를 잘 따랐고 나는 가장 인기 있는 선배가 되었다.

입대 전에 몰려다닌 칼스버그 친구들은 다들 입대하면서 표면적으로 와해됐지만 주축 멤버인 김중혁이 복학하자 슬금슬금 옛날 분위기가 되살아났다. 칼스버그에 여학생들까지 가세하자 김중혁은 신이 났지만 나는 예전과 달리 술모임에 휩쓸리지 않았다. 거리를 두자 자연스레 그들과 멀어졌고, 중혁과 현미가 눈에 띄게 친해졌다. 중혁은 키가 크고 인물도 좋은 데다 말솜씨까지 뛰어나서 여학생들 사이에 인기가 많았다.

"어머, 중혁 오빠는 어쩜 말을 저렇게 재밌게 한대요? 입만 열었다 하면 웃음보가 터져 부요."

안 그래도 웃음이 많은 현미는 중혁과 함께 있으면 늘 깔깔댔고, 중혁은 으쓱해서 한술 더 떴다.

"내가 개그맨 시험을 안 봐서 그렇지, 방송국에서 나의 존재를 알면 모셔 갈 거여. 긍게 나의 존재를 세상에 알리지 마라 잉? 안 글면 내 삶이 피곤해져 부러야. 난 죄용히 살고 잡다."

"어머, 텔레비전에 나오는 오빠 모습 근사할 턴디. 시험 한번 봐요. 아님 우리가 제보할까?"

"아야, 아서라잉. 난 너그들하고 이렇게 술 마시며 재미지게 죄용히 사는 게 훨씬 좋응게."

넉살을 부리는 중혁이나 장단 맞추는 여학생들, 특히 현미나 죽이 척척 맞았다. 중혁은 어디를 가나 여학생들의 시선을 끌었고, 실제로 많은 여학생을 사귀었다. 만나고 헤어지는 데 큰 의미를 두지 않는 그로선 주변에 여자들을 죽 늘어놓고 문어발 데이트를 했지만 현미는 진심으로 중혁을 믿고 따랐다. 고민거리가 생기면 늘 중혁에게 털어놓았고, 여자 다루는 데 이골이 난 중혁은 현미의 마음을 점점 흔들어 놓았다.

어느새 칼스버그에서 두 사람은 공식 커플이 되었다. 나는 현미를 이성으로 보지 않았기에 두 사람이 사귀는 데 개의치 않았다. 아주 가끔 어울려 술 한잔 마실 때 분위기를 밝게 띄우는 현미를 보며 우울한 마음이 밝아지는 것에 만족할 뿐이었다. 중혁의 여성 편력을 누구보다 잘 알기에 부디 중혁이 현미에게 상처를 주지 않았으면 하는 바람 정도였다고 할까.

어느 날 현미가 나에게 조용히 의논할 일이 있다며 학교 앞 카페에서 만나자고 했다.

"무슨 일이냐? 왜 안색이 좋지 못해?"

평상시와 달리 핼쑥해진 얼굴로 고개를 숙인 현미가 얼굴을 드는데 두 눈에 눈물이 그렁그렁했다.

"우냐? 뭣 땜시, 왜 그래?"

나는 직감으로 떠오르는 게 있어 재차 물었다.

"중혁이 땜에 그려? 뭔 일 있지?"

"흑흑흑…… 중혁 선배님이 정말 그럴 줄 몰랐어요."

현미가 어깨까지 들썩이며 울음을 터뜨렸다.

나는 주변의 시선에 난처해하며 현미 곁으로 옮겨 앉아 어깨를 다독이면서 말했다.

"진정하고 찬찬히 말해 봐. 울지 말고 뚝 그쳐라. 오빠랑 술 한잔할래?"

오죽하면 나를 찾아왔을까 싶은 맘에 나는 현미를 데리고 근처 막걸리 집으로 향했다. 칼스버그 멤버들의 단골집이 아닌 다른 막걸리 집이었다. 현미는 그새 마음을 진정한 듯 침착하게 낮은 목소리로 입을 열었다.

"중혁 오빠가 그럴 줄은 정말 몰랐어요. 항상 재미있고, 친절하고, 의논 상대도 돼 줘서 친오빠처럼 믿었거든요. 근데……."

"근데 어쨌는데? 무슨 일이여."

"사흘 전 오빠가 조용히 할 말이 있다며 잡아끌어서 모텔에 갔어요. 처음엔 저도 이상해서 왜 모텔로 가자는 거냐 물었더니, 과제 준비를 하는데 제 도움이 필요하다는 거예요. 도면을 수정해야 하는데 방바닥에 펼쳐 놓아야 하니 모텔에 가야 한대서 그대로 믿고 따라갔는디요."

'녀석, 또 뻔한 수작을 부렸군.'

안 들어도 뻔했다.

"근데 피곤하니까 잠깐만 쉬었다 시작하자며 침대에 눕더니 저더러도 옆에 와서 누우라는 거예요. 이게 뭔 일인가…… 당췌 헷갈려서 망설이는데 갑자기 달려들더니 저를 강제로 침대에 뉘는데 도무지 힘으론 못 당하겠드라고요. 그래서 비명을 지르고 그 오빠 손도 물어뜯고 강제로 입 맞추려 해서 입술을 깨물었더니 막 욕을 하고 나가 버리대요. 전 너무 놀라고 기가 막혀서 한참 울다가 정신 차리고 뛰어나왔어요."

"으음, 그렸군. 많이 놀랐겠다. 지금은 어쩌냐, 마음이?"

"다음 날 강의실 앞 복도에서 마주쳤는데 심장이 쿵 내려앉는 거 같고 다리도 후들거려서 눈을 못 마주치겠더라고요. 그래도 한마디 미안하다, 사과할 줄 알았는데 아무렇지도 않은 듯, 아무 일 없었다는 듯 시침 뚝 떼고 그냥 지나가대요? 어떻게 이럴 수 있대요? 전 지금도 가슴이 벌벌 떨리고 가슴이 쿵쿵거리는데, 그런 짓을 하고 어쩜 그렇게 시치미를 떼는지……. 앞으로 어쩐대요? 학교생활을 할 자신도 없고……."

"그래, 많이 놀랐겠다. 참말로 속상하지. 중혁이가 실수했구먼. 그것도 아주 큰 실수를 했어. 억울하고 분할 테니 당분간 칼스버그 모임도 나가지 말고 마주치지 않는 게 상책이여."

"생각할수록 배신감에 맘이 괴로워요."

"암, 그렇겠지. 왜 안 그렇겠냐? 어쨌거나 위기를 모면했으니 천만다행이다 생각하고 얼른 잊어라."

늘 웃는 낯이던 현미는 시종일관 눈물을 떨구거나 침울한 표정으로 말없이 막걸리 사발을 들이켰다. 나는 그런 현미를 바라보며 생각했다.

'보기보다 숙맥이군. 요즘 애들 스무 살이면 알 거 다 알

나인데, 모텔까지 속아서 따라간 것도 그렇고. 순진한 맹
꽁이 같으니라고!'

현미를 바라보며 여러 가지 생각이 교차했다. 10여 명의
여학생 중에서 가장 발랄하고 남학생들과 스스럼없이 어울
리는 만큼 알 것 모를 것 다 알 거라 생각했는데 의외로 순
수한 면을 발견하자 그녀가 새롭게 보였다.

현미도 고민을 털어놓고 나자 한 짐 덜은 듯 점차 학교생
활에 몰두했다. 현미와 그녀의 친구들이 칼스버그 모임에
발을 끊자 중혁도 머쓱하여 학교 밖으로 빙빙 돌면서 칼스
버그는 다시 썰렁해졌다.

중혁의 모습이 뜸해진 사이에 나와 현미는 눈에 띄게 가
까워져 있었다. 그녀의 밝고 거침없는 성격과 상대의 기분
을 띄워 주는 남다른 면에 점점 빠져들었다고 할까. 그녀와
함께 있으면 침울한 마음은 어느새 사라지고 나도 모르게
웃고 있는 것을 발견했다.

사실 내가 집을 멀리하고 밖으로 떠돌면서 친구들과 술,
동아리나 방송국 생활에 빠져든 것은 늘 어둡고 무거운 집
안 분위기와 무관하지 않았다. 아버지와 어머니는 성격이
판이해서 다툼이 끊이지 않았다. 아버지는 자식 교육이 우
선이라 오직 자식 뒷바라지에 보람을 느끼는 데다 워낙 꼼

꼼하셔서 한 푼이라도 아껴 저축하다 보니 외식이나 가족 여행은 꿈도 꾸지 못했다. 남들과 어울리는 것도 싫어해 정시에 퇴근하면 집에서 책만 읽는 선비셨다.

반면 어머니는 사교성이 좋아서 남들에게 인기가 많다 보니 밖으로 돌아다니느라 늘 집을 비우셨다. 게다가 아버지가 애써 모은 돈을 덜컥 빌려 주었다가 떼이는 실수가 잦다 보니 거의 매일 부부 싸움을 했다.

"여자가 집에 들어앉아 살림이나 할 것이제 만날 어딜 그렇게 쏘다녀?"

"돈 한 푼 맘대로 쓰게 하나, 집밖에 모르는 집귀신과 사는 것도 숨 막힌당게."

"그 돈이 어떤 돈인데 날름 남의 입에 처넣냐고? 여편네가 겁이 없어도 유분수지. 그러고도 뭘 잘했다고 지금 큰소리여?"

"아이고, 난들 뗄 줄 알고 줬간디? 이자 준다니까 몇 푼이라도 늘쿼 보려다 이리 됐제. 피장파장이요. 당신은 뭘 잘했간디? 사내대장부가 만날 집에 들어앉아 굴 파고 있으니 어떤 여자가 좋다 허요. 나나 된께 같이 살제!"

"뭐여? 뭘 잘했다고 아직도 나불대. 당장 그 입 닥치지 못혀?"

두 사람의 말싸움은 끝도 없었다. 자식들의 심정은 아랑 곳 않고 자신의 주장만 내세우니 타협점도 없었다. 중간에 서 등 터지는 건 나와 은영이었다.

"잔말 말고 당장 집에 들어앉아 살림이나 혀!"

"그렇게는 못 혀요. 집에 있다간 속이 터져 제 풀에 죽을 텡게."

한 치의 양보 없는 혈투에 한참 사춘기인 은영이가 나에 게 소근댔다.

"오빠, 난 가출하고 싶은 적이 한두 번이 아녀!"

"짜아식!"

사실은 나도 집 안이 시끄러울 때마다 가출하고 싶은 충 동을 느꼈지만 실행에 옮기지 못하고 하루하루 견뎌 온 터 라 동생의 심정을 백번 이해했다. 부모의 싸움과 냉전 틈 새에 낀 나와 은영에게 집은 따뜻한 공간이 아니라 마지못 해 들어가 잠만 자는 곳이 돼 버렸다.

"오빠나 나나 비행 청소년이 되지 않고 집에 붙어 있는 게 기적이여, 그치?"

정혜와 결혼을 서둘렀다가 허사로 돌아가고 4학년이 되 자 취업에 대한 압박감으로 늘 대학 도서관에서 폐관 시간 까지 책장을 뒤적이다 늦게 들어간 것도 다 그런 이유였다. 그런 나에게 현미는 한 줄기 밝고 투명한 빛으로 다가왔다. 집안 분위기가 암울한 잿빛이라면 현미는 존재만으로도 봄에 막 움을 틔운 새싹처럼 연하고 부드러운 초록빛이랄까, 갓 부화한 병아리 털빛이랄까.

"참 이상해. 너랑 있으면 막 신이 나서 무슨 일이든 하고 싶고, 잘해 낼 것 같은 자신감도 생기고, 마음이 들썩거려. 그 전엔 내가 뭘 해야 할지도 모르겠고, 내가 뭘 하고 싶은지도 몰랐는데, 이젠 뭐든지 하면 잘할 것 같고…… 인생의 목표가 생겼다니까!"

"오빠는 뭐가 되고 싶은데?"

"나? 난 말야, 일단 남들이 깜짝 놀랄 만큼 좋은 회사에 취직한 다음 나중에 큰돈을 버는 게 목표야. 부자도 아주 큰 부자가 되는 거지."

"우리처럼 지방대학에 알아주지도 않는 학과 졸업해서 어떻게 좋은 회사에 취직한대?"

현미가 입을 삐죽거렸다. 아마 다른 사람이 그렇게 말했으면 자존심이 상해 화를 냈겠지만 그녀에겐 달랐다.

"두고 봐라! 오빠는 한번 마음먹은 일은 반드시 해낸다. 옆에서 지켜보면 차차 알게 될 거야!"

나는 어디에서 나오는지 모를 자신감에 큰소리부터 쳤

다. 무언가 저 깊은 곳에서 용솟음치는 도전 의식과 오기가 나를 벌떡 일으켜 세우는 느낌이었다.

고등학교 때 아버지의 기대를 저버리고 대학 입시에 실패한 데다 대학이랍시고 다니면서 술로 허송세월을 보낸 것이 뼈저리게 후회됐다. 비로소 나의 앞날에 대해 한 번이라도 고민해 본 적이 있었나, 자책이 들었다.

'아버지의 소원은 오직 하나밖에 없는 아들을 통해 못다 이룬 꿈을 실현하는 것인데, 사사건건 청개구리처럼 살아왔으니 얼마나 피눈물을 흘렸을까. 낭만이랍시고 술독에 빠져 살면서 사 학년이 되도록 해 놓은 게 무엇인가……'

생각할수록 한심해서 견딜 수가 없었다. 내가 선배님, 선배님 하면서 따르던 선배들도 졸업 후 취직을 못 해 학교 주변을 어슬렁거리거나 이름도 생소한 조그만 회사에 취직해 쥐꼬리만 한 월급으로 아이 키우며 어렵게 사는 모습을 얼마나 많이 봐 왔는가.

"선배님은 현재 삶에 만족해요?"

"그럼 어쩌것냐? 우리 같은 지방대 출신들이 들어가 봐야 얼마나 좋은 회사 들어가것냐? 그나마 월급 따박따박 받아 자식 낳고 사는 게 행복인 줄 알아야제. 현실은 녹록하지 않아!"

자조하는 그들을 보며 막연하나마 현실을 깨우치고 보니 너무 늦은 감이 있었다. 작은 회사조차 취직을 못 한 선배들은 학교 도서관에 죽치고 앉아 취업 준비를 한답시고 운동복 차림에 컵라면으로 때우면서 웅크리기 일쑤였다.

　'어영부영하다간 나도 죽도 밥도 아닌 인생을 살 게 뻔하지 않은가. 지금부터라도 노력해서 아버지 보란 듯이, 그리고 현미에게 자랑스러운 남자 친구가 되기 위해 꼭 버젓한 직장을 잡자.'

　현미의 손을 꼭 쥐고 다짐했다.

　"두고 봐라. 네가 옆에 있는 한 오빠는 반드시 해낸다!"

　현미가 히잉 콧소리를 내며 살포시 어깨에 기대 왔다.

IMF의 돌부리

4학년 2학기도 막바지, 종강을 코앞에 둔 시점, 온 나라에 뒤숭숭한 소문이 돌았다. 외국에 빚진 돈이 1,500억 달러가 넘고 당장 갚아야 할 돈도 많은데 국가 금고에 비축해 둔 돈은 고작 40억 달러도 되지 않아 국제통화기금(IMF)에 자금 지원을 요청한다는 내용이었다. 국민들은 도무지 이해할 수 없는 현실에 혼란스러워하며 술렁댔다.

"나라에 빚이 그렇게 많대?"

"당장 발등에 떨어진 불도 못 끌 만큼 곳간이 텅텅 비었다는구먼."

"그럼 워쩌? 장차 나라꼴이 워치게 될랑가?"

"나라가 부도난다니……. 회사도 아니고 국가가 부도난다는 게 말이 돼? 어떻게든 되것제."

그러나 불안은 곧 현실로 나타났다. 1997년 11월 21일 경제부총리가 특별 기자 회견을 하는 모습이 TV 전파를 타고 전국에 생중계됐다.

"현재 우리 대한민국은 외환 보유액이 사십 억 달러도 채 되지 못해 정부가 국제통화기금에 자금 지원을 요청하기로 결정하였음을 국민 여러분께 알려 드립니다⋯⋯."

침통한 표정으로 말을 이어 가는 경제부총리의 말 한마디, 한마디에 카메라 플래시가 터졌고 언론들은 온통 IMF와 외환위기의 심각성을 알리느라 확성기라도 들이댄 양 특집 뉴스가 쏟아졌다.

"대체 아엠에프가 뭐랴? 뭐라뭐라 설명을 하는데 당췌 들어도 뭔 소린지 모르것네."

"아, 뉴스를 그렇게 듣고도 몰러? 한마디로 나라가 빚에 쪼들려 국제기구에 돈을 꾼다 그거제. 문제는 그 큰돈을 당장 워치케 갚냔 거여."

"아니, 나라 살림을 워치게 했글래 빚이 그렇게 많디야? 아무리 살림이 어려워도 애끼고 쪼개 쓰면서 비상금은 꼬불쳐 두는 법인디, 나라에 비상금이 없단 게 말이 돼?"

경제부총리의 이실직고는 엄청난 후폭풍을 몰고 왔다. 나라 경제가 파산 직전에 이르자 수많은 기업이 부도를 내면서 실업자가 속출했고 금융 기관도 줄줄이 문을 닫았다.

낙관과 불안이 교차하며 애써 자위하던 국민들은 비로소 현실을 직시하기 시작했다. 내일을 걱정하지 않은 채 흥청망청 빚을 내고 카드를 긁으며 오늘을 즐기다 호되게 뒤통수를 맞은 기분이었다.

사실 외환위기는 하루아침에 생긴 게 아니라 30여 년 동안 급성장한 경제 발전 과정에서 파생될 수밖에 없는 문제점이 차곡차곡 쌓였다가 터진 시한폭탄일 뿐이었다. 국내 기업들의 국제 경쟁력 약화로 수출 감소와 경제 문제의 심각성을 제때 파악하지 못한 무능한 정부, 경제 발전을 자축하는 국민들의 과소비 등 여러 가지가 한꺼번에 뭉친 거대한 눈사태였다. 샴페인을 너무 일찍 터뜨린 결과랄까.

나는 겨울방학이 되자 본격적으로 신문과 인터넷 구직 사이트를 샅샅이 뒤졌지만 허사였다. 하루아침에 공중분해된 회사에서 쏟아져 나온 실업자들로 온 나라가 아우성이니 새로 직원을 채용할 리 만무했다. 외환위기 사태라지만 그쪽엔 문외한이라 조금 심각한 사건이 터졌나 보다 방심한 그로선 사태의 심각성을 깨닫지 않을 수 없었다.

'대체 이게 무슨 일이여. 하필 졸업하는 시점에⋯⋯.'

눈 씻고 구직 사이트를 뒤져 봐도 주변 사람들에게서 들려오는 이야기는 하나같이 부도, 실직, 자살, 노숙자라는 단어들뿐이었다.

1998년 2월 졸업하고 사회에 돌멩이처럼 내던져진 내가 갈 곳은 아무 데도 없었다. 나 역시 내심 비웃었던 선배들과 마찬가지로 도서관을 전전할 수밖에 없었다. 국가의 앞날을, 한 치 앞을 예측할 수 없으니 취직은 요원했다.

"아버지, 염치없지만 한 가지만 부탁드릴게요. 지금 당장 취직이 어려울 거 같으니 대학원 등록금 한 학기만 대주세요. 나머진 제가 아르바이트해서 충당하겠습니다. 대학원 다니면서 취직 시험 준비할라고요."

"알바할 시간에 공부를 혀. 죽기 살기로 매달린다고 약속하면 등록금을 대줄 것이고, 또 어영부영 돈 잡아먹을 요량이면 아예 꿈도 꾸지 말어! 남덜은 요즘 같은 형편에 대학원은 언감생심이여, 알것냐?"

"예."

어렵게 아버지의 허락을 받아 대학원에 등록한 뒤 본격적으로 공부를 시작했다. 어차피 나라 형편이 1~2년 새 좋아질 것 같지 않으니 1998년은 취직 시험 공부에 전념할 작정이었다. 이를 악물고 공부했다. 특히 영어를 집중해서 파고들었다.

'글로벌한 국제사회에서 영어는 필수지!'

지방대 졸업생이라는 핸디캡을 극복하고 큰 회사에 입사하려면 영어 실력이 생명이었다. 그러나 토익 시험이 막 시행되기 시작한 때라 시험 정보를 얻는 것이 쉽지 않았다. 토익에 관심 갖는 사람이 주변에 아무도 없었다. 스스로 정보를 뒤지고 책을 사서 공부하면서도 내 실력이 어느 정도인지 가늠하기 어려워 답답했다.

"오빠, 목표가 어디야? 공무원? 대기업? 요즘은 취직이 하늘의 별 따기라는데…… 될까?"

가끔 현미는 내가 너무 공부에만 몰두해 자기와 놀아 주지 않는다며 심통을 부렸다. 그녀는 워낙 노는 것을 좋아하고 공부에는 관심이 없어서 학점이 좋지 않았지만 크게 개의치 않았다. 나라 형편이 어떻게 돌아가든 말든 내가 놀아 주지 않자 단짝 친구들과 놀러 다니기 바빴다. 영화 보고, 술 마시고, 클럽 가고……. 백수가 과로사한다더니 현미도 노느라 과로사 직전이었다. 그러다 한 번씩 나를 만나면 힘을 주긴커녕 은근히 비아냥거리는 투로 말했다.

"요즘 같아선 쬐끄만 회사라도 받아만 주면 큰절한다던데, 오빠는 그래도 학점이 좋으니까 하급 공무원 한자리쯤은 붙지 않을까? 울 엄마는 실업자 사위는 절대 허락 안 할 거여.”

“난 공무원이나 일반 회사는 관심 없어. 다 생각하는 바가 있으니 내 걱정 말고, 네가 큰일이다. 만날 놀러 다니고, 등록금이 아깝지 않냐? 일단 내 발등의 불 끄고 나면 그땐 오빠한테 혼날 각오하고 이쯤에서 정신 차려라!”

“치잇! 난 취직할 맘 없네요. 돈 잘 버는 남편 만나 집에서 살림하면 되제!”

말은 그렇게 했지만 그녀의 표정에 설핏 어두운 그림자가 스쳐 갔다. 현미도 매 학기 등록할 때마다 등록금 걱정으로 전전긍긍하는 것을 나도 잘 알고 있었다. 부모가 일찍 이혼한 뒤 엄마 혼자 벌다가 새로 만나 남자와 동거하는데 동거남도 멀쩡한 직업이 없다 보니 말다툼이 잦아 집에 들어가기 싫다는 고백을 듣고 현미에게 더욱 동병상련의 정을 느낀 터였다. 그래서 하루빨리 보란 듯이 직장 잡고 결혼하여 현미를 불우한 환경에서 구해 내겠다고 결심했다.

“오빠가 다시 한 번 경고하는데, 이제라도 늦지 않았으니까 학점 관리 잘하고, 너야말로 공무원 취직을 목표로 슬슬 시험 준비 시작해라. 그다음은 내가 다 알아서 할 테니…….”

나는 솔직히 일반 대기업은 가고 싶지 않았다. 어쩌다 대기업에 입사한 선배들이 사생활도 없이 새벽부터 밤늦게까지 일하고 주말도 회사에 반납하는 것을 보면서 젊은 시절을 일벌레로 살다 소모품처럼 내팽개쳐지느니 공기업이 열배는 낫다고 판단했다.

물론 전국을 강타한 IMF 여파로 근무하던 직원들도 조퇴니 명퇴니 구조조정을 하는 판이라 신입 사원을 뽑는 공기업이 거의 없었다. 뽑는다 해도 전국의 모든 취업준비생이 몰릴 테니 경쟁률은 그 어느 때보다 치열할 게 뻔했다. 그런 만큼 나는 더욱더 실력을 갈고닦아야 했다.

어떤 공기업도 채용 공고를 내지 않은 채 1998년 한 해가 지나갔다. 초조함과 무력감으로 하루하루가 가시방석이지만 전국의 모든 젊은이 역시 마찬가지고, 가정을 가진 40대 실업자들이 더 큰 고통을 겪겠거니 스스로 위로했다.

"엄마, 그건 왜 챙겨요? 아부지 아시면 또 난리가 날 텐데……."

어느 날 집에 들어오자 어머니가 방바닥에 패물을 죽 늘어놓고 나와 은영의 돌반지, 본인이 아끼시는 금가락지, 아버지가 근속 20주년 기념으로 받은 행운의 열쇠를 따로 분류하며 뭔가 깊은 생각에 잠겨 있는 듯했다.

"아이고, 깜짝이야! 야는 기척이나 하고 들어오지. 걱정 마라. 아부지도 허락하셨응게."

"긍게 어디다 쓸라고 그걸 챙기냐고요?"

"넌 뉴스도 안 보냐? 요즘 전 국민 금 모으기 운동이 한창 아녀? 너도 나도 장롱 구석에 간직한 금붙이들 팔아 그걸 모아 나라 빚 갚는 데 쓴대서 사람들 모다 금을 내다 파느라 장사진인디……."

그랬다. 국제통화로 금을 쳐 주기 때문에 부족한 달러 대신 금이라도 모으자는 데 착안하자 국민들은 저마다 사연 많은 금을 팔기 위해 전국 곳곳에서 줄을 선 모습이 뉴스로 연일 보도됐다. 적은 액수의 월급을 쪼개 쓰면서도 아기 돌반지만큼은 움켜쥐고 있던 젊은 부부에서 정년퇴임 기념으로 받은 행운의 열쇠를 내놓은 노신사, 환갑 선물로 자식들이 해 준 금반지라며 수줍게 웃는 노점상 할머니……. 눈물겨운 사연만큼이나 애국심 하나로 온 국민이 똘똘 뭉친 감동적인 장면이었다.

게다가 그동안의 과소비를 반성하는 듯 국민들 사이에 아나바다 운동이 전개되기 시작했다. 아껴 쓰고, 나눠 쓰고, 바꿔 쓰고, 다시 쓰기를 실천하는 운동이었다. 재활용 분리수거함에 넘쳐나던 멀쩡한 옷이며 가전제품, 장난감은 서로 필요한 사람들과 나눠 쓰거나 바꿔 쓰고 식당에선 잔반을 버리는 대신 양을 줄여도 누구 하나 불평하는 이가 없었다. 혼자 자가용을 끌고 출퇴근하던 직장인들은 자동차 대신 대중교통을 이용했으며 온 가족 외식 대신 집에서 식사하고, 직장인들은 도시락으로 식사비를 아끼며 허리띠를 졸라맸다. 한동안 과소비에 익숙했던 국민들은 비로소 근검절약의 중요성을 깨달으며 어떻게든 위기를 극복하기 위해 노력했다.

"진즉에 그럴 것이제. 이제야 모다들 정신 차리는 갑다. 쯧쯧!"

아버지는 신문을 들여다보며 혀를 차는 한편 이제 세상이 제대로 돌아갈 모양이라며 반기셨다. 평생 구두쇠 소리 들어 가며 근검절약이 몸에 밴 아버지의 방식이 어쩌면 더 지혜롭고 현명한 처세였는지도 모른다는 생각에 가슴 한구석이 싸했다.

필사적인 몸부림, 취직

1999년 초, 공기업 최초로 KTX에서 채용 공고가 났다. 나는 공고문을 읽고 또 읽으면서 가슴이 심하게 뛰는 걸 느꼈다.

'이거다, 여기야말로 그동안 갈고닦은 실력을 발휘할 곳이야! 얼마나 기다리고 기다린 채용 공고인가…….'

KTX에 응시하겠다고 하자 친구나 선후배들은 모두 코웃음을 쳤다. 국가적으로 어려운 시기에 우리 같은 지방대 출신들이 감히 합격하겠느냐, 괜히 시간 낭비 마라, 꿈도 야무지다 등 한결같은 반응이었다. 물론 틀린 말은 아니었다. 서울의 일류 대학 졸업생들도 취업에 목말라 있을 게 분명하니 오르지 못할 나무는 아예 쳐다보지 말라는 말도 일리는 있었다. 그러나 한번 목표를 세운 내 귀에는 아무 말도 들리지 않았다.

'양옆을 가린 채 미친 듯 앞만 보고 달리는 경주마가 되리라. 나의 잠재 능력을 꼭 확인해 보겠어. 성공은 노력하는 자에게 주어지는 거지, 타고난 운명이 아니잖여. 나의 운명을 확인하는 아주 좋은 계기가 되겠군.'

포기 대신 질주를 선택했다. 공부하다 지쳐 죽는 한이 있더라도 반드시 합격하고 말겠다는 각오로 석 달 동안 미친 듯이 공부에 매달렸다. 그리고 절규했다.

'운명을 주관하는 신이 계시다면 다른 건 몰라도 이 시험만큼은 꼭 붙게 해 주세요!'

총 4차에 걸친 시험인데, 1차에 응시하러 가기 며칠 전 아버지께 털어놓으면서 용기와 격려를 기대했지만 뜻밖이었다.

"공기업이 얼마나 실력파들이 모이는 줄 알고 덤비는 게야? 아서라. 고연시리 힘 빼지 말고 네 분수에 맞게, 규모는 작지만 내실 있는 작은 회사를 골라 시험 치는 게 더 빨러."

그러나 고집으로 치면 아버지 못잖은 나는 작정한 대로 1차를 보기 위해 서울로 올라갔다. 응시자가 구름떼처럼 몰려 쳐다보는 것만으로도 오금이 저려 왔다. 이 많은 사람 중에서 1차로 가려낸다니, 그들 모두가 경쟁자인 셈이었다. 순간 후회가 밀려왔다.

'정말 주제 파악도 못 하고 허황된 꿈을 꾼 것일까.'

무슨 정신에 시험을 치렀는지도 모르게 치르고 돌아왔는데 거짓말처럼 KTX 본사 인사처에서 전화가 걸려 왔다. 1차에 합격했으니 모월 모일 모처에서 2차에 응시하라는 통보였다. 얼떨떨하면서도 엄청난 기쁨이 몰려왔다.

'아! 행운은 내 편이여. 이대로 밀어붙이면 희망이 있겠군.'

엄청 기쁜 마음으로 2차를 준비하는데 아버지가 사기를 꺾었다.

"어쩌다 운이 좋아 일차는 합격한 모냥이다만 그냥 포기해라. 이차, 삼차, 사차 갈수록 어려워질 텐데 어떻게 통과혈라고? 여기까지 했으면 됐다. 서울 올라가는 차비도 아깝다. 뻔히 안 될 일에 왜 시간과 돈을 낭비혀? 그 시간에 네 분수에 맞는 조그만 회사나 알아봐라."

아버지까지 무시하자 오기가 발동했다. 물론 그동안 실망시킨 전적이 있으니 미덥지 않겠지만 해보겠다는데 무작정 떨어진다고 사기를 꺾으니 오기와 함께 자신감이 발동했다. 그동안 실망시킨 것을 보상해 드리고 싶었다.

"왜 도전해 보지도 않았는데 먼저 포기하라고 하세요?

경쟁률 높고 학벌 좋은 놈들이 많겠지만 그렇다고 제가 꼭 떨어진다는 법은 없잖아요. 해보는 데까진 할 테니 지켜봐 주세요."

2차 시험도 기적처럼 합격했다. 그러자 아버지의 표정이 점점 달라지기 시작했다. 이러다 정말 합격의 기적이 일어나는 것 아니냐며, 3차도 자신 있는지 조심스레 물었다. 아버지가 달라지자 나 역시 혼신의 힘을 다 하겠다고 다짐했지만, 3차는 전공 시험 주관식 문제였다. 나름대로 예상 문제도 만들어 풀고 달달 외우며 만반의 준비를 했다.

첫 시간에 본 '구조공학' 과목은 주관식으로 두 문제가 출제됐는데 그중 한 문제가 나를 당혹스럽게 했다. 1번은 다행히 내가 준비한 예상 문제라 열심히 답안을 작성했지만, 2번은 스프링을 이용한 구조물 계산 문제로 대학 시절에 한 번도 배운 적이 없는, 처음 보는 문제였다. 서울의 대학에선 다루는지 몰라도 전북대 토목공학과에선 배운 적이 없다 보니 한숨이 절로 나왔다.

100점 만점의 두 문제 중 한 문제를 풀지 못하면 50점! 워낙 응시자가 많아 1점, 2점으로 당락이 좌우되는데 50점이라니 결과는 탈락이 불 보듯 뻔했다. 식은땀이 나고 손이 떨렸다. 앞뒤와 옆의 경쟁자들은 열심히 문제를 푸는데 결국 여기서 포기해야 하나 싶어 눈물이 나오려 했다. 다리도 풀리고 손도 떨리고 머리는 아무 생각이 나지 않았다.

한참을 고민해도 뾰족한 수가 없기에 눈물을 머금은 채 그냥 시험지를 제출하려고 일어서는 순간, 여기서 포기하면 너무 억울하다는 생각이 들었다. 거봐라, 쓸데없는 일로 기운 빼지 말랬지? 네 분수를 알아야지. 꿈도 야무지더니 꼴좋다……. 주변 사람들의 야유가 떠오르자 더욱 자존심 상하고, 지방대학이라 듣도 보도 못 한 문제로 포기해야 하는 현실이 비참했다.

'어떻게 해서 여기까지 왔는데…….'

답답한 마음에 주변을 둘러보니 다른 응시자들은 열심히 답안지를 작성하고 있었다. 나는 한 줄기 희망을 붙잡고 답안지를 채점할 교수에게 편지를 쓰기 시작했다.

"존함도 모르는 교수님, 저는 전북대학교 토목공학과를 졸업한 학생으로 그동안 정말 피가 터지도록 열심히 공부해서 KTX 공기업 공채 3차 시험을 보고 있는 중입니다. 아무런 준비 없이 시험을 쳤다면 여기까지 올 수 없었겠지만 나름대로 피나는 노력을 했습니다. 지방대 졸업생이라 취업이 너무 힘들어 그 누구보다 열심히 준비해 어렵기로 소문난 공기업 시험을 치르고 있는데요, 죄송하게도 지금 받아 본 구조공학 2번 문제는 제가 처음 보는 문제입니다. 지금껏 나름대로 열심히 공부했다고 자부하지만 스프링을 이용한 구조 계산 문제는 저희 학교에서 한 번도 배운 적이 없습니다. 그래서 아예 문제 풀 엄두도 못 내고 있습니다. 너무 억울합니다. 지방대의 한계를 뛰어넘고자 어렵게 도전해 3차까지 왔는데 서울에 소재한 대학교에서나 배울 법한 문제가 나오니 저로선 억울하고 속상해 눈물이 납니다.

교수님! 전 꼭 합격해 저의 역량을 펼쳐 보고 싶습니다. 제가 비록 고등학교 때 공부를 소홀히 하여 지방대에 입학했지만 저의 패기와 용기, 성실성만큼은 누구에게도 지지 않을 자신이 있습니다. 이런 자질을 국가의 발전을 위해서 보태고 싶은 마음 간절합니다. 교수님이 절 구해 주십시오. 제 사정을 너그럽게 이해해 주십시오. 비록 한 번도 뵙지 못해 모르시겠지만, 제가 이 회사에 뽑히면 회사의 발전에 크게 이바지하겠다고 약속드립니다. 제발 부탁드립니다."

나는 채점자가 읽으면 어이없어할 편지를 진실하고 간절하게 써 내려갔다.

첫 번째 시간에 문제 풀이 대신 편지만 주야장천 써 댔으니 나머지 전공 시험은 어떻게 치렀는지 기억도 나지 않았다. 시험 발표를 기다리는 동안 지난번처럼 설레긴커녕 쥐구멍이라도 있으면 숨고 싶을 뿐이었다. 내가 채점 교수라도 그런 답안지를 낸 응시자에게 점수를 줄 것 같지 않았다.

3차 시험 결과는 합격한 응시자에게 전화로 통보하는데 아무리 기다려도 오후 6시가 다 되도록 연락이 없었다.

'아, 이렇게 떨어지고 마는구나. 열심히 준비했는데, 내 인생의 새로운 역사를 써 보고 싶었는데…….'

줄담배를 피우는데 전화가 왔다. 정말 전화가 왔다. 통과됐다고. 나는 기뻐서 하늘을 날아오를 것 같았다. 아니, 세상을 다 얻은 기분이었다. 설마, 설마 했는데 정말 합격하다니. 부모님은 그제야 표정이 달라지면서 합격은 떼 놓은 당상인 듯 나보다 더욱 흥분하셨다.

"장하다, 우리 아들! 만일 떨어지면 네가 더 실망할 거 같아 매번 통박을 줬다만 속으로 얼마나 빌고 또 빌었는지 몰러. 우리 아들이 해낼 줄 알았다. 이제 사차 면접만 남았다고? 어려운 과정은 다 통과했으니 자신감을 갖고 면접 잘 봐라잉?"

"아, 우리 아들 허우대 멀쩡하고 인물 좋고, 실력은 저그들이 알아서 뽑았으니 면접이야 뭔 일이 있것소? 오매, 우리 아들 장하다, 장해!"

어머니도 다 된 밥인 양 나의 얼굴을 쓰다듬으며 눈물을 글썽이셨다.

마지막 관문인 4차 면접에서 면접관들이 여러 가지 질문한 뒤 나가도 좋다는 신호가 떨어지자 이사장이 나를 불러 세웠다.

"박정수 씨는 눈빛이 살아 있구먼. 나중에 뭐를 해도 크게 할 거 같아. 믿어 보세!"

나는 면접장을 나서며 합격을 직감했다. 그리고 정말 며칠 뒤 최종 합격 통보를 받았다. 만감이 교차해 머릿속은 두서없었지만 뭔가 강렬한 기운이 용솟음치는 것을 느꼈다.

'드디어 해냈구나. 장하다, 박정수!'

비로소 나 자신을 향해 칭찬해 주었다. 그간의 피나는 노력이 결실을 맺자 나의 신념이 맞았다는 것을 다시 한번 확인했다. 최종 합격 소식을 들은 부모님은 난리가 났다. IMF 외환위기로 신규 채용은커녕 실업자가 속출하는데 단 한 곳만 응시한, 그것도 어렵기로 유명한 공기업 KTX에 떡억 붙었으니 얼마나 자랑스러운가. 어머니는 동네방네 자랑하러 나가서 함흥차사고, 아버지는 나를 힘차게 끌어안고 볼을 비비는데 아버지의 뜨거운 눈물이 나의 볼을 적셨다.

"아버지, 그동안 불효만 끼쳐서 정말 죄송합니다. 용서해 주십시오."

"암만, 암만, 두말허고 자시고 헐 것도 읎어. 우리 장남 훌륭하고 대견허다. 이제 아부지는 여한이 없다. 조상님 뵐 낯도 생겼구먼."

아버지의 마음고생을 짐작케 하는 한마디에 나는 깊은 회한이 밀려들며 아버지 품에 안겨 엉엉 울고 싶은 심정이었다. 무릎이라도 꿇고 지난날의 방황과 반항을 사죄하고 싶었다. 그런 아들의 심정을 짐작한 듯 아버지가 환한 표정으로 말씀하셨다.

"이제 너도 번듯한 사회인이니까 아버지 말 명심혀라. 항상 밝은 얼굴과 긍정적인 마음가짐, 무엇이든 배우겠다는 자세로 임하고 선배들이 뭘 가르쳐 주기 전에 네 스스로 무엇을 배울까, 일을 찾아서 하겠다, 그런 자세로 일하여 네가 근무하는 사무실에서 박정수가 없으면 업무가 제대로 돌아가지 않는단 소리를 듣도록, 꼭 회사에 쓸모 있는 사람이 돼야 쓴다."

"네, 아버지, 매사 솔선수범하겠습니다."

"옳커니!"

아버지는 진정 아들이 대견스러운 듯 나의 등을 두드려 주셨다.

KTX 입사와 결혼

1999년 3월, 드디어 나는 첫 출근을 했다. 정장에 넥타이를 매고 출근하는 나의 마음은 뿌듯함과 자신감으로 충만했다. 회사에서 능력 있고 일 잘하는 사원으로 인정받고 싶은 야망이 있었다. 대학 시절 민중가요 동아리와 TV 방송국 그리고 군대에서 능력을 인정받고 많은 사람이 나를 좋아했듯이 회사 생활도 그렇게 하고 싶었다. 일부러 의도하지 않고 마음속 깊은 데서 우러난 대로 행동해 얻은 평가인 만큼 살아온 방식대로 하면 어려울 게 없다고 자신했다.

"이번 신입들은 사차까지 시험 쳐서 거르고 거른 실력파라며?"

"시험 절차가 매우 어렵고 까다로웠다니 바늘구멍을 통과한 낙타라고 하면 과장이 심한가? 하하. 암튼 우리도 바짝 긴장해야겠어."

선배들 사이에 이런 소문이 돌자 나는 자랑스러운 만큼 더욱더 열심히 해야겠다고 다짐했다.

"안녕하십니까, 선배님? 신입 사원 박, 정, 수입니다."

나는 사무실이나 복도, 엘리베이터 어디서든 마주치는 사원들에게 큰 소리로 인사했다. 절도 있는 말투가 갓 제대한 군인 같기도 하고 목청도 큰 데다 같은 부서가 아니어도 먼저 인사를 건네는 나를 보며 직원들은 낯설어했다. 그러나 나는 남녀 불문하고 누구에게나 먼저 인사를 건넸다. 그리고 항상 이를 반쯤 드러낸 웃는 얼굴로 대했다. 한결같은 태도에 직원들은 차츰 익숙해져서 나의 인사를 받으면 기분 좋은 얼굴로 화답했다. 나는 어느새 회사에서 입에 오르내리는 인물이 되었다.

"올해 신입 중에 박정수라고, 알아?"

"아, 그 인사성 바른 친구? 알다마다. 하도 목청이 커서 처음엔 귀청 떨어지는 줄 알았지. 하하하."

"나도 첨엔 뭐 이런 자식이 있어? 어디 얼마나 가나 두고 보자 했는데 한결같더군. 사실 보통 사람들은 모르는 사람한테 먼저 인사하는 걸 쑥스러워하고 목소리도 기어들어가잖아. 근데 그 친구는 아무나 봐도 싱글벙글 번죽이 좋더라고. 나 참, 허허허."

"요즘 보기 드문 물건이야. 두고 보면 반드시 뭐가 되도 될 물건이라니까!"

나는 선배뿐만 아니라 상사들에게 신임을 받기 시작했고, 입사한 지 얼마 되지 않아 노동조합에서 문화국장을 맡아 달라는 제안이 왔다. 노조의 문화국장은 회사 내에서 열심히 일하고 사원들 간에 대인 관계가 좋으면서 성격도 쾌활한 사람이 적격이었다. 사실 나처럼 나이 어린 사람이 노동조합의 간부가 된다는 것은 극히 이례적인 일이었다.

나는 흔쾌히 수락했다. 대학 시절의 다양한 경험이 큰 도움이 되었다. 곧이어 노조 간부로 활동하면서 사측과 임금 협상이나 단체 협약에 관한 협상 테이블에도 앉았다. 2002년 노조 파업 때는 주도적으로 앞장서서 노조원들 분위기 띄우는 역할도 도맡았다.

대학 때 막걸리 집에서 놀던 가락이 있어 회사 내에서도 선배나 동료들의 술자리엔 어김없이 참석했고, 그들 역시 내가 빠지면 술자리가 재미없다며 늘 나를 불렀다. 회사 생활은 하루하루 즐겁고 보람 있었다.

나는 바쁜 틈틈이 현미를 붙잡아 앉혀 놓고 공무원 시험을 준비시키기 시작했다. IMF로 실직 사태가 폭주하자 취업 준비생들이 하나같이 안정된 공무원을 선호하여 경쟁률이 장난이 아니었다. 집안 사정이 여의치 않은 현미 역시 졸업이 다가오자 취직은 해야겠는데 학점은 엉망이고 전공에 대한 기초 지식도 많지 않다 보니 시키는 대로 순순히 따라왔다.

"현미야! 너도 알다시피 지금 취업 전선은 거의 전쟁터야. 공무원 아니면 공기업을 목표로 죽기 살기로 매달려야 돼. 오빠는 네가 꼭 돈을 벌길 바라서가 아니야. 집에서 빈둥빈둥 놀다 보면 머리가 굳어져서 쓸모없는 인생으로 전락해! 그러니까 단단히 각오해!"

"알았어."

현미는 아무래도 취직을 못 할 거라는 정신적 압박이 컸는지 나의 말에 고개를 끄덕이며 풀 죽은 목소리로 대답했다. 영어와 전공과목 하나하나를 가르치자 곧잘 따라왔고 탄력이 붙자 스스로 미친 듯이 몰두했다. 주변에선 그런 현미의 모습에 놀라워했다.

결국 현미는 40 대 1의 경쟁률을 뚫고 서울시 공무원 수도직 9급 시험에 합격했다. 주변에선 기적이라며 놀라워했다. 누구보다 기뻐한 사람은 나였다. 나는 KTX 공기업에 입사하고, 내가 가르친 애인은 서울시 공무원 시험에 합격한 거였다. 지방의 작은 대학 토목공학과 출신들이 말이다. 학교에선 우리 커플이 화제의 중심이 됐고 누구나 부러워했다. 이제 남은 건 결혼뿐이었다. 나도 하루빨리 결혼해서 안정된 가정을 꾸리고 직장에 더욱 충실하고 싶었다.

그런데 이게 웬일인가. 부모님이 쌍수를 들고 반대하셨다. 공기업에 취직해 아버지의 체면과 기를 살려 준 아들이 데려온 여자가 영 마음에 차지 않은 것이다. 시부모 될 분들을 만나러 온 여성이 청바지에 티셔츠 차림인 데다 몸가짐도 건들건들하고 말본새도 없어 묻는 말에 대답하는 것 하나하나가 마음에 들지 않았다. 어느 한구석 성에 차는 게 없었다.

"정수야, 애비도 네가 얼른 결혼해 손주 안아 보는 게 소원이다만, 그 아이는 아녀. 이리 보고 저리 생각해도 암만해도 네 짝이 아닝게 포기해라."

어머니도 손사래를 치며 반대하셨다.

"남자는 남자가 알아보고 여자는 여자가 알아본단 말이 있다이. 여자는 자고로 조신하고 여성스러워야 하는디 갸는 아녀. 직장을 잡았으면 뭐한다냐? 갸는 집에서 얌전히 살림하고 아이 낳고 살 인물이 못 돼야. 두고 봐라. 에미 말이 틀림없을 텡게."

"아버지, 어머니, 제가 육 년 동안 지켜본 여자예요. 겉으로는 좀 버릇없고 철없어 보여도 순진하고 성격도 밝고 똑똑하고 장점이 많으니까 저를 믿고 허락해 주세요. 제발 부탁입니다."

"정수야, 정이 들어 헤어지기 쉽지 않것지만 재고해라. 하나를 보면 열을 안다고 그 처녀 몸가짐이며 행동거지, 어느 하나 본데없이 자란 게 뻔혀! 자식이 평생을 함께할 배우자인데 우째 부모가 모른 척 넘어가것냐? 앞날이 뻔히 보이는데?"

"참 나, 아버지, 모르는 건 가르치면 되죠. 요즘 젊은 아가씨들 다 그래요."

"허어, 참! 쯧쯧."

아버지가 끄응 소리를 내며 돌아앉으셨다. 아들이 취직한 뒤로 한결 부드러워진 아버지가 그토록 못마땅한 기색은 오랜만이라 난감했다. 그렇다고 현미를 버릴 순 없었다. 원점으로 돌리기엔 사귄 시간과 쌓아 온 추억이 너무 많았다. 고집과 집념으로 치자면 아버지 못잖은 나는 계속 부모님을 설득했고, 결국 자식 이기는 부모 없다는 말대로 결혼 승낙이 떨어졌다. 2001년, 우리는 결혼식을 올리고 분당에 신혼살림을 차렸다. 현미는 양재동 수도사업소에서 근무를 시작했고, 대학 친구들이 두 사람의 신혼집을 끊임없이 드나들며 와자지껄 즐거운 신혼을 만끽했다.

각자 직장 생활에 충실하면서 꿈같은 결혼 생활을 하던 어느 때부터인가, 묵지근하고 뭔가 알 수 없는 바위가 마음 한편을 짓누르는 느낌이 들기 시작했다.

'여기가 과연 내 평생직장이 맞나? 남은 생을 다 바칠 만큼 가치 있고 보람 있는 일인가?'

그런 생각이 들 때마다 나 자신을 다잡았다.

'어떻게 들어온 직장인데……. 세상은 지금 취직 못 한 젊은이들, 졸지에 실업자가 된 가장들 천지인데 이 무슨 사치스런 생각인가…….'

떨치려 해도 시간이 지나면 지날수록 회사 생활에 대한 회의는 눈덩이처럼 커졌다. 열심히 일해서 성과를 내고 인정받아도 연공서열을 타파할 수 없다는 게 문제였다. 무조건 나보다 먼저 입사한 선배가 진급해야만 내 차례가 오는 것도 내심 불만이었다. 모든 면에서 처지는 선배라도 그가 진급하지 못하면 나는 내내 그 자리에 머물러야 했다. 게다가 나보다 업무 태도가 불성실하고 업무상 실수를 연발해도 학연이나 지연을 발판으로 먼저 진급하는 입사 동기들을 보며 불만은 점점 고조됐다.

더구나 성격상 남의 딱한 처지를 보면 발 벗고 나서서 돕는 것을 좋아하는 터라 동료가 일 처리를 못해 쩔쩔매는 것을 보고 도와주려 하면 여지없이 빈정대는 소리가 들려왔다.

"자기 일이나 열심히 하면 되지, 웬 오지랖이 그리 넓어?"

이기심이 만연한 회사 분위기도 나를 지치게 했다. 오해받는 것은 둘째 치고 화합을 해치면서 남을 딛고 혼자 우뚝 서 보겠다는 선후배 동료들의 근무 태도를 바꾼다는 건 불가능했다. 앞뒤로 앉아 있는 만년 부장, 차장들을 보면서 미래의 내 모습을 보는 것 같아 답답하다 못해 절망스러웠다.

'다들 너무 수동적이야. 위에서 시키는 대로만 움직이는 인형 같은 존재, 창의성과 독창성을 발휘할라치면 너무 튄다고 지적하는 사람들……. 나도 저렇게 되지 말라는 법이 있는가? 내가 원한 미래는 저런 게 아닌데……. 아!'

나는 점점 열심히 일해야 하는 의미를 상실하기 시작했다. 마침 인사이동 시기가 되자 여기저기서 덕담을 했다.

"이번 진급은 정수, 자네가 떼어 놓은 당상이야!"

"그럼. 이번에 진급해도 늦은 감이 있지만 암튼 미리 축하하네!"

그러나 뚜껑을 열자 결과는 영 딴판이었다. 늘 선배들에게 혼나고 구박받던 동기가 승진한 것이었다. 나의 열정은 차갑게 식기 시작했다. 나는 정말 멋진 인생을 살고 싶었다. 비록 나의 이익을 챙기지 못해도 남을 돕는 게 좋고, 창의성을 인정받고 싶었고, 업무적으로 공과를 확실히 구분해 평가받아 그에 맞게 진급하여 제대로 연봉을 받고 싶었다. 그러나 현실은 너무 동떨어져 있었다. 절망했다.

'아, 이건 정말 아냐. 인생은 내가 뜻한 것과 정반대로 흘러가는구나. 나도 잘나가면서 많은 사람과 함께 발전하고 싶었는데, 연대감이라곤 도무지 찾아볼 수 없는 회사 분위기……'

고민은 1년 가까이 계속됐다. 그러던 중 우연히 보험 영업에 대한 정보를 들었다. 보험이야말로 고객의 가정을 지켜 줄 수 있고, 고객이 어려운 상황에 놓였을 때 도울 수 있는 게 바로 보험이란 생각이 들었다. 나는 틈틈이 여러 보험회사를 알아봤고, 보험에 관련된 사람들을 만나 실상을 들었다. 그중 나의 생각과 가장 부합되는 보험회사를 찾아내자 결심을 굳혔다. 가까운 친구나 선후배들에게 결심을 말하자 하나같이 똑같은 반응을 보였다.

"너 미쳤냐? 신의 직장이라는 공기업을 때려치우고 보험 영업을 하겠다고?"

"보험설계사가 얼마나 고달픈지 몰라서 배부른 소리 한다! 실적에 따라 수입도 불안정한 게 보험이야, 인마!"

"이 새끼, 똑똑한 줄 알았더니 헛똑똑이구만. 공기업이 얼마나 메리트가 많은데 때려치우고 험한 길로 가겠단 거야? 제발 아서라!"

그들은 결사적으로 반대했다. 누구보다 맹렬하게 반대하고 나선 건 부모님이었다. 전화로 나의 결심을 전해 듣고는 당장 올라오셨다.

"네가 시방 정신이 있냐, 없냐? 넘들은 물구나무를 서고 별짓거리를 해도 못 들어갈 직장에 떠억 들어가더니 뭣이 불만여? 뭐 땜시 멀쩡하게 잘 다니던 직장을 팽개치고 보험을 한다는 게여? 입이 있음 말 좀 해 봐라. 아녀, 아녀, 듣고 자시고 헐 것도 읎다. 안 돼야. 애비 눈에 흙이 들어가도 퇴사는 안 된다."

아버지는 기가 막혀 말도 안 나온다는 듯 분노에 차서 이글거리는 눈빛으로 호통 치셨다.

"아버지, 저도 다 생각이 있어서 드리는 말씀입니다. 무조건 반대만 하지 마시고 제 말 좀……."

"시끄럽다! 넌 어째 만날 네 고집, 네 생각만 중허냐? 애

비 생각은 조금도 안 허고! 너 땜에 참말로 뿌듯하고 자랑
스러웠는디 마른하늘에 날벼락도 유분수지. 네가 정 고집
을 피우면 애비도 생각이 있어."

아버지가 주섬주섬 작은 가방을 뒤적이자 옆에서 울고
있던 엄마가 화들짝 놀라 가방을 빼앗으며 소리치셨다.

"안 돼요, 정수 아부지! 그것만은 안 돼요. 아야, 정수야,
아버지 말려라!"

"놓아, 임자, 놓으랑게."

아버지가 억센 손으로 가방을 낚아채어 꺼내신 것은 쥐
약이었다.

"아버지!"

나는 무릎 꿇고 앉아 있다 깜짝 놀라서 아버지 손에 든
쥐약을 빼앗으려는데, 어디서 그런 힘이 나왔을까, 아버
지의 힘도 장난이 아니었다. 필사적으로 쥐약을 움켜쥔 채
나를 힘껏 떠밀고 말씀하셨다.

"애비가 마지막 부탁이자 경고여! 이 자리에서 말해라
이. 보험이고 뭣이고 읖던 일로 하고 이제부터 직장 잘 다
니것다고……."

"……."

"허어, 이눔 자식 고집은 누굴 닮았디야? 에라 이눔의

세상, 하나도 미련 없다이."

아버지가 순식간에 병뚜껑을 열자 내가 엎어지다시피 병을 낚아채며 울부짖었다.

"잘못했습니다. 아버지, 제발 진정하시고 죽는단 말씀만은 거둬 주세요."

"그럼 너도 옳던 일로 헐래?"

"……네."

내가 울음 섞인 목소리로 대답했다. 지난날 어지간히 부모님 속을 썩인 장면들이 주마등처럼 흘러가면서 회한과 죄책감이 밀려들었다. 또다시 부모님의 뜻을 어길 수는 없었다. 아버지는 허공만 바라보며 한동안 말이 없더니 그 밤으로 왔던 길을 되짚어 고향으로 내려가셨다. 1년 중 가장 추워 장독도 깨진다는 2월 중순, 축 늘어진 어깨에 휘청거리듯 힘없이 걸으며 어둠 속으로 사라진 아버지의 뒷모습이 내내 머릿속에서 사라지지 않았다.

그 뒤로 아버지는 자주 회사의 직통 번호로 나에게 전화를 걸어 간단히 안부만 묻고 끊기를 되풀이하셨다. 혹시나 그새 회사를 그만두지 않았나 확인하기 위해서였다. 나는 그대로 힘든 시간을 견디고 있었다. 아무리 생각해 봐도 내 판단이 틀리지 않았다는 걸 아는 이상 무작정 참고 견딜 순 없는 노릇이었다. 부모님이 힘들어할 걸 뻔히 알지만 도저히 회사에 적응할 수가 없었다.

'정녕 내가 꿈꿔 온 직장 생활은 이게 아닌데……. 안정된 대신 타성에 젖어 나태하게 시간 축내며 살 순 없잖아. 젊다는 게 뭔가? 끝없이 도전해 성취감을 가지고 또 새로운 목표를 향해 도전하며 보람을 느껴야 하는 거 아냐? 정수야, 여기서 주저앉지 마라! 네가 원하는 걸 찾으라고!'

내 안의 또 다른 내가 절규했다. 나는 내면의 소리가 시키는 대로 하겠다고 결심했다. 한 달 뒤 부모님 몰래 사표를 제출하는데 손도 떨리고 마음도 불안했다. 그러나 회사를 나서며 속으로 외쳤다.

"박정수, 넌 반드시 성공할 거야!"

만발하기 시작한 개나리와 진달래, 목련이 나의 앞날을 축복해 주는 것 같았다. 나는 내 미래도 화사한 봄꽃처럼 다양하고 찬란하게 빛나리라 확신했다. 물론 부모님에 대한 죄책감이 컸지만 한 번만 더 아들을 믿어 달라고 마음으로 사죄했다.

'결코 보험회사 챔피언에 머물지 않겠어.

아무도 날 무시할 수 없도록 큰 부자가 될 거야.

자본주의 사회에선 경제력이 최고지.

두고 봐라! 박정수를 무시하고 업신여긴 너희가

깜짝 놀랄 정도로 큰 힘을 가질 테니…….'

– 본문 중에서

2부

.
.
.
.
.

설상가상
겹치는 불행

또 다른 출발

2003년 4월, 나는 내 신념대로 미국계 보험회사인 A보험사에 입사했다. 사표 낸 사실을 알게 된 아버지가 연락을 끊으면서 부자 사이는 멀어졌다. 물론 아버지의 심정은 백번 이해했지만 충분히 고민하고 내린 결론이라 당분간 연락이 두절돼도 훗날 성공한 모습으로 보답하리라 스스로 위로했다.

입사하고 한 달 동안은 본사와 지점 사무실을 오가며 오전 7시부터 오후 11시까지 계속 교육받느라 눈코 뜰 새 없이 바빴다. 보험의 본질이 무엇인지, 보험이 어떻게 고객들에게 도움을 주는지, 보험설계사의 마음가짐과 자세는 어때야 하는지, 하나하나 깨우치면서 조금씩 자신감이 붙었다. 회사에서 알려 주는 대로 열심히 하면 성공할 수 있다는 희망이 생겼다.

책상 한쪽에 부모님 사진을 놓아두고 매일 남보다 일찍 출근해 고객 상담 연습을 하고, 밤에도 늦은 시간까지 남아 보험에 대해 공부했다. 한 달간의 교육을 마치고 드디어 외근을 시작했다. 기대 반 설렘 반으로 거리에 나서니 마주치는 사람마다 보험에 가입할 것 같고 모든 사람이 고객으로 보였다.

'이 많은 사람을 전부 다 고객으로 유치하면 일등도 어렵지 않겠군.'

매사 긍정적이고 도전적인 나는 보험 영업에 대한 자신감이 충만해 힘든 줄도 모르고 거리를 활보했다. 그러나 현실은 녹록하지 않았다. 보험의 효용성을 설명하려면 우선 마주 앉아 대화를 나눠야 하는데 사람들은 보험 이야기만 꺼내도 손사래를 치며 등을 돌렸다.

"저기, 제 말씀을 잠깐만 들어 보세요. 단 십 분만 시간을 내주시면 보험에 대한 인식이 달라지실 겁니다."

"아유, 보험이라면 지긋지긋해요. 가입시킬 땐 뭐든지 다 해 줄 것 같으면서 막상 아프거나다치면 어떤 핑계를 대서라도 돈을 안 주는 게 보험회사잖아요?"

"아니, 그건 오해십니다. 한 치 앞을 내다보지 못하는 우리 인생에서 보험만큼 유익한 대비책도 없으니 제 말을 오 분만 들어 보십시오."

"관심 없습니다."

사교성에 관한 한 둘째가라면 서러운 나도 길 가는 사람들을 붙잡고 얘기하거나 사무실에 무턱대고 들어가 보험 광고 책자를 내미는 데 한계가 있었다. 사람들은 아예 말문도 열기 전에 외면했다. 하루 종일 발품 팔며 서울 시내를 헤매고 다녀 봤자 단 한 건도 성사시키지 못하는 날이 계속됐다.

'현실은 정말 녹록하지 않구나. 어떻게 해야 사람의 마음을 열어 고객으로 만들 수 있을까.'

몸과 마음이 조금씩 지쳐 갈 무렵 불쑥 아버지가 전화를 걸어오셨다. 몇 달 만의 통화인지 기억도 까마득했다.

"집에 한번 댕겨가라. 줄 게 있으니!"

내용은 간결했지만 목소리는 의외로 차분하셨다.

그러나 정작 집에 들어서자 아버지는 김치를 안주로 소주잔을 기울이며 눈길 한번 주지 않으셨다. 침묵 속에서 소리 없이 흐르는 아버지의 눈물을 보며 나는 좌불안석 조용히 앉아 있었다. 얼마나 지났을까, 아버지는 갑자기 함께 갈 곳이 있다며 앞장섰다. 나는 고개를 푹 숙인 채 말없이 아버지 뒤를 따라갔다. 20여 분을 걸어서 도착한 곳은 시장에 있는 남성복 전문점 파크랜드였다.

"보험 영업을 하려면 사람을 많이 만나야 쓰는데, 입성이 초라하면 사람들이 더욱 얕보고 상대도 안 해 줄겨. 한 벌 사 줄 텡게 언능 맘에 드는 놈으로 골라라."

파크랜드에서도 아버지는 눈물을 그치지 않았다. 나는 정장을 고르는 둥 마는 둥 눈물을 훔치다 말고 밖으로 뛰쳐나와 골목에서 하염없이 울었다. 어느새 다가온 아버지가 어깨를 꽉 잡으며 말씀하셨다.

"또 고집 피우며 마다하면 정말 다신 안 본다이. 언능 고르고 가자. 너는 이자 시간이 돈잉게 서울 가야지."

아버지 말씀에 나는 되는 대로 손에 잡힌 정장을 골라 들고 곧바로 서울행 고속버스에 몸을 실었다. 도저히 아버지의 얼굴을 뵐 면목이 없었다. 돌아오는 버스 안에서 다짐하고 또 다짐했다.

'아버지, 보험 영업을 정말 잘해서 멋진 모습 보여 드릴 테니 너무 실망하지 마시고 조금만 기다려 주세요. 성공해서 아버지의 눈물을 반드시 웃음으로 바꿔 드리겠습니다.'

매일 출근부에 도장을 찍고 거리로 나섰지만 한 건도 실적을 올리지 못하자 나는 마음을 바꿨다. 절대로 아는 사람들에게 보험 가입을 권유하지 않겠다는 결심을 접고 KTX 시절 친했던 동료들을 공략하기로 했다.

나는 날마다 서울역 뒤편 서부역 근처에서 옛 동료들을 만났다.

"여어, 오랜만이군. 퇴사하고 보험 한다던 소문 있던데, 잘돼 가?"

그들은 반가워하면서도 탐탁찮은 얼굴로 나를 대했다.

"아직 처음이라 일을 배우는 중이야. 저어…… 그래서 말인데, 이번에 고객 맞춤형으로 아주 좋은 상품이 나왔거든. 잠깐만 들어 봐."

내가 보험 서류 파일을 꺼내기 무섭게 그들은 손사래를 치며 일어섰다.

"내가 지금 바빠 처리해야 할 일이 있어서 시간이 없거든? 다음에, 담에 들어 줌세."

KTX 시절 친했다고 믿은 동료들은 너 나 할 것 없이 똑같은 반응이었다.

"대학 동창이네, 사돈의 팔촌이네 해서 찾아온 사람들 땜에 내가 보험 든 것만 벌써 세 개야. 옛정을 생각해서 나온 거니까 보험 얘긴 관두고 술이나 한잔하세."

"야, 천하의 박정수가 이게 뭔 꼴이야? 잘나가던 직장 때려치우고 나갈 땐 다신 회사 근처에 얼씬 안 할 것 같더니, 뭐야, 고작 보험 들어 달라고 왔어? 에라이…….”

옛 동료들은 하나같이 얼굴은 웃었지만 말끝에 조롱기를 매달거나 비아냥거리는 태도를 취했다. 노골적으로 적대시하는 상사도 있었다.

“이봐, 자네, 그렇게 안 봤는데 이게 무슨 짓이야? 아는 처지라고 다 같은 처지가 아니잖아? 자네 날 어떻게 보고 고작 보험 들어 달라고 연락해? 공기업에 입사한 이유가 인맥 쌓아서 결국 보험 팔려는 수작이었나? 앞으로 다시는 전화하지 말게.”

제대로 입도 떼어 보지 못한 채 멸시와 조롱을 넘어 백안시하고 멀어지는 동료들을 바라보며 나는 피눈물을 흘렸다. 노골적인 무시와 수모를 온몸으로 고스란히 받으며 몸을 가누기 힘들 정도로 충격을 받았다.

직장 생활을 할 때 나는 인기 만점의 촉망받는 직원이었다. 누구나 나를 좋아했고, 함께 술 마시길 원했으며 어디 가나 칭찬 일색이라 모두 다 나와 친분을 쌓고 싶어 했다. 그런데 이제 면전에 대고 문전박대를 했다. 믿고 또 믿었던 사람들의 거절은 계속됐다. 의리나 예전의 동료애 따위는 개가 물어갔나 싶을 정도였다. 거듭되는 거절에 나는 어제도 울었고 오늘도 울었다.

하지만 그 정도에 주저앉고 말 내가 아니었다. 어제의 동료가 오늘의 적이 되는 현실이지만 사람에 대한 믿음과 신뢰를 저버릴 수 없어 예전에 정말 나를 예뻐하고 칭찬을 아끼지 않았던 상사에게 전화를 걸었다.

"자네 요즘 직원들 차례로 불러내 보험 들어 달라고 애원한다는 소문 들어 알고 있네. 그래서 전화 안 받으려다 한마디만 해 주려고 바쁜 시간 쪼개 나왔으니 이제부터 내 말 잘 듣게."

직장 생활할 때 누구보다 나를 아끼던 부장이라 반갑고 기쁜 마음에 악수를 청하기만 기다리던 나는 너무나 차가운 표정에 엉거주춤 두 손을 비비며 조마조마한 심정으로 바라보았다.

"보험 사원들 사무실 출입 금지인 건 자네도 알겠지? 입구에서 경비원들이 철저히 막아. 왜? 장사꾼이니까. 보험을 팔아 호구지책으로 삼는 건 결국 난 장사꾼이오, 하고 만천하에 공개하는 거라고! 자네 공기업 출신이라는 사실이 창피하지도 않나? 다른 사람도 아닌 박정수가 이런 모습으로 찾아왔다는 게, 내가, 내가 다 창피해서 고개를 못들겠네. 앞으로 회사 근처에 얼씬도 하지 말게. 자네를 아낀 만큼 큰 실망을 안겨 줘서 유감이네."

"실망시켜 드려 정말 죄송합니다. 제 뜻은 그게 아닌데 오해를 불러일으킨 거 같아 안타깝습니다만, 부장님 말씀 새겨듣겠습니다. 고맙습니다. 건강하십시오!"

나는 억지웃음을 지으며 부장을 배웅하고 돌아서서 허청허청 걸음을 옮겼다. KTX 본사 바로 옆에 있는 서부역 출구 구석에서 벽을 보고 하염없이 울었다. 그때까지도 직장에서 잘나간 만큼 보험 영업을 하면 옛 동료들이 보험을 들어 줄 거라 믿었는데 현실은 너무나 냉혹하고 참담했다.

물론 옛정을 생각해서 보험을 들어 준 사람도 있었다. 1,000명 가까운 전 직원 중에 100명도 아닌 단 10명……. 물론 옛 동료라는 인연을 이용해 무조건 보험 좀 들어 달라고 애걸하지 않았다. 오직 A보험사에서 교육받은 대로 고객의 니즈를 파악하고 문제점을 발견해 그것을 해결할 수 있는 방법을 안내하려 한 건데, 그들은 한결같이 내가 본론을 꺼내기도 전에 선수 치며 입도 떼지 못하게 했다.

'이제 미망에서 깨어나야 한다. 박정수! 예전의 네가 아냐. 이젠 에이보험사 보험 영업 직원 박정수로 거듭나야 해. 옛 기억은 깨끗이 지워 버려! 옛정과 의리를 지켜 준 열 분에 대한 감사와 신뢰는 평생 잊지 말고, 그들이 어려울

때 꼭 큰 힘이 되어 드리자!'

나는 쓰라리고 비참한 심정을 한바탕 울음으로 털어내고 새롭게 다짐했다. 그 뒤 KTX 본사가 있는 서부역 근처는 두 번 다시 가지 않았다. 너무 많은 눈물을 쏟은 기억을 들추고 싶지 않아서. 나는 서울 시내 구석구석을 돌아다녔지만 사람들과 대화를 틀 기회가 주어지지 않았다. 사람들은 내가 보험회사 직원이라는 사실만으로도 기피했다. 대학 때부터 줄곧 사람들 속에 둘러싸여 살아온 나로선 처음 겪은 냉대가 서럽다 못해 고독했다. 그러니 실적이 오를 리 있겠는가?

"야, 박정수, 너 이 실적으로 계속 일할 수 있겠냐? 이럴 바엔 하루라도 빨리 관두고 다른 직장 알아보는 게 낫지 않냐?"

A보험사에 입사해 교육받고 의기충천한 나를 보며 선배들은 하나같이 말했었다.

"저 친구 보험 세일즈 정말 잘할 것 같지 않아?"

"가만히 지켜보니까 붙임성도 좋고, 인상도 좋고, 뭔가 사람들에게 어필하는 힘이 있어!"

"긴장해야지. 자칫하다간 추월당하게 생겼군."

선배들은 덕담과 질투가 섞인 농담으로 나에 대한 기대

감을 나타냈다. 근데 얼마나 됐다고 벌써 다른 직장 알아보라고 빈정대는가. 슬그머니 나의 마음에도 어두운 그늘이 드리워졌다.

'부모님 말씀 듣는 건데 괜히 케이티엑스 박차고 나온 거 아냐? 주변 사람들이 다 반대할 땐 그만한 이유가 있었을 텐데 괜한 고집 부리고 고생을 사서 하는가……. 이 꼴로 부모님 뵈러 갈 수도 없고.'

주저앉아 울고 싶었다. 오직 한 사람, 사랑하는 아내 현미가 오빠는 보험 영업도 하면 아주 잘할 거라고 용기를 준 말 한마디를 위안 삼아 하루하루를 버텨 나갔다.

꼴찌의 영광

돌아보면 나의 삶에서 최악이었던 2003년, 대지를 달군 열기로 온몸이 달아오르면서 더위가 맹위를 떨치고 있었다. 계속되는 영업 실패로 마냥 힘들어하고 있을 순 없었다. 수많은 반대를 무릅쓰고 시작한 보험인 만큼 목표를 향해 끝없이 도전하는 것만이 살길이라는 절박한 심정이 나를 일으켜 세웠다.

와이셔츠는 땀에 절어 꾸덕꾸덕해지고 정장 재킷마저 땀으로 소금기가 배어 허연 얼룩이 진 채 고객을 찾아 돌아다녔다. 전국 방방곡곡 대학 선후배와 지인들을 찾아다녔지만 선뜻 믿음이 가지 않는 듯 다들 거절했다. 보험에 대한 인식이 안 좋을 때라 더욱 그랬다. 예전엔 그토록 호의적이던 사람들이 안면을 바꾸는 현실을 보며 나는 절망했다.

'누굴 탓할 것인가······.'

적어도 내가 아는 보험은 언제 어떤 불행이 닥칠지 한 치 앞을 모르고 살아가는 우리에게 없으면 안 되는 큰 자산인데, 설명도 듣기 전에 도리질 치는 사람들에게 차근차근 설득할 기회마저 주어지지 않는 게 답답했다. 넉 달째 단 한 건의 실적도 올리지 못하던 어느 날 퍼뜩 대학 친구 김중혁을 떠올렸다. 회사 그만두고 보험을 하겠다고 털어놨을 때 자기가 최초의 고객이 돼 주겠노라 호언장담한 터였다.

"중혁아, 오랜만이다. 잘 지내냐?"

"어이, 친구, 보험은 할 만해? 우리 술 한잔해야지. 당장 내려와."

반갑게 전화를 받는 것은 물론 보험 가입 서류 챙겨 오라는 말에 고마워서 눈물이 날 지경이었다. 나는 단숨에 전주로 내려갔다.

"정수야, 내가 몇 번째 고객이냐? 첫 번째 고객 맞냐? 내가 전에 약속했잖아. 내가 첫 번째 가입자가 되겠다고!"

"그래, 맞다. 네가 첫 번째 고객이다."

약속대로 최초의 계약을 해 준 친구가 고마워서, 또 첫 계약을 자축하는 의미에서 친구와 생맥주를 들이켜는데 그렇게 시원하고 맛있는 생맥주는 처음이었다.

며칠이 지났을까, 아버지가 전화를 걸어오셨다. 한동안 연락이 없어서 갑작스런 전화에 깜짝 놀랐다.

"정수야, 잘하고 있냐? 잘되고 있능가 궁금해서……. 지금 네 집 앞에 와 있다."

"예? 저희 집 앞이라고요? 미리 전화라도 하고 오시지. 바로 갈게요."

나는 당장 분당 신혼집으로 달려갔다.

'무슨 일일까. 얼마나 궁금하시면 갑자기 전주에서 올라오셨을까. 다른 일이 있는 건 아니겠지?'

아버지는 나의 집 근처 자그마한 음식점에서 홀로 소주를 드시고 계셨다. 한동안 만나지 못한 나는 아버지를 보자 반가운 마음에 큰 소리로 인사했다.

"아버지, 저 왔습니다. 건강은 괜찮으시죠?"

아들을 보자 활짝 웃던 아버지가 위아래 행색을 훑어보더니 갑자기 눈물을 주르륵 흘리셨다.

"아버지, 왜 우세요? 반가워서 그러세요? 아니면 무슨 안 좋은 일이라도?"

"……."

"말씀 좀 해 보세요. 왜 우시냐고요?"

"정수야, 너 이런 행색으로 일하고 다니냐? 많이 고달프냐? 네 양복을 봐라. 어깨며 소매 끝이며 소금기로 얼룩졌는데, 얼마나 힘들게 뛰어댕겼으면 이 모냥이여? 이런 개고생을 하려고 보험 한다고 고집 부렸냐?"

그제야 아버지의 속맘을 짐작한 나는 한마디도 입을 뗄 수가 없었다. 입이 열 개라도 할 말이 없었다.

"그러게 애비 말 듣고 회사에 잘 다녔으면 이런 일은 없었을 거 아녀? 기어이 네가 애비 맘에 대못을 치는구먼."

아버지는 아들의 집에 한 발짝도 들이지 않고 그 밤으로 다시 전주로 내려가셨다. 속에 천불이 나서 도저히 보고 있을 수 없다며 역정 내는 아버지를 붙잡을 용기가 나지 않았다. 나는 고속버스터미널까지 아버지를 배웅한 뒤 포장마차에 들러 소주를 연거푸 들이켰다. 아무리 소주를 마시고 담배를 태워도 답답한 속은 풀리지 않았다. 아버지께 한마디 제대로 설명이나 변명을 하지 못한 나 자신이 안타깝고 화가 났다.

'아버지, 두고 보십시오. 지금은 아버지께 아픔을 드렸지만 전 절대로 포기하지 않습니다. 반드시 성공해서 박정수의 성공 신화를 만들 겁니다.'

나는 다짐하고 또 다짐했다. 바람처럼 왔다 간 아버지의 존재가 큰 산처럼 여겨져서 나 자신은 물론 아버지를 위해서라도 반드시 성공해야 했다. 다시 목표를 세우고 마음을 다잡자 나를 짓누르던 무력감, 현실에 대한 실망감, 불안감이 서서히 자신감으로 바뀌기 시작했다.

그날 이후로 1년 동안 일절 술자리를 하지 않았다. 아무리 괴로워도 술로 달래지 않겠다고 다짐했기 때문이다. 실적이 없는데 술을 마신다는 것 자체가 사치였다.

2003년 한 해 동안 보험 실적은 완전 밑바닥이었다. A보험사 보험설계사 전체를 통틀어 1,300여 명 중 900등이었다. 900등! 말이 900등이지 솔직히 꼴등이나 다름없었다. 출근하지 않는 나이 많은 설계사들을 제외하면 나는 지점에서 꼴등이자 회사 전체에서 꼴등인 셈이었다.

아무리 열정적이고 쾌활하고 낙천적이라도 그런 상황에서 절망하지 않을 수는 없었다. 눈에 힘이 빠지면서 모든 일이 귀찮고 다 부정적으로 느껴졌다. 자존감을 완전히 상실한, 처참한 상황이었다.

아내의 수상한 가출

아내 현미는 수도사업소 공무원 생활에 불만이 많았지만 결혼 생활은 그런대로 행복했다. 나는 보험 영업이 부진하여 고통스러웠지만 그해 여름 아내가 임신하자 뛸 듯이 기뻤다.

'내 아이가 태어난다니⋯⋯. 나를 닮은 아이가 태어나면 얼마나 귀여울까. 드디어 아버지께 손주를 안겨 드릴 수 있겠군.'

나는 아내와 아이를 생각해서라도 집에 들어가면 일절 힘든 내색을 하지 않았다. 그런데 정작 아내는 임신 소식에도 그다지 기쁜 표정이 아니었다. 게다가 괜한 트집을 잡기 시작했다.

"오빠는 아직 아이를 가질 기분이 아닌 것 같아. 전에 그렇게 말했잖아."

"야, 그건 농담 삼아 한 말이지. 우리 아이가 태어난다는데 좋아하지 않을 아빠가 어딨냐?"

"아냐, 오빠는 아직 아빠가 되고 싶지 않은 거야."

"아니래도 그러네. 괜한 생각하지 말고 몸조심해. 뭐 먹고 싶은 거 없어? 다 말해. 오빠가 언제든 사 줄게."

현미는 틈만 나면 투정을 부렸지만 그러다 말겠지 싶은 마음에 별생각 없이 넘기곤 했다. 그런데 두 달쯤 지난 어느 날 장모님이 전화를 걸어오셨다.

"박 서방, 현미가 갑자기 유산했다고 전화가 왔어. 나도 지금 집으로 갈 테니 얼른 들어오게."

"유산이요? 예, 암튼 일찍 마치고 들어가겠습니다."

나는 그때까지만 해도 유산이 무엇인지 몰랐다. 동료들에게 듣고 나서야 상황을 파악하고 부리나케 집으로 달려갔다. 현미는 무덤덤한 표정으로 침대에 누워 있었다. 내가 어떤 질문을 해도 아무 대답 없이 천장만 바라보았다. 장모님 역시 딸의 심정을 이해한다는 표정으로 잠자코 계셨다. 나는 아이가 죽었다는 사실이 놀랍고 슬펐지만 아내 걱정이 더 커서 말문을 닫았다.

'원래 모성애가 더 큰 법이라는데, 아이를 잃은 충격이

| 새로 나올 책들 |

테마별 시험 합격의 노하우

합격비법 100문 100답

합격의 신 곽상빈 지음

왕초보도 고수되는 경매비법

경매 100문 100답

경매박사 권오현 지음

왕초보도 쉽게 이해하는 주식

주식투자 100문 100답

공인회계사 곽상빈 지음

우리아이 현명하게 키우기

자녀교육 100문 100답

교육학박사 유미연 교수 지음

사마천에게 배우는 지혜와 통찰

사기 100문 100답

한국사마천학회 회장 김영수 교수 지음

우리가 그동안 전혀 알지 못했던
예술가들의 사랑과 배신, 음모와 치정…
그 비하인드 스토리!

"다빈치는 왜,
엄마에게 연정(戀情)을 품었을까?"

명작 뒤에 숨겨진 사랑

이동연 지음 | 신국판 | 464쪽 | 4도 인쇄 | 16,800원

KBS 제2라디오 해피FM 〈그곳에 사랑이 있었네〉 방송 작품들

양용기 교수의
알기 쉽게 풀어쓴 건축 이야기

건축은
철학이자 심리학이며,
그 시대의 메시지이다.

건축은 이해하면 할수록 감동이 커진다!

철학이 있는 건축

양용기 지음 | 신국판 | 456쪽 | 4도 인쇄 | 19,000원

진로의 시작은 원하는 것을 찾는 것
하고 싶은 것을 찾아서 마음껏 도전해 봐!

한국출판문화산업진흥원 청소년 추천도서

네가 진짜로 원하는 인생을 살아

임재성 지음 | 신국판 | 256쪽 | 2도 인쇄 | 12,000원

꿈을 찾는 청소년을 위한 43가지 진로 가이드

사람을 믿고 안 믿고는 인생에서 매우 중요하다
그 믿음을 통해 사랑도 사업도 결정되기 때문이다

성공으로 이끄는 따뜻한 말 한마디 (부모자녀편)

김정일 지음 | 신국판 | 336쪽 | 2도 인쇄 | 15,000원

정신건강의학과 김정일 박사의 '말'에 대한 명쾌한 처방전

빌 게이츠, 스티븐 스필버그, 마크 주커버그 등
성공한 유대인들 저력의 바탕에 《탈무드》가 있었다

지금 내게 탈무드가 필요한 이유

임재성 지음 | 신국판변형 | 312쪽 | 2도 인쇄 | 14,000원

《탈무드》로 배우는 지혜, 부(富), 관계, 희망, 교육

큰 거야. 이럴 땔수록 더 잘해 줘야지.'

하루 이틀이 지나고 일주일이 지나도 현미는 회복되기는 커녕 상태가 더 나빠졌다. 쾌활하고 잘 웃던 사람이 말이 없어지면서 나를 피했다. 집에 들어가도 반기기는커녕 묻는 말에 대답도 하지 않았고 낮에는 휴대전화도 받지 않는 경우가 허다했다. 우리 두 사람 사이의 균열이 깊어질수록 나는 답답해서 미칠 노릇이었다. 가뜩이나 밖에선 보험 영업이 안 돼서 마음의 상처가 깊은데 집에 들어오면 아내 눈치 보고 비위 맞추기 바빴다. 아무리 노력해도 나아질 기미가 보이지 않았다.

"장모님, 현미가 점점 이상해요. 도무지 말도 없고 저를 피하기만 해요. 어쩌면 좋죠?"

"내가 보기엔 유산 후 우울증 같네. 난들 뭐 뾰족한 수가 있나? 자네가 참고 기다리면서 더 신경 써 주는 수밖에."

아무리 달래고 대화를 시도해도 소용없었다. 아예 말문을 닫고 전화도 피하고 늦게 들어와서 잠만 자고 출근해 버리니 얼굴 보기도 힘들 지경이었다. 그러다 보니 나도 지쳤다.

"현미야, 너 정말 언제까지 이럴래? 뭐가 불만인지, 어디가 어떻게 아픈지 말을 해야 도와주지. 나도 정말 힘들고 지쳐!"

현미는 내가 참다못해 짜증을 내자 기다렸다는 듯 맞받아쳤다.

"나 집 나갈래. 그럼 서로 얼굴 볼 일 없으니 오빠도 편할 거 아냐?"

"이게 또 무슨 소리야? 너 정말 오빠한테 혼나 볼래?"

참다못해 버럭 소리를 지르자 현미는 아주 차가운 표정으로 말했다.

"아무것도 묻지 말고 나 혼자 살게 내버려 둬!"

"말이 되는 소리를 해! 집을 나간다니? 결혼이 무슨 장난이야? 우리가 어떻게 결혼해서 여기까지 왔는데?"

"칫!"

"절대 그런 일은 있을 수 없어, 알았지?"

다음 날 퇴근하고 돌아와 보니 집이 휑했다. 그녀가 결혼할 때 혼수로 해 온 침대와 가구, 옷가지 등이 없어졌다. 결국 가출한 것이었다. 나는 어찌할 바를 몰라 텅 빈 거실 한가운데 주저앉은 채 넋을 놓고 허공만 바라보았다. 머릿속이 하얗게 비어 아무 생각도 나지 않았다. 도저히 현실로 받아들일 수가 없었다.

'대체 어디서부터 꼬인 것일까? 보험 영업한다고 바깥일

에 신경 쓰느라 소홀했던가? 유산하고 우울증에 빠진 아내의 마음을 헤아리지 못한 게 실수인가?'

나는 나를 질책하는 한편 아내가 야속했다. 살기 위해 죽을힘을 다하는 마음은 아랑곳하지 않고 이 판국에 가출이라니……. 어찌됐든 하루빨리 아내를 찾아 집으로 데려와야 했다.

어느덧 새해가 밝아 시무식으로 몹시 분주했다. 동료들이 내년 실적 목표와 방향에 대해 발표했다. 나도 새해 실적 목표를 정해 발표하긴 했지만 솔직히 거짓말이었다. 자신감은 이미 땅바닥이고 이 일을 계속 잘해 나갈 수 있을지 확신이 서지 않았다. 꼴찌를 만회하려면 고육지책을 짜내야 하는데 뾰족한 수가 생각나지 않아 괴로운 마당에 동료들의 수근거림은 나를 더욱 주눅 들게 했다.

"자네가 이기면 내가 술을 사고, 내가 이기면 고객 두 명 소개, 콜?"

"나도 걸지. 난 고객 세 명 소개!"

"좋아. 그럼 시기를 언제로 잡을까? 올 상반기?"

"무슨 소리? 상반기까지도 못 버틸걸? 난 앞으로 두 달!"

그들은 내가 언제 회사를 그만두나, 공공연히 내기를 했다. 나는 기가 막히고 어처구니가 없어서 말이 안 나왔다.

살다 살다 이런 치욕은 처음이었다. 그들 보란 듯이 멋지게 재기해야 하는데 오기도 의욕도 다 사라져서 돌파구가 보이지 않았다.

집안 상황도 나를 더욱 무기력하게 만들었다. 현미는 집을 나간 뒤로 어디서 어떻게 지내는지 연락도 없었다. 아무리 유산 후 우울증이라지만 해도 너무했다. 전화도 받지 않고 사무실로 찾아가 만나려 해도 매번 외근 중이라며 만나 주지 않았다.

'이게 뭔가? 내가 뭘 얼마나 잘못했다고……. 유산이 내 잘못도 아니고, 그만큼 했으면 이제 맘을 추스를 때도 됐건만…….'

얼굴을 봐야 설득할 텐데, 숨바꼭질이 계속되니 방법이 없었다. 보험 영업도 그렇고 집안 상황도 그렇고, 원하는 대로 되는 일이 아무것도 없었다. 나는 하루도 쉬지 않고 술에 취해 지냈다. 술에 취하면 현실을 잊을 수 있고 괴로운 마음이 조금이나마 위로가 됐다. 누구 하나 위로해 주는 사람이 없었다. 회사 동료들은 끼리끼리 술을 마시며 나를 술자리 안주로 삼을 뿐이었다. 나는 철저히 동료들에게 외면당한 채 고독한 나날을 보냈다. 외로웠다. 누군가에게 하소연하고 싶었지만 주변에 아무도 없었다.

넌 정말 날 사랑하긴 한 거니?

1월 밤의 칼바람이 외투를 파고들어 마음을 아프게 찔러 댔다. 담배 한 개비 물고 어두운 밤길을 터덜터덜 걸어 집 앞에 왔는데 낯선 여자가 서성이고 있었다.

'누구지? 왜 이 시간에 낯선 여자가 내 집 앞에 서 있는 걸까?'

가까이 다가가자 여인이 물었다.

"김현미 씨 남편이세요?"

"맞습니다만 제 아내 이름을 어떻게 아세요?"

"그냥 어떻게 좀 압니다. 지금 김현미 씨 집에 없죠?"

"그걸 어떻게 아세요?"

"지금 김현미 씨 어디 있는지 아세요? 제가 어디 있는지 아는데…….."

나는 심장이 쿵 내려앉는 느낌이었다. 낯선 여자가 현미가 어디 있는지 안다니, 이건 또 무슨 소리인가. 내가 어안이 벙벙해 있는데 그녀가 뒤미처 말했다.

"김현미 씨 지금 제 남편과 살림을 차렸습니다. 저는 그 남자의 아내예요."

나는 그 자리에 주저앉고 말았다. 다리에 힘이 풀려 도저히 서 있을 수가 없었다. 숨도 쉴 수가 없었다. 심장마비라도 온 것처럼 가슴을 부여잡고 쓰러져 있는데 여자가 속사포로 쏟아냈다.

"김현미 씨는 일 년 전부터 제 남편과 사귀어 왔습니다. 저도 이 사실을 안 지 사 개월밖에 안 됐고요. 예전에 김현미 씨 일박이일 출장 다녀오지 않았나요? 그게 출장이 아니라 제 남편과 여행 다녀온 거예요."

여자는 도저히 믿을 수 없는 이야기를 쏟아 놓았다.

'현미가? 나만 바라보고 나만 사랑한 현미가? 그럴 리가 있나? 아닐 거야, 믿을 수 없어.'

말을 하려 해도 충격이 너무 커서 목소리가 입 밖으로 나오지 않았다.

"두 달 전 김현미 씨 유산했죠? 그런데 선생님! 그게 유산이라고 믿으세요? 사실은 제 남편이랑 그 여자가 함께 병원 가서 애를 지운 겁니다."

"뭐라고요? 대체 지금 무슨 얘길 하는 겁니까?

"제 남편에게 확인한 내용입니다. 저도 지금 이혼 준비 중인데 남편이 우연히 털어놓더군요."

이건 또 뭔가? 땅이 꺼지고 하늘이 무너지는 이 느낌은 뭔가? 나의 상식에선 믿기 어려운 말들이 낯선 여자의 입에서 나왔다. 아내가 다른 남자와 사귀고 그 몰래 여행을 다녀왔으며 아기까지 지웠다니…….

"지금 하신 말씀 사실입니까? 당신 말을 어떻게 믿어요? 우리 현미는 그런 짓을 저지를 사람이 아니에요. 누구보다 제가 알아요. 현미는 제가 잘 안다고요."

"그러세요? 그럼 저와 같이 가시죠. 제 남편과 그 여자가 살림 차린 그 집에요."

여인의 말도 믿기 힘들었지만 직접 가 보자는 말에 놀라지 않을 수가 없었다.

'정말인가? 정말로 남자와 살림을 차렸단 말인가? 혼수로 해 온 살림살이를 다 가지고 나가서 어디에 있는지 행방도 알 수 없었던 현미가 다른 남자와 살림을 차렸다니…….'

지난 3개월 동안 나는 사람이 아니었다. 거의 미친놈처럼 울부짖었고 살림살이가 빠져나간 텅 빈 집에서 술에 절어 지냈는데 정작 아내는 다른 남자와 사랑에 빠져 지냈다니…….

나는 낯선 여자의 차를 타고 그녀가 알고 있다는 집으로 향했다.

'만일 현미가 정말로 남자와 함께 있다면 어떻게 할 것인가?'

나는 갈피를 잡을 수 없어 머릿속이 복잡했다. 30분 뒤 낯선 여자는 어느 단독 주택 앞에 멈춰 섰다.

"여기, 지하 왼쪽입니다."

나는 B01호 앞에서 떨리는 손으로 초인종을 눌렀다. 아무런 반응이 없기를 바랐다. 제발 현미가 이 집에 살지 않기를 바랐다. 한 줄기 남은 현미에 대한 믿음이랄까, 미련이랄까. 몇 초가 지났을까.

"누구세요?"

현미의 목소리였다. 정말 아내 목소리가 맞았다. 몇 달 만에 들어 보는 아내 목소리인가. 이럴 수는 없었다. 믿고 싶지 않았지만 엄연한 현실 앞에서 절망해 기운 없는 소리로 말했다.

"현미야! 오빠다. 문 열어."

현미는 침묵한 채 문을 열지 않았다. 나는 점점 큰 소리로 말했다.

"다 알고 왔으니 빨리 문 열어."

그래도 문은 열리지 않았다. 옆집이 다 들릴 정도로 문 열라고 소리 치고 대문을 두드리고 발로 차고……. 10여 분이 지나자 비로소 문이 열렸다. 나는 부리나케 집 안으로 뛰어들어갔다. 직접 눈으로 확인하고 싶었다. 정말로 낯선 여자의 남편과 함께 살고 있는지. 제발 사실이 아니었으면 하는 바람으로. 그러나 바람은 바람일 뿐. 신혼집에서 빼 간 장롱과 침대, 옷가지는 물론 남자의 옷과 남성용품……. 정말 살림을 차린 게 맞았다. 밀려오는 배신감에 도저히 참을 수 없어 현미의 뺨을 때렸다. 그러자 무릎을 꿇고 빌기 시작했다.

"오빠, 잘못했어. 내가 정말로 잘못했으니 한 번만 용서해 줘!"

"남자는 어디 있냐? 지금 어디 있냐고? 빨리 말해!"

"……."

"빨리 말 못 해? 그놈 어디 있냐고!"

"오빠, 한 번만 용서해 줘. 부탁이야. 내가 죽을죄를 졌으니 제발 한 번만……."

3개월 만에 마주친 현미에게서 들은 최초의 말은 용서였다. 나는 참을 수 없어 더욱 세게 때렸다.

　'이게 인간이 할 수 있는 짓인가? 남편이 뻔히 신혼집에 살고 있는데 혼자 나와서 다른 남자와 살림을 차린다는 게. 그것도 이렇게 젊은 여자가. 철이 없다고 해야 할까?'

　인간의 도리를 몰라도 정도껏이라는 생각에 분노가 치밀었다.

　"너, 아이를 그 남자랑 병원에 가서 지운 게 사실이야?"

　"……."

　"자연유산이 아니라 일부러 낙태한 게 맞느냐고?"

　"오빠, 제발 부탁이니 한 번만, 한 번만 용서해 줘. 다음부터 다신 이러지 않을게."

　나는 도저히 현미를 보고 있을 수가 없어 뛰쳐나왔다. 택시를 타고 돌아오면서 한없이 울었다. 끊임없이 눈물이 흘렀다. 죽을힘을 다해 부모님 반대를 무릅쓰고 잘살겠다며 결혼했는데 어떻게 이럴 수가 있단 말인가? 많은 축복을 받으며 시작한 결혼 생활이 만신창이가 된 현실에 배신감과 충격이 컸다. 아무리 술을 마셔도 취하지 않았다. 그동안의 힘들고 어려웠던 시간을 술로 보상받으려는 듯 병째 마셨지만 정신은 갈수록 명료해지면서 오직 분노와 배신감에 치를 떨었다.

다음 날, 나는 출근하지 않았다. 출근할 마음도 아니고 상황도 못 됐다.

'어떻게 하지? 이 상황을 어떻게 극복할 것인가? 대체 왜 어쩌다 이런 일이 생겼을까?'

그다음 날도 출근하지 못한 채 고민에 고민을 거듭했다. 이 상황을 어떻게 할 것인가 곰곰이 되씹느라 식음을 전폐했다. 충격적인 현장을 목격한 지 사흘이 지나고서야 나는 결론을 냈다.

'용서하자. 사람이 살다 보면 실수도 할 수 있지. 전부 용서하자. 지금부터 심기일전해 다시 잘살면 되지. 현미도 이번 일로 정신을 차렸을 테니 달라질 거야. 그놈의 정이 뭔지…….'

나는 마음속 깊은 곳에서 현미를 용서하자고 다짐하면서도 씁쓸한 감정을 숨길 순 없었다. 나의 단점이라면 정이 너무 많은 것이었다. 다른 남편 같았으면 쉽게 용서하지 못했을 것이다. 사회생활을 하면서 모든 사람이 다 자신 같으려니 생각하고 행동해서 손해를 보거나 힘든 적이 한두 번이 아니었다. 그래도 타고난 천성이 어디 가겠는

가. 일처리는 확실하고 단호한데, 이상하게 인간관계만큼은 정에 얽매여 주변 사람들을 도와주고도 손해 보거나 배신당해 괴로워한 적이 한두 번이 아니었다.

나는 마음의 결정을 내리자 현미를 찾아갔다.

"이번 한 번은 용서한다. 너도 잘못을 뉘우치고 있으니 다신 이런 일 없도록 오빠한테 확실하게 약속해!"

"오빠, 정말 고마워. 약속할게. 다신 이런 일 없을 거야. 고마워!"

현미는 눈물을 흘리면서 빌었다. 나는 현미를 데리고 그날 밤, 전주에 내려가 부모님께 인사를 드렸다.

"아버님, 어머님, 그동안 심려를 끼쳐 드려서 정말 죄송합니다."

현미의 가출 건을 전혀 모르지만 뭔가 부부 사이가 좋지 않은 정도만 짐작한 부모님은 우리를 타이르셨다.

"부부가 살다 보면 이런저런 일도 겪는 법, 서로 이해하고 양보하면서 잘살아라. 앞으로 살아갈 날이 구만 리 같은 젊은 부부니까 뭐니 뭐니 해도 상대 입장을 잘 헤아려 주는 게 최고여, 알아들었냐?"

"예, 앞으로 걱정 끼치는 일 없도록 잘살겠습니다."

"그려, 이제 한시름 놓았다. 애비는 이제 손주 안아 보는 것밖에 소원이 없응게 일도 중허지만……."

"아가, 직장도 중허지만 임신에 신경 좀 써라이!"

어머니도 곁에서 한마디 거들었다.

나는 그렇게 진정되고 가정의 평화를 되찾았다고 생각하니 마음이 조금 홀가분해졌다.

화해를 하고 한 달 정도 지났을까, 다시 예전처럼 현미의 얼굴에 어두운 그늘이 드리워졌다. 말도 없고 웃지도 않고 피하는 기색이 역력하자 나는 두려웠다. 다시 예전 증상이 나타나는 거 아닐까. 현미에게 물었지만 괜찮다는 대답뿐 다른 말이 없었다. 그러나 하루가 갈수록 그녀의 우울한 표정은 심해졌다.

며칠 뒤 할 말이 있다며 회사 근처 커피숍이니 잠깐 만나자는 전화가 왔다.

'웬일일까? 저녁때 집에서 말해도 될 텐데 무슨 말을 하려고 회사까지 찾아왔지?'

불안한 마음을 추스르며 커피숍으로 나갔다. 얼마나 정적이 흘렀을까?

"오빠 우리 그만하자. 그냥 날 놔줘! 그 사람한테 갈래. 아무리 생각해 봐도 그 사람을 잊을 수가 없어. 우린 안 맞는 거 같아. 아무리 노력해도 안 되는 건 안 되는 거 같아. 우리 그만하자."

"⋯⋯."

참으로 기가 막혔다. 나로선 최선을 다해 용서했는데. 이혼을 요구해도 부족할 판에 뻔뻔하게 그 남자한테 가겠다니. 이혼당할 입장이 되자 억장이 무너져 할 말을 잃었다.

현미는 내가 충격으로 잠자코 있자 한술 더 떴다.

"사실 오빠 충격받을까 봐 말을 안 했는데, 그 사람이랑 오래됐어. 한 조가 돼서 자주 수도 검침하러 외근 다니다 보니 정이 들었고, 한 번 선을 넘고 보니 낮에 외근 핑계대고 우리 집에서 함께 지낸 적도 있어."

"뭐? 우리 집, 내 침대에 그놈을 끌어들였다고? 네가 인간이냐?"

나는 이성을 잃고 미친 듯이 주먹을 휘둘렀다. 얼굴이며 머리, 닥치는 대로⋯⋯. 카페 주인이 말리고 경찰이 출동하는 바람에 겨우 멈출 수 있었다.

"그냥 내 눈앞에서 당장 꺼져! 널 잡을 힘도 없다. 너한텐 용서란 말도 아까워! 살아서 다신 네 얼굴 보는 일 없기 바란다."

그렇게 나는 현미와 결별했다. 그리고 나는 깨달았다.

현실에서 일어나지 못할 일은 없을뿐더러 세상은 온통 가식과 위선, 모순투성이라는 것을. 용서는 용서받을 가치가 있는 자들에게 소용되고 존중도 존중받을 만한 사람만 존중받아야 한다는 사실을 뼈저리게 깨달았다.

운명의 내기

아내와의 결별 이후 일이 손에 잡히지도 않고 고객을 만나기도 싫었다. 가정이 파탄 난 마당에 고객을 만나 봐야 제대로 영업이 될 리 없었다. 고객을 찾아다녀야 할 시간에 공원에 앉아서 멍하니 하늘만 쳐다보거나 PC방에서 오락에 빠져들었고, 그도 아니면 집에서 잠을 잤다. 부지불식간에 현미와 파국에 이르기까지 여러 가지 기억이 떠올라 낮술에 의지하기도 했다.

일할 맛이 나지 않았다. 일해야 할 의미도 찾을 수 없고 가족의 소중함 대신 쓰라린 배신으로 심신이 너덜너덜해져 패기에 찬 옛 모습은 찾을 수 없었다.

'이대로 물러설 순 없어. 당장이라도 현미에게 복수하지 않곤 못 배기겠어!'

절규했다. 인생의 소중한 하루하루가 손가락 새로 모래처럼 빠져나갔다. 실적은 여전히 밑바닥이었다. 대학 때 친구들이 소식을 듣고 위로주를 사 주며 하루빨리 잊으라고 충고했지만 귀에 들어오지도 않았고 위로도 귀찮았다. 자포자기 상태로 몸은 기계처럼 움직였지만 정신적으론 완전히 공황 상태여서 식물인간이나 다름없었다. 그런 아들의 모습을 지켜보는 부모님 역시 가슴이 미어터졌다.

"첨부터 이럴 줄 알았당게. 그때 더 적극적으로 뜯어말렸어야 했는디 결국 사달이 나고 말았구먼. 천하의 몹쓸년 같으니라고! 그년이 두 발 뻗고 잘사는가 내가 죽을 때까정 지켜볼 텨!"

어머니는 이를 부득부득 갈았고 아버지는 혀를 찰 뿐 그저 아들 걱정이 우선이었다.

"정수야, 너는 어릴 때부터 아부지의 큰 자랑이었다. 암만, 큰 자랑거리고말고! 사람은 누구나 시행착오를 겪는 법. 이번 일을 교훈 삼아 앞으로 잘하면 상처도 약이 되는 법이여. 긍게 부디 정신 똑바로 채리고 일어서야 쓴다!"

절절한 마음으로 당부하는 아버지를 보며 나는 속으로 피눈물을 흘렸다. 지금까지 늘 아버지를 꺾고 내 고집대로 살아온 결과가 이것인가 생각하니 죄송하기 이를 데 없었다.

'아버지, 정말 진짜 죄송합니다. 번번이 실망만 시키고 이런 모습까지 보여서 뭐라 드릴 말씀이 없어요.'

현미와의 모든 일을 통째 잊기로 했다. 인생 한 부분을 송두리째 도려내고 새 출발을 다짐했다. 신이 인간에게 준 선물, 망각이 없다면 나약하기 짝이 없는 인간은 어떻게 험한 인생을 살아가겠는가. 나는 망각이라는 특효약을 내게 처방했다.

2005년, 시무식에서 각자 자신의 목표를 발표할 때 나는 나도 회사에서 매년 실적이 좋은 설계사들만 초청하는 성대한 행사인 컨벤션에 반드시 참석하도록 노력하겠다고 말했다. 하지만 그건 바람에 불과하고 실제론 나도 컨벤션에 초대받을 수 없다는 현실을 직시하자 마음은 자포자기 상태였다.

그즈음 옆자리 동료인 이지성 FP(금융자산관리사)가 맥주 한잔하자며 사무실 근처 호프집으로 불러냈다. 다른 동료들처럼 나의 처지가 안쓰러워 위로해 주려는 거려니 싶은 마음으로 나갔다. 그저 누군가 속을 털어놓을 상대가 필요했고 누구라도 나를 불쌍하게 봐 주길 바랐다. 너무 나약해져서 예전의 자신감이나 호방함, 목표 의식, 밀어붙이는 도전 의식 같은 건 이미 사라지고 없었다.

술자리가 무르익자 이지성 FP의 부드러운 말투가 점점 격앙되기 시작했다.

"야, 박정수! 너 처음 여기 올 때 부모님 속 엄청 썩이고 왔다면서. 근데 지금 이 꼴이 뭐냐? 네 부모님이 보시면 참 기분 좋겠다. 이러려고 많은 사람 반대 물리치고 이곳에 왔냐? 이혼? 이혼은 너만 했냐? 이혼한 사람들이 다 너처럼 썩은 동태 눈깔로 술에 찌들어 사는 줄 알아? 정신 차려, 인마! 네 모든 것을 바쳐 이 보험사에서 성공하겠다며? 근데 겨우 이 정도 어려움 때문에 바닥에서 뒹구는 그런 못난 놈이었어? 야, 박정수! 너 인마 똑바로 살아! 이게 네 본 모습이냐?"

나는 자존심이 완전히 뭉개지도록 호되게 당했다. 처음에는 그냥 그런가 보다 싶어 듣고 있었지만 시간이 지날수록 화가 치밀었다. 이지성 FP에게 화가 난 게 아니라 나 자신에 대해 화가 치밀었다.

'대체 저 인간은 왜 저리 당당한 모습으로 날 다그치는가. 에이! 씨발, 엿 같은 세상……. 박정수! 너 겨우 이런 모습 보이려고 아버지 눈에서 눈물을 쏙 뽑았냐? 못난 자식아.'

자책과 함께 나 자신이 너무 한심하고 화가 나서 견딜 수 없었다. 지난날을 떠올릴수록 초라한 내 모습이 견디기 어려웠다.

"야, 우리 내기할래?"

"무슨 내기?"

"우리 둘 다 올 연말 컨벤션에 참가할 수 있게 입상하는 조건!"

나는 나에 대한 끓어오르는 분노를 주체할 수 없어 홧김에 내기에 응했다.

"좋아, 하자, 내기하자고! 씨발, 내가 너 이지성, 반드시 한번 이겨 보겠다!"

2005년 컨벤션 입상 기준은 일정한 보험 계약 건수와 보험 액수를 달성해야 갈 수 있는데 이지성 FP는 80~90퍼센트 완료해 놓은 상태였다. 그러니 나와 내기를 해도 손해 볼 게 없었다. 벌써 9월인데 아직 입상 기준의 절반도 해놓지 못한 상태에서 이지성 FP와의 내기는 언감생심이었다. 그러나 나에게 중요한 건 하루빨리 과거의 상처를 잊고 폐인 상태에서 벗어나는 것이었다. 입상은 꿈도 못 꿀 처지인데 선뜻 내기에 응한 것은 마음 깊은 곳에 응어리진 오기 때문이었다.

'좋다, 이지성! 어떻게 해서든 널 이길 테니 두고 봐라.'

그날 이후로 입에 거품을 물고 미친 듯이 뛰어다녔다. 술? 술이 다 뭔가? 그때까지 늘 거절만 했던 모든 고객을 일일이 다시 찾아다니기 시작했다.

"고객님, 예전에 찾아뵌 에이보험사의 박정수입니다. 그동안 별고 없으시지요? 다름이 아니고, 예전에 설명드릴 때 미처 다 말씀드리지 못한 것이 있어 다시 한 번 뵙고 보완 설명을 드릴 게 있으니 바쁘시더라도 한 번만 시간을 내주십시오."

상대방은 마땅치 않다는 듯 이 핑계 저 핑계 댔지만 나는 끈덕지게 매달렸다. 제발 한 번만 만나 달라고. 마지못해 시간을 내준 고객에겐 수없이 머리 조아리며 보험의 장점과 필요성에 대해 구구절절이 설명했다. 그래도 거절하면 대신 다른 고객을 소개해 달라고 매달렸다.

"저를 한 번만 믿어 주십시오. 분명 주변분들 누군가 보험이 꼭 필요한 분이 계실 겁니다. 부탁드립니다."

나의 진심이 통했는지 한 명 두 명 마음을 열기 시작했다. 서울은 물론 지방 어디라도 만나 주겠다는 고객이 있으면 달려갔다. 하루 이틀 일주일이 어떻게 지나가는지도 모를 정도로 미친 듯이 발품을 팔고 다녔다. 그래도 기뻤다. 술 마시고 패배감과 복수심에 사로잡혀 방구석에 늘어져 있던 것에 비하면 전력투구할 수 있는 기운이 생긴 것만으로도 나는 신이 났다. 고객을 만나면 먼저 나의 굴곡진 인생 사연을 맞장구치며 들어 주는 일부터 했다. 진심 어린 표정으로 들어 주면서 마치 자신의 사연인 양 함께 눈물 흘리고 같이 기뻐서 박수 치며 소통의 물꼬를 텄다.

"박정수 씨는 묘하게 사람의 마음을 잡아끄는 힘이 있어요. 그 비결이 뭐요? 대화하다 보면 내가 별 얘기까지 다 털어놓는단 말이야?"

"하하. 그렇습니까? 비결이랄 게 뭐 있겠습니까? 고객님 고통이 제 고통이고, 고객님 보람이 제 보람처럼 느껴지는 게 통했다고 할까요?"

"옳커니, 그렇지. 사람 간에 가장 중요한 게 진심이 통하는 거 아니겠소? 자, 그럼 나한테 맞춤형 보험을 하나 소개해 보시오."

"우리 손자가 아직 어려서 천천히 들어야지 했는데, 내가 두 손 들었소. 하하하. 어린이 보험 중에 추천할 만한 거 있음 소개해 봐요."

나는 결코 보험을 판다고 생각하지 않았다. 돈을 벌기 위해 보험 상품을 파는 것은 장사꾼에 불과하다는 철칙 아래 진정으로 고객 한 명 한 명마다 그들의 상황과 건강 상태를 고려해 맞춤형 상품을 안내하고, 한 번 고객이 되면 영원한 고객이라는 마음으로, 한가족이라는 마음가짐으로 성심성의를 다해 안내하고, 고객이 의논할 일이 있다고 하면 열 일 제치고 달려가 진정한 의논 상대가 돼 주었다. 그러다 보니 눈에 띄게 실적이 늘어 갔다.

나도 놀랐고 동료들도 놀라움을 금치 못했다.

"여어, 박정수 씨! 천지개벽할 일이군. 대체 무슨 비법을 숨겨 뒀던 거야?"

"이번 주만 해도 벌써 몇 건 올렸어? 허 참!"

내심 뿌듯했지만 거기서 멈추지 않았다. 세상은 넓고 인구는 많았다. 내가 만나야 할 고객은 아직도 부지기수고, 한 번 상대의 마음을 파고들자 탄력이 붙어 발에 땀날 정도로 뛰어다니다 못해 날아다녔다. 발에 모터라도 단 듯 일분일초가 아까워서 늘 뛰어다녔고 땀으로 목욕을 할 지경이지만 마음은 날아갈 듯 가벼웠다. 되살아난 열정의 불씨가 꺼질세라 마음이 급했다.

결국 나는 2005년 컨벤션에 입상해 초대를 받았다. 그러나 이지성 FP와의 내기에선 졌다. 그도 그럴 것이 이지성

FP는 입상 직전까지 일을 다 해 놓았고, 외근을 나가면 한 건 이상씩 계약해 오는 능력 있는 직원이었으니 그와 내기 한 것 자체가 무모한 일이었다. 그러나 내기를 계기로 나는 완전히 다른 사람으로 바뀌었다. 매사 부정적이고 폐쇄적이던 사람이 100퍼센트 긍정적인 사람으로……. 잠자고 있던 열정과 패기가 깨어나면서 언제 그랬냐는 듯 신명을 되찾았다.

'긍정적인 마음으로 최선을 다하면 못 해낼 일은 없어. 이미 체득한 걸 까맣게 잊고 있었을 뿐이지! 이제라도 깨달았으니 얼마나 다행인가.'

이제 나에게선 몇 달 전의 절망과 고통, 배신감과 상처는 찾아볼 수 없었다. 인생 2막이 서서히 열리기 시작한 것이다.

더 높은 고지를 향해 전진

한번 발동이 걸리자 아이디어가 술술 떠올랐다. 진심을 전하는 첫 번째 비장의 무기, 바로 편지 쓰기였다. 나는 고객들에게 매달 편지를 엄청나게 써서 보냈다. 그것도 손으로 직접 쓴 편지를……. 컴퓨터로 쓰면 성의가 없어 보여 일일이 자필로 고객 한 명 한 명에 맞는 내용의 안부 편지를 써 보냈다.

직접 손으로 쓴 편지가 4층 높이 이상은 됐을 것이다. 볼펜을 너무 오래 쥐어 손아귀가 아프고 팔의 뼈가 으스러지는 것 같은 고통을 느꼈지만 결코 포기하지 않았다. 내가 믿을 방법은 고객들에게 감동을 줄 수 있는 자필 편지였다. 요즘 같은 디지털 시대에 컴퓨터로 써서 인쇄한 편지는 보내는 사람이나 받는 사람이나 진심과 성의가 묻어나지 않을 거란 생각에 손편지를 고집했다.

나의 생각은 주효했다. 2005년, 회사에서 높은 실적이라고 할 수 있는 실버를 달성한 것이다. 그때의 벅찬 심정은 이루 말로 다 할 수 없었다. 그해에만 총 100여 건을 계약했는데 그중 나의 고객들이 친구나 친척을 소개해 줘서 계약한 게 80건 정도였다. 새 고객을 찾아다니며 신규로 계약한 것은 20여 건밖에 안 되고 기존 고객들이 나를 신뢰해서 소개해 준 결과였다. 하루가 멀다 하고 기존 고객이 다른 고객을 소개해 준 덕분에 꿈도 못 꾸던 실버를 거머쥐었다. 사무실이 발칵 뒤집혔다.

"아니, 대체 박 에프피는 고객 관리를 어떻게 했기에 고객이 그토록 적극적으로 다른 고객을 소개하는 거야?"

"나도 이 업계에서 뼈가 굵었다면 굵었는데 이런 경우는 본 적이 없어. 참 귀신이 곡할 일이지. 저 친구, 작년, 재작년에 빌빌대던 박정수 맞아?"

"그러게 말이에요. 참 나. 아무래도 뒷조사를 하든가 미행해 봐야겠어."

"그보단 한 수 배우는 게 더 빠르겠는데?"

다들 부러운 시선으로 나를 바라보았다. 입사 초기, 내가 언제 회사를 때려치우는지 내기를 걸며 비아냥대던 그들이 아니었다.

내친김에 전진 또 전진을 거듭했다. 이듬해 골드를 목표로……. 처음 회사에 입사했을 때, 사내 콘테스트에서 브론즈를 한 사람들이 신처럼 보였다. 브론즈보다 위 단계인 로열 브론즈나 실버, 골드를 차지한 사람들을 보면 나와는 딴 세상 사람인, 하늘에서 내린 사람이거니 생각했다. 꼴찌 중의 꼴찌였던 나로선 당연했다. 실버, 브론즈, 로열 브론즈, 골드……. 말만 들어도 부럽고 내가 그렇게 되리라곤 예상하지 못했다. 아니, 딴 나라 이야기로 들렸다. 그런데 이제 점점 현실로 다가오고 있었다.

'아! 나도 언젠간 저 사람들처럼 될 수 있겠구나. 내 꿈이 현실로 이뤄질 날이 멀지 않았어.'

슬슬 자신감이 붙었다. 2006년에도 도전을 멈추지 않았다. 여전히 많은 고객에게 편지를 쓰고, 전화를 하고, 직접 만나 인사드리고, 고객들의 소개 전화가 끊이지 않았다. 물론 결과는 목표한 골드가 아니라 그보다 낮은 로열 브론즈에 멈췄지만 나의 생활 태도와 삶을 대하는 자세는 예전과 완전히 바뀌었다. '긍정의 신'으로 변했다고 할까, 나도 내가 존경스러웠다. 주변 동료들의 바뀐 태도도 나에게 더욱 힘을 실어 주었다.

'처절하게 고독과 사투를 벌일 때 상처에 굵은소금 팍팍 뿌려 대던 저들이 이렇게 변할 줄이야……'

그들을 붙잡고 한바탕 기쁨의 눈물을 쏟아내고 싶었다. 특히 이지성 FP와는 꼭 한번 진탕 술을 마시며 고마움을 전하고 싶었다. 그가 아니었다면, 그날 운명의 내기가 아니었다면 지금 나는 어떤 모습일까? 상상하기도 싫었다.

2006년을 마감하고 2007년의 목표를 골드로 세웠다.

'해보자. 다시 시작하는 기분으로, 초심으로 돌아가서 이번엔 어떻게든 꼭 골드를 차지하리라.'

나는 연말 회사 시상식에서 골드 메달을 받고 기뻐하는 모습을 상상하며 대망의 2007년을 향해 힘차게 달려 나가려고 말고삐를 단단히 움켜쥐었다.

갑작스러운 재혼

현미와 헤어진 뒤 보험 영업에 날개를 달고 동분서주하느라 시간이 어떻게 흐르는지도 몰랐다. 신변이 어느 정도 정리되고 살맛이 나면서 고독이나 외로움과 담쌓고 살던 어느 날 아버지가 전화를 걸어오셨다.

"정수야, 통 소식이 없어서 궁금해 전화했다. 일은 좀 풀리냐?"

나의 목소리가 전과 달리 활기차고 씩씩하자 아버지도 맘이 놓였는지 직설적으로 물어오셨다. 그동안 아무리 아들이라도 쓰라린 상처를 헤집을까 봐 가능하면 전화도 삼가고, 궁금해도 짧게 안부만 묻고 끊었는데 그날은 달랐다.

"아버지, 너무 바빠 전화 자주 못 드려서 죄송해요. 드디어 저도 고객 유치하는 비법을 터득하니까 너무 바빠서 몸은 힘들어도 기분은 날아갈 거 같습니다."

"음, 듣던 중 반가운 소식이여! 이런 날이 오기만 얼마나 학수고대했는지 넌 짐작 못 헐 것이다. 허허. 그나저나 언제까지 혼자 살래? 젊디젊은 사내 녀석이! 남자는 자고로 집안이 안정되고 편안해야 일도 잘 풀리는 벱이여."

나는 곧바로 무슨 뜻인지 알아듣고는 펄쩍 뛰었다.

"지금 한창 일에 탄력이 붙었는데, 이런 때 해찰하면 쓰나요? 아버지 말씀은 충분히 알아들었지만 지금은 그럴 맘이 전혀 없습니다. 죄송해요."

"……끄응."

전화기 저쪽에서 아버지의 침묵이 계속되자 퍼뜩 지난날이 떠올랐다. 무슨 일이든 아버지의 뜻과 반대로 내 고집대로 살아온 결과가 참담하다 보니 수없이 뉘우치고 반성했는데 또 아버지 뜻을 거스르는구나 싶어 아차! 했다.

"좋은 사람 있습니까?"

맘에도 없는 말을 불쑥 꺼냈건만, 기다렸다는 듯 금세 아버지의 목소리에 생기가 돌았다.

"암만, 오랫동안 지켜본 처녀가 있는데, 아무리 봐도 네 짝으로 손색이 없어야."

"그래요?"

건성으로 대답했지만 아버지는 매우 적극적이었다.

"우리 학교 영양교사인데 참하고 성격도 싹싹하고 어른 공경헐 줄 알고……. 여러모로 욕심나는 처녀여. 내 자식에게 흠이 있어 대놓고 들이대자니 면이 안 선다만, 사람일은 모르는 것인게 한번 내려와서 만나 봐라. 두 사람 맴이 통하면 과거는 과거일 뿐이여. 슬쩍 네 얘길 했더니 싫지 않은 눈치더라. 허기사 네가 딸린 자식이 있냐, 호적에 줄 한 번 그은 거 빼곤 꿀릴 거 하나도 읎다."

고슴도치도 세상에서 제 자식이 가장 귀하듯 아버지는 나의 뚝심과 실력을 굳게 믿기에 이 혼담에서 꿀릴 게 없다고 믿었다.

"모든 여자가 다 거기서 거기니라. 다만 인연이면 백년해로허는 것이고, 인연이 아니면 아무리 이을라고 죽을힘을 다 해도 끊어지는 벱. 참고로 영양교사는 너보다 한 살 많다."

아버지가 은근히 당당했던 이유가 짐작됐다. 요즘 세상에 이혼이 흠도 아니고, 더구나 능력 있고, 인물 좋고, 딸린 자식 없고, 나이 젊으니 내 자식이 빠질 게 무언가 생각하신 것이다.

나는 부모님의 결사반대를 무릅쓰고 결혼했다가 보기 좋

게 실패한 터라 재혼만큼은 아버지의 뜻을 따르고 싶었다. 물론 재혼 생각이 전혀 없었지만 거역할 입장도 못 돼 한 번 만나 보기로 했다. 주말에 겨우 시간을 내서 전주에 내려가 그녀와 마주 앉았다.

워낙 대화를 재미있게 끌어 나가 늘 좌중을 유쾌하게 만드는 나는 아버지의 체면을 생각하여 그녀에게 친절히 대했다.

"교장선생님 자제분이라 조심스럽고 어려운 자리인데, 말씀을 참 재밌게 하시네요."

"그렇습니까? 하하."

수줍음을 타면서도 내가 하는 말에 바로바로 반응하는 그녀가 싫지 않았다. 그렇다고 마음이 확 끌리지도 않았다. 배시시 웃는 모습이 보기 좋았지만 늘 활짝 웃고 밝고 명랑하던 현미와 자꾸 비교되었다. 한 살 연상이라 그런지 나를 배려하는 게 마치 누나 같은 느낌이지 여자로 다가오진 않았다. 무엇보다 문득문득 그녀의 옆모습에 스쳐 가는 우울함이랄까, 밝고 사려 깊어 보이는데 딱 짚어 설명할 수 없는 묘하게 어두운 기운이 느껴졌지만 오랫동안 같은 학교에서 지켜본 아버지의 안목을 믿기로 했다.

계속 만나 보고 싶다는 여성 쪽 의사를 확인한 아버지는 매우 흡족해하셨다. 토요일마다 아버지의 호출로 전주에 내려가 맹숭맹숭한 데이트를 한 지 두 달쯤 지났을까?

"날 잡자. 쇠뿔도 단김에 빼라고, 미적거리다 좋은 사람 놓치면 어쩔래? 이번에 또 아버지 실망시키면 각오혀!"

엄포 반 부탁 반, 부모가 서두르니 나로서도 더 이상 뺄 수가 없었다. 첫 결혼 실패에 대한 빚을 갚아 드려야 한다는 마음으로 어정쩡한 상태에서 승낙해 버렸다.

'사랑은 변하는 거야. 죽기 살기로 사랑해서 너 아니면 못 살겠다, 죽겠다 맹세하고 결혼해도 깨지는 판에, 살다 보면 정이 들고 저절로 사랑하는 맘도 생기겠지. 사랑이 뭐 별거냐?'

한 번 큰 배신을 겪은 자의 자포자기랄까, 회의랄까, 나는 이제 사랑을 믿지 않았다. 그래서 큰 기대 없이 부모님이 원한다는 이유만으로 응낙했다. 혼담은 일사천리로 진행되어 만난 지 3개월 만에 두 번째 가정을 꾸렸다. 아내는 여전히 전주의 학교에서 근무하고 내가 전주를 오가는 신혼 생활이 시작됐다.

청천벽력 같은 위암

2007년 5월 8일, 그날도 미친 듯이 일했다. 오전 7시에 출근해서 고객 관리 서류를 정리하고 손편지를 쓴 뒤 9시부터 고객들에게 전화를 걸었다. 대부분 똑같은 내용을 반복하다 보니 입에서 단내가 나고 머리가 핑핑 돌았다. 그래도 실적이라는 열매를 차곡차곡 저장해 두는 나로선 힘들다는 생각이 들지 않았다. 점심은 돈을 아끼려고 사무실 근처 분식집에서 김밥 한 줄로 때웠다. 김밥을 수도 없이 먹었지만 질리지 않았다. 단돈 천 원짜리 김밥 한 줄. 돈 한 푼이 아쉬운 터라 절약하면서 짧은 시간에 허기를 달래기엔 김밥이 안성맞춤이었다.

오후엔 고객 상담을 위해 발로 뛰었다. 고객 상담을 위해 서울과 인천, 수원, 수지 등 수도권 지역을 돌았다. 말을 많이 하다 보면 금방 소화되어 배가 고팠다. 그때마다 거리에서 파는 천 원짜리 옥수수 한 자루를 산 뒤 전철에서 남의 눈도 아랑곳하지 않고 하모니카 불듯 먹어 치웠다. 비록 중국산이지만 그렇게 맛있을 수가 없었다. 경제적으로 워낙 쪼들리다 보니 저렴한 길거리 음식으로 끼니를 때웠지만 창피하거나 부끄러운 줄도 몰랐다.

그날 하루를 마감하는 마지막 약속이 오후 8시 오산이었다. 고객의 자택을 방문하기 위해 아파트 인근 분식집에서 5,000원짜리 된장찌개를 먹고 남은 시간에 아파트 주변을 서성이며 생각했다.

'난 언제쯤 부자가 될 수 있을까. 언제쯤 크게 성공해서 사람들 앞에 자랑스럽게 나설 수 있을까? 과연 젊을 때부터 꿈꿔 온 성공을 거머쥘 수 있을까?'

반드시 성공하고 싶었다. 지금까지 힘들게 달려왔는데 마라톤 구간의 중간도 못 달리고 포기할 순 없었다. 지금까지 실망만 드린 아버지께 꼭 성공한 모습을 보여 드리고 싶었다.

"고객님, 안녕하십니까?"

현관을 들어서면서 특유의 큰 목소리로 인사했다.

"멀리까지 오시게 해서 미안해요. 어서 들어오세요."

부부가 반갑게 맞아 주었다. 예전 같으면 고객의 집이든 사무실이든 문턱도 넘기 힘들었기에 반갑게 맞아 주는 것만으로도 힘이 불끈 솟았다. 나는 팸플릿을 펼쳐 놓고 장장 두 시간 동안 보험 상품에 대해 설명했다. 부부는 열심히 고개를 끄덕이며 나의 말을 경청했다. 거의 빨려들 것처럼 진지한 표정에 계약을 확신하며 마지막 말을 맺었다.

"설명, 잘 들었어요. 귀에 쏙쏙 들어옵니다. 그럼 아예 오늘 우리 부부에게 가장 맞춤한 걸로 계약하죠, 뭐!"

계약하자는 고객의 말이 떨어지자 야호! 속으로 함성을 질렀다.

'드디어 오늘 또 한 건 올리는구나!'

계약 서류를 펼치는 순간 목구멍이 울컥하더니 뭔가 입안 가득 차올라 나도 모르게 앞으로 고개를 숙였다. 피였다. 검붉은 피가 와이셔츠 앞섶을 적시고도 모자라 주르륵 흘러내렸다. 코피도 아니고 목구멍에서 선지 같은 피를 토한 것이었다.

"판소리하다 득음하면 피를 토한다고 하던데, 제가 말을 많이 하다 보니 득음의 경지에 오른 모양입니다. 하하하."

나는 놀란 부부를 진정시키며 너스레를 떨었다.

"병원에 가 보셔야 하는 거 아녜요?"

"별거 아닙니다. 요즘 좀 무리한 모양이죠. 이따가 봐서 병원 가든가, 곧 멈추겠지요. 자, 이 약관은 여태 제가 요약해 말씀드린 거니까 차차 읽어 보시고요. 여기다 사인하시면 됩니다."

그런데 피가 계속해서 꾸역꾸역 올라왔다. 마치 수돗물을 틀어 놓은 듯 콸콸콸 계속 토했다. 그리고 정신을 잃었다. 얼마나 시간이 흘렀을까, 퍼뜩 눈을 뜨고 사방을 둘러보니 오산의 고객 아파트 거실에서 실신한 나를 119 구급대원들이 들것에 옮기고 있었다.

"저, 자…… 잠깐만요. 고객님, 계약 서류에 사인해 주셔야죠."

"지금 계약이 문제예요? 나중에 꼭 할 테니 얼른 병원부터 가세요."

남편 고객이 구급대원들에게 얼른 서두르라는 듯 손짓했다.

하지만 나는 아주 단호한 목소리로 말했다.

"지금 계약서에 사인해야 효력이 발생합니다. 고객님도 저처럼 불시에 이런 일을 당했을 때 보험이 있어야 보호받을 수 있거든요."

피는 계속 올라와 재킷 앞자락이며 소매를 다 적시는데

나는 계속 서류 사인을 외쳤다.

"환자분, 지금 한시가 급해요. 당장 이송하지 않으면 생명이 위험할 수도 있다고요."

구급대원이 어이없다는 듯 소리쳤다.

그러나 나는 손사래를 쳤다.

"잠깐이면 됩니다. 금방 끝나요!"

"박 설계사님, 지금 저희가 일일이 사인하려면 10분 정도 걸릴 텐데 정말 괜찮으시겠어요? 지금도 계속 피를 토하시잖아요?"

고객의 아내가 걱정스런 기색으로 물었다.

"아니, 아닙니다. 전 괜찮아요. 지금 사인하셔야 고객님도 저처럼 불시에 이런 일을 당했을 때 오늘부터 도움받을 수 있어요. 전 참을 수…… 있어요. 아……."

나는 명치께를 송곳으로 찌르는 듯한 고통을 참으며 외쳤다. 목소리가 점점 힘을 잃어 갔다.

"지금 그럴 여유가 없어요. 빨리 병원 가서 응급처치를 받아야죠. 피를 이렇게 많이 토했는데 사인이 중요합니까? 빨리 갑시다."

"내 몸은 내가 알아요. 죽어도 내가 죽고 살아도 내가 삽니다. 지금 내게 가장 중요한 일은 바로 계약서 사인이에요. 조금만…… 기다려 주세요."

구급대원들도 더 이상 나의 고집을 꺾을 수 없다는 걸 알았는지 대기했고, 고객 부부는 미친 듯이 빠른 속도로 사인했다. 나의 갑작스런 위급 사태를 보며 보험의 필요성을 절감했다고 할까. 나는 서류를 받아 들고서야 의식을 잃었다. 응급차에 실리고 차가 출발한 지 얼마나 지났을까, 의식을 차린 나를 보며 환자 이송 기록 일지를 작성하던 응급대원이 들릴 듯 말 듯 한 소리로 중얼거렸다.

"살다 살다 선생님 같은 사람은 처음 봅니다. 다들 피만 좀 흘려도 죽는다고 빨리 병원 데려다 달라고 하는데, 선생님은 어떻게 그런 행동을 하는지 이해가 안 돼요."

그만큼 실적이 중요했다. 건강이야 치료받으면 나아지겠지만 한 번 고객을 잃으면 또 잡기가 쉽지 않다는 걸 누구보다 잘 알기에 마지막까지 사인에 목을 맨 것이다. 성공, 오로지 성공만이 목표인 터, 반드시 골드를 해서 아버지와 아내에게 멋진 모습을 보여 주고 싶었다. 아니, 누구보다 나에게 떳떳하고 싶었다.

나는 동수원병원에 입원해 여러 가지 검사를 끝낸 뒤 침대에 누워 천장을 바라보며 생각했다.

'이제 고지가 코앞인데 여기서 무너지는가? 제발 큰 병이 아니면 좋겠는데. 만날 불규칙하게 먹고 한동안 술 담배에 절어 살았으니 위가 배겨나겠어? 위염이나 위궤양쯤 되겠지. 하긴 몇 달 전부터 밥 먹고 나면 속이 쓰리고 더부룩하니 영 소화가 안 되긴 했지. 그래도 설마 큰 병일라고?'

전주에서 근무하는 아내에게 부모님께는 절대 알리지 말라고 신신당부했다. 소식을 듣자마자 달려온 아내가 병상을 지키며 하염없이 눈물을 흘렸다.

"그러게, 일도 좋지만 제발 무리하지 말라고 얼마나 부탁했어요? 제 말은 귓등으로 듣더니 이게 뭐예요."

아내는 신혼의 단꿈을 깨기도 전에 각혈을 하며 구급차에 실려 와 입원한 남편이 걱정스러워 내내 눈물을 멈추지 않았다. 다음 날 새벽 첫차를 타고 올라온 부모님이 아들의 손을 잡고 통곡을 하셨다.

"대체 이게 뭔 일이여? 어쩌다 이 지경이 됐냐? 이제 좀 살만 허다고 해서 안심혔는디 피를 쏟다니……. 의사는 뭐라대?"

"아직 검사 결과가 안 나왔어요. 어머니, 아버지, 정말 죄송합니다."

"뭔 검사를 얼마나 오래허글래 여적 소식이 없는 거여?

쯧쯧."

아버지가 걱정스러운 기색으로 눈물을 글썽이며 혀를 차셨다.

"별일 없겠지만 맴 단단히 먹어야 쓴다. 임자도 그만 눈물 뚝 혀. 이런 때일수록 침착해야지."

나는 또다시 부모님께 걱정을 끼쳤다는 자책에 속으로 소리 없이 눈물을 흘렸다.

이틀이 지나 보호자를 호출한 의사는 청천벽력 같은 선고를 내렸다.

"위암 삼기입니다. 하루빨리 큰 병원에 가서 수술 날짜를 잡으세요."

"뭐라고요? 위, 위암 삼기요? 우리 정수가 정말 위암 삼기란 말여요?"

"선생님, 수술하면 나을 가망은 있습니까? 삼기면 중헌 상태 아닌가요?"

"지금으로선 저도 뭐라고 딱히 드릴 말씀이 없군요. 하루빨리 큰 병원에서 정밀 검사를 받고 수술하시는 게⋯⋯."

병실로 돌아온 세 사람은 굳이 나에게 사실을 숨기지 않았다. 미성년자도 아니고 누구보다 본인이 알고 마음의 대처를 하는 게 좋겠다는 판단 때문이었다.

"우리 정수 불쌍해서 어쩌냐? 왜 자꾸 안 좋은 일만 생긴 디야? 살아 보것다고 발버둥치는 걸 가상히 여겨 도와줘도 모자랄 판에……."

"……."

나는 적잖은 충격을 받았다. 부둥켜안고 우는 어머니와 아내를 달랠 기운도 없었다. 말로만 듣던 암이 내게도 침투했다는 사실이 그저 멍할 뿐이었다. 고객들에게 늘 입으로 떠들던 암이 나의 일이라는 현실에 할 말을 잃었다. 더구나 이제 막 자리를 잡아 골드를 목표로 발에 땀나게 뛰어다녀도 부족할 판에 병마에 발목 잡혀 꼼짝없이 병상에 눕게 됐다는 현실이 미칠 것 같았다.

'나와의 싸움에서 또 지고 마는가? 그럴 순 없어. 어떻게 해서 여기까지 왔는데…….'

서울아산병원으로 옮겨 몇 가지 검사를 더 하고 한 달 뒤로 수술 날짜가 잡혔다.

"지금 박정수 씨는 안정과 휴식이 최고니까 무리하지 말고 쉬셔야 합니다. 체력을 쌓아야 수술을 버틸 수 있으니까요. 제 말 새겨들으시고 한 달 뒤에 만납시다."

의사는 휴식을 신신당부했다. 그러나 한 달이라는 시간이 주어지자 나는 쉬기는커녕 더욱더 일에 매달렸다. 마치 죽을 각오를 한 것처럼 위암 따위는 물리칠 각오랄까, 아니 비법이라도 있는 사람처럼 고객과의 상담에 열을 올렸고, 새로운 고객을 확보하기 위해 전화를 수도 없이 걸었다. 말을 많이 하면 할수록 건강한 사람도 지치는 법이다. 위가 아파 먹는 것도 시원찮은 몸으로 평상시보다 더 많은 일을 하니까 사무실에서 동료들의 만류가 거듭됐다.

"박 에프피! 너 이러다 정말 수술도 못 받고 큰일 치를래? 쉬라고! 제발! 사무실 나오지 말고 집에서 쉬란 말야."

매니저는 부탁을 해도 통하지 않으니 나중엔 화를 냈다.

그러나 나의 고집은 아무도 당해 내지 못했다.

"매니저님! 제발 한 달만이라도 일할 수 있게 그냥 지켜봐 주세요. 한 달 동안 제 모든 걸 쏟아붓고 수술받으러 가게 해 주세요. 진심으로 부탁드려요."

나는 너무나도 일이 하고 싶었다. 이번만큼은 제대로 성공 스토리를 만들고 싶었다. 거듭된 실패로 어려움이 많았지만 다 극복하여 브론즈도 거머쥐고, 실버도 달성했기에 이번엔 꼭 골드를 하겠노라 다짐했는데 암으로 포기할 순 없었다.

아버지는 곁에서 목이 쉴 정도로 걱정하셨다.

"아무리 젊은 몸이라도 그러다 너 정말 큰일 난다. 젊을수록 암세포가 빨리 번진단 말을 들었는데, 으쩔라고 이러냐? 애비 속 터져 지레 죽는 꼴 보고 잡냐?"

"걱정 마세요. 제 몸은 누구보다 제가 잘 압니다. 이제 수술 날짜도 얼마 안 남았어요. 조금만 더 하고 수술 잘 받을게요."

"참말로 독헌 놈이여. 암만 내 자석이라도 두 손 두 발 다 들었다. 네 목숨이기도 허지만 내 아들 목숨인데 어째넌 네 생각, 네 고집만 피우냐?"

아버지에겐 죄송하기 이를 데 없지만 한번 세운 목표를 꺾을 순 없었다. 입원 예정일 하루 전날 밤 비로소 퇴근하며 내 책상을 물끄러미 바라보았다.

'이 자리에 복귀할 수 있을까? 복귀한다면 언제쯤? 그래도 후회 없이 일했잖아? 한계까지 도전해 봤으니 이대로 죽는다 해도 여한이 없어. 만일 암 수술이 잘못되어 오래 못 산다고 해도 받아들여야지.'

겉으로는 강한 척 별일 아닌 듯 고집대로 수술 전에 주어진 한 달을 보내고 막상 퇴근하려니 만 가지 생각이 교차했다.

나는 2007년 6월 25일, 서울아산병원에 입원했다. 수술실로 이동하는 침대에 누워 온통 하얀 벽과 천장, 유리창 밖으로 쏟아져 들어오는 햇빛과 푸른 나무, 생기에 차서 걸어 다니는 사람들을 보는 나의 눈에 눈물이 핑 돌았다. 수술 도중에 사고가 날 경우 어쩌면 마지막으로 보는 세상일 수도 있었다. 수술 예후가 좋지 않으면 얼마나 저 풍경들을 볼 수 있을까……. 억울하다는 생각이 들었다.

'이렇게 생을 마감하기엔 너무 짧은 인생이잖아. 신이 계신다면 제게 한 번만 더 기회를 주세요. 제발 부탁…….'

순간 마취에 빠져들었다. 과연 신은 나에게 다시 기회를 줄 것인가? 오로지 신만 아는 일이었다. 인간의 생로병사 길흉화복은 오직 신의 영역이므로 나는 물론 가족들은 간절한 기도와 염원으로 매달릴 수밖에 없었다.

항암 투병 중 공인중개사 합격

수술 후 간병은 아버지가 자처하고 나섰다. 아내는 직장 때문에 할 수 없이 전주로 내려갔고, 어머니 역시 자꾸 눈물바람을 해서 환자 정신 건강에 좋지 않다며 아버지가 쫓아 보내다시피 하셨다. 병실에 있는 내내 아버지는 하염없이 안쓰러운 표정으로 나를 바라보셨고, 나는 그런 아버지께 죄송하여 속으로 피눈물을 흘렸다. 평생을 오직 아들 잘되기만 바란, 아들이 인생의 전부인 아버지께 거듭 고통만 안기다 보니 고개를 들 수가 없었다.

그러나 위의 5분의 4를 절제한 상황에서 통증과 자식의 도리는 확실히 괴리감이 있었다. 말이 5분의 4지, 위를 거의 다 잘라 낸 상황에서 앞으로 어떻게 살아갈지, 완치될 수 있을지, 또 다른 장기로 전이되진 않을지…… 생각이 많았다. 그런 아들의 심정을 꿰뚫어보기라도 한 듯 아버지는 수시로 다독여주셨다.

"정수야, 아무 생각 말고 오직 건강 회복하는 일만 신경써라. 생각이 많으면 나을 병도 도지는 법. 난 반드시 낫는다, 위암 따위는 물리칠 수 있다 생각혀라. 현대 의학이 얼마나 발전했냐? 이 큰 병원에서 훌륭한 의사 선생님들이 봐 주고 계신데 뭔 일 있것냐?"

"그럼요. 저도 걱정 안 해요. 그저 아버지 잠도 제대로 못 주무시고 고생하셔서 그게 가장 죄송하지요."

"아버진 너만 낫는다면 암시랑토 안혀! 이렇게 오랫동안 같이 있어 본 게 언제여? 너랑 있으니 좋기만 허다!"

"저도 아버지랑 같이 있으니 참 좋습니다."

"자식이 아프면 아버지가 돌보는 게 당연지사. 그저 복잡한 생각일랑 다 접고 네 건강만 신경 써라."

나는 수술받고 일주일 지나서 퇴원했다. 죽음의 문턱까지 다녀온 나는 새삼 일분일초가 얼마나 소중한지 깨달았다. 숨을 쉰다는 것 자체가 축복임을 왜 몰랐을까. 자고 일어나 찬란한 햇살을 볼 수 있다는 것, 열린 창을 통해 들어오는 바람 한 줄기, 묵묵히 제자리에 서 있지만 계절의 변화에 따라 옷을 바꿔 입는 나무와 새소리도 예전과 다르게 느껴졌다.

'아, 이 소중한 시간에 고객과 상담하면서 열심히 일할 수 있다면 얼마나 좋을까?'

나는 자나 깨나 일, 일에 대한 열정과 미련에 시달렸다. 남들이 알면 아직도 정신 못 차렸군, 일중독자야라고 손가락질할 일이건만 나의 일에 대한 집착은 남달랐다. 완치를 향해 앞으로도 멀고 지난한 치료 과정이 남아 있는데, 벌써 다 낫기라도 한 듯 자나 깨나 보험 업무만 생각했다.

퇴원하고 3주 뒤부터 본격적인 항암 치료가 시작됐다. 통원해 하루 종일 항암 주사를 맞고 집에 돌아오면 후유증이 일주일가량 지속됐다. 조금만 움직여도 머리가 핑 돌고 음식을 제대로 먹을 수가 없었다. 무엇보다 나를 괴롭힌 것은 속이 메슥거리는 헛구역질과 구토였다. 조금만 먹어도 전부 게워 냈다. 마치 뱃멀미를 하는 것 같았다. 죽으로 연명하다 보니 기운이 없어 몸이 축 늘어지고 탈수와 전해질 불균형 때문에 링거를 꽂기 일쑤였다. 90킬로그램이던 체중이 60킬로그램으로 빠지고 보니 힘이 없어 사지조차 마음대로 움직일 수가 없었다.

"환자분은 그래도 잘 버티시는 편입니다. 항암 약물 치료를 하면 자연스레 나타나는 조건반사인데, 항구토제를 처방했으니 경과를 지켜봅시다."

구토가 좀 멈췄나 싶으면 이번엔 입안이 헐고 설사와 고열에 시달렸다. 몸은 불덩이인데 오한이 들어 덜덜 떨리고 기침이 심해 목구멍이 아팠다. 코피가 나기 시작하면 멈추지 않아서 그때마다 응급실에 실려가 응급조치를 받았다. 몸의 모든 기관이 점조직으로 연결되어 위가 고장 나자 생각지도 못한 부위 여기저기서 아우성을 쳤다. 통증으로 밤잠을 설치기 일쑤다 보니 신경이 예민해져 칼끝처럼 곤두서 있었다. 그러나 밤낮으로 애쓰는 늙은 아버지를 생각해 이를 악물고 통증을 견뎠다. 아파도 아픈 내색을 할 수 없는 것은 이중의 고통이었다. 의사에게만 통증을 호소했다.

"사실 상상하기 어려울 정도로 고통스러운 게 당연합니다. 그래도 박정수 씨는 잘 참고 견디시는 편입니다. 의지력이 대단하세요! 암세포가 재발할 가능성에 대비해 항암 치료를 하는 것이니 나중을 생각해서 조금만 더 인내력을 발휘하세요. 한 가지 분명한 것은 지금 나타나는 부작용들이 사람마다 다르지만 반드시 회복 가능하다는 걸 명심하고 견뎌 내시기 바랍니다."

암은 암 자체가 무서운 게 아니라 항암 치료 때문에 고통스럽다는 것을 비로소 알게 되었다. 어느 날 아버지는 어디서 들었는지 검은 비닐봉지를 들고 오셨다.

"정수야, 소의 양 부위가 사람 위에 특효랴."

아버지는 쭈그리고 앉아 잘 벗겨지지도 않는 양의 껍질을 일일이 숟가락으로 벗긴 뒤 서너 시간 동안 푹 고아서 마시라고 주셨다. 가뜩이나 수시로 구토하는 통에 비위가 상해 마시기 힘들었지만 아버지의 정성을 생각해 억지로 삼키고 아버지 몰래 토하는 일이 반복됐다.

"정수야, 너는 애비가 반드시 살린다. 걱정하덜 말어. 꼭 살릴 테니 암 생각 말고 그저 때 되면 약 잘 챙겨 먹고 토하더라도 양 고은 물 마시고, 스트레칭이나 체조 같은 가벼운 운동 잊지 마라이."

뜨거운 삼복더위 내내 아버지는 싱크대 앞에 쭈그리고 앉아 양 껍질을 벗기셨고, 집 안에는 늘 누린내가 수증기처럼 괴어 있었고, 하루 대여섯 차례 양 고은 국물을 내미셨다. 가뜩이나 부대끼는 위에서 밍밍한 양 고운 국물을 받아들일 리 만무하지만 토해도 조금은 삼키는 게 있었다. 그 덕분일까, 체력이 조금씩 회복되는 것 같았다.

하지만 나는 문득문득 고독했다. 나의 심정과 처지를 누가 이해할까? 내 몸을 내 의지대로 움직일 수 없는 현실,

지속되는 통증, 보험 영업으로 골드를 넘어 슈퍼 골드까지 올라가고 싶었던 성취욕이 요원한 현실…….

수시로 설사하다 보니 입이 말라 물이라도 마시려고 거실에 나가면 아버지가 먼 산을 바라보며 하염없이 눈물 흘리시는 모습에 슬그머니 방으로 들어갔다. 갈증을 참지 못해 또 나가 보면 아버지는 맨 정신으로 버티기 어려운 듯 소주잔을 기울이고 계셨다.

"내 아들이 어쩌다 암에 걸렸을꼬? 첫 결혼 실패로 어지간히 맘고생을 하더니 게우 맘 잡고 열심히 일하는데 또 시련이 오다니……. 신도 참말로 매정허시오."

가슴을 치며 신을 원망하셨다. 아들만 아니면 꺼이꺼이 통곡이라도 하셨을테지만 소주로 타는 가슴을 달래셨다.

나는 그런 아버지를 보면서 생각했다.

'평생 불효만 저지른 내가 아버지를 위해 무엇을 할 수 있을까? 지금까지 아버지께 뭔가 해 드린 게 아무것도 없는데…….'

무엇으로 보답해 드릴까 고민하고 또 고민하던 어느 날 아버지 책장에 수북하게 쌓여 있는 공인중개사 책을 발견하는 순간 무릎을 쳤다.

'그래, 바로 이거야!'

워낙 부지런하고 성실한 아버지는 정년퇴직 후 끊임없이 뭔가 일거리를 찾아 알아보고 다니셨다. 아파트 경비 일이며 택배, 구청에서 시행하는 실버 일자리 등 백방으로 알아봤지만 여의치 않자 공인중개사 시험을 준비하셨다. 그러나 4년 내내 낙방이었다. 노령이라 쉬지 않고 열심히 준비했지만 계속 떨어져 낙심한 차에 내가 발병하면서 공부를 미뤄 두신 터였다.

'좋아, 내가 해보자. 난 그래도 젊지 않은가. 비록 움직이진 못하지만 누워서 책은 볼 수 있잖아. 한번 도전해보자. 합격해서 내 이름으로 부동산중개소를 내고 아버지와 함께 일한다면 기뻐하시겠지. 공인중개사에 합격해서 아버지 소원을 풀어 드리자.'

공인중개사 시험이 10월이라니 남은 시간은 3개월. 짧은 시간에 많은 책을 본다는 것은 체력적으로 불가능했다. 전략이 필요했다. 인터넷을 보니 3개월 정도 해선 합격하기 힘들고, 적어도 6개월은 공부해야 합격할 수 있다고 했다. 하지만 나는 고개를 저었다.

'내가 언제 그런 말을 믿고 움직였나? 하면 된다! 이게 나의 모토잖아.'

실제로 그랬다. A보험사에서 남들의 조롱과 비아냥거

림을 감수하며 열심히 일해 예상을 뒤엎은 전력이 있었다. 남들은 내가 언제 회사를 그만두나 내기했지만 수많은 난관을 극복하고 보란 듯이 지점 1등을 하지 않았는가? 부정적인 이야기는 접어 두고 도전하기로 마음먹었다.

나는 짧은 시간에 공부 마치는 방법을 이리저리 검색해 보고 결론을 냈다.

'공인중개사 일차와 이차 시험 대비 각각 한 권으로 요약된 책을 보며 준비하자.'

남들처럼 많은 책을 볼 시간이 없으니 한 권을 보더라도 수십 번 보자고 다짐했다. 또한 기본서는 한 권으로 하되 문제집을 남들보다 더 많이 풀어서 실전 감각을 빨리 끌어올리는 것도 방법이었다.

'남들이 세 시간 책 볼 때 난 누워서 여섯 시간 또는 아홉 시간 보면 되잖아?'

학원을 갈 수 없으니 집에서 동영상 강의를 시청했다. 처음에는 책상에 앉아서 보다 힘들어지면 누워서 인터넷 강의를 들었다. 아버지와 어머니, 아내는 나에게 미쳤다며 펄쩍 뛰었다.

"아야, 병을 잘 치료하고 쉬어도 모자란 판에 무슨 책이여? 시방 항암 치료 받는 몸으로 어떻게 책을 본단 말여?

제발 몸 간수 잘혀라. 이놈의 책들을 다 갖다 버려야 정신 차릴래?"

아버지가 무섭게 다그치셨다. 그러나 누구도 나의 고집을 꺾지 못했다.

"아버지, 전 아프다고 누워서 아무것도 할 수 없는 현실을 용납할 수가 없어요. 보란 듯이 합격해서 아버지께 기쁨과 희망을 드리고 싶어요."

물론 처음에는 무척 힘들었다. 앉아 있을 수조차 없는 몸으로 누워서 책을 본다는 게 말처럼 쉬운가. 더구나 항암 주사 때문에 늘 멀미하는 것처럼 속이 부대껴서 정신 집중이 안 되다 보니 글자가 머리에 들어오지 않아 답답했다. 의지와 체력 싸움이었다.

오직 아버지께 기쁨을 드리고 싶다는 소망으로 버텨 냈다. 결국 나의 의지가 체력을 이겨 내기 시작했다. 누워서 책을 읽다 힘들면 10분 정도 쪽잠을 자고 나서 다시 책을 읽었다. 아침에 눈떠서 밤에 잠들 때까지 계속 책만 읽었다.

'누가 이기나 보자. 절대로 나에게 그리고 항암제에 지고 싶지 않아!'

한 달에 한 번꼴로 서울아산병원에 항암 주사를 맞으러 갈 때도 병실에서 주사를 꽂은 채 책을 보았다.

"어머, 지금 그 상태에서 공인중개사 시험을 준비하신다고요? 기운도 없고 집중도 안 되실 텐데 그게 가능해요? 정말 대단하시네요."

"뭘요. 하면 된다! 이게 제 좌우명입니다. 한 번뿐인 인생인데 일분일초도 낭비할 수 없잖습니까?"

"그야 그렇지만……."

간호사가 놀라 입을 다물지 못했다.

드디어 공인중개사 시험일 전날 아버지가 말했다.

"정수야! 항암 치료를 하면서 공부한다는 게 쉽지 않았을 텐데 정말 수고 많았다. 처음엔 며칠 보다 지쳐서 포기하것지 생각했다만 계속하글래 얼매나 가나 두고 보자 혔는디 참말로 놀랬어. 그런 독한 면이 있는 줄 몰랐구먼. 물론 공인중개사 시험은 떨어지겠지만 좋은 경험을 했다고 생각허자. 참말로 대견허다. 네가 이렇게 열심히 하는 놈인 중 몰랐어."

나는 화가 났다. 시험에 꼭 합격하게 해 달라고 속으로 기도하고 또 기도하는데 아버지는 시험도 보기 전에 떨어질 거라고 기정사실화하다니. 아버지 역시 3년 동안 준비했지만 계속 떨어진 탓인가? 나는 말없이 책만 열심히 들여다보았다.

드디어 공인중개사 시험 보는 날······. 1차와 2차 시험을 오전과 오후, 하루에 다 보는데 하루가 그렇게 길게 느껴질 수가 없었다. 게다가 1차 시험에 온 신경을 다 쏟아부었더니 2차 때는 지쳐서 도저히 집중이 되지 않았다. 체력의 한계에 도달한 것 같았다. 시험지의 글자는 보였지만 뇌에서 읽지를 못했다. 그렇다고 포기할 순 없었다.

'지난 삼 개월 동안 어떻게 공부했는데······. 성치 않은 몸으로 죽을힘을 다했는데 여기서 무너질 순 없잖아?'

수없이 자기 암시를 했다. 1차 준비용 책은 열 번, 2차 준비용 책은 일곱 번을 보았다. 모의고사 문제지도 무진장 풀면서 공부하다 쓰러지기를 수십 번인데 정작 2차 시험 시간에 집중이 안 되어, 체력이 달려서 포기한다는 게 너무 억울하고 분했다. 그러나 고갈된 체력은 정신력과 반비례했다.

이윽고 시험 종료를 알리는 종이 울리자 한숨이 나왔다. 합격과 불합격을 떠나 3개월 동안 매달린 나와의 싸움이 끝나는 순간이었기 때문이다. 한동안 책상에 엎드려 있었다. 너무나 어지러워서 일어날 수가 없었다.

집에 와서 간신히 점수를 채점했다. 가슴이 조마조마했다. 합격하고 싶은 마음은 간절했지만 2차 시험 결과를 자신할 수가 없었다. 떨리는 마음으로 한 문제 한 문제 채점하면서 가슴이 터질 지경이었다.

'아…… 합격! 합격이다. 붙었어!'

2차 시험에서 커트라인보다 두 문제 더 맞혀서 합격했다. 단 두 문제로 간신히 합격했다. 그러나 합격은 합격 아닌가. 눈물이 핑 돌았다. 그때까지 살면서 이토록 열심히 공부한 적이 있었던가? KTX 공기업 입사 시험 준비할 때도 그토록 열심히 매달리진 않은 것 같았다.

"아버지, 저 합격입니다. 커트라인을 넘었다고요."

"뭐여? 정말 붙었냐? 참말로 장허다! 성치 않은 몸으로 그 어려운 시험에 붙었단 말여? 기적이구먼, 기적이여!"

아버지가 울먹이며 나의 등을 두드려 주셨다. 소식을 들은 어머니와 아내 모두 울었다. 기쁨의 눈물은 절망의 눈물보다 훨씬 진한 법, 서로 얼싸안고 우는 가운데 나는 섬광처럼 스치고 지나가는 예감에 전율했다.

'난 반드시 완치된다. 암도 극복할 수 있어. 내 앞길을 가로막을 장애물은 없어!'

인생은 개척하는 것이란 말이 있는데 그때 가장 중요한 것은 마음가짐이다. 긍정적인 마인드로 기필코 해낼 수 있다고 믿으면 그대로 되고, 부딪혀 보기도 전에 과연 해낼 수 있을까? 아니, 불가능해! 라고 부정적인 마음을 갖는 순간 성공은 백리 길 밖으로 멀어지는 법이다. 인간은 환경의 지배를 받는다고 했던가? 그러나 나는 그 말을 인정하지 않았다. 환경 탓하고 주변 탓하기 전에 목표를 세워서 이를 악물고 매진하면 이루지 못할 일은 없다는 사실을 다시 한 번 깨달은 소중한 경험이었다.

다시 필드에 서다

그해 11월, 공인중개사 시험이 끝난 뒤 나는 다시 일을 시작하겠다고 목표를 세웠다. 아직 항암 치료 중이라 주치의와 상의해야 했다.

"교수님, 이제 어느 정도 체력도 회복된 것 같으니 살살 조심하면서 다시 일을 시작할까 합니다."

의사는 극구 말렸다.

"아직 안 됩니다. 그 체력으로 일이라니요? 당신은 암환자입니다. 암이 무슨 장난인 줄 알아요? 안정하면서 쉬어야 합니다. 항암제는 무제한적이면서 급속도로 성장하는 암세포에 작용해 암세포의 증식과 성장을 억제시킬 순 있지만 정상 세포와 암세포를 구분하지 못하기 때문에 늘 부작용을 염두에 두고 계속 추적 관찰해야 합니다. 그러려면 최대한 편안하게 안정을 취하면서 몸이 낫길 기다려야지, 이제 겨우 수술한 지 오 개월 됐는데 그렇게 무리하다간 책임 못 져요."

"교수님 말씀은 충분히 알아듣겠는데요, 제가 느끼기에 최근 몸이 부쩍 좋아진 것 같습니다. 무리하지 않으면서 조금씩 할게요. 집에만 있으니까 도무지 몸이 근질근질, 이러다 생으로 병이 나겠어요. 하하."

"정기적으로 통원 치료를 하는 건 항암제 투여 후 부작용이 있나 없나 평가하는 것도 이유지만, 여러 가지 검사를 통해 재발 위험은 없는지, 재발 위험도를 고려해 추적 관찰을 하기 위해섭니다. 그런데……."

"전 이미 위를 오분의 사나 절제했는데 어떻게 위 내시경 검사를 해요?"

"다들 그렇게 생각하시는데, 재발은 크게 국소 재발과 원격 재발로 나뉩니다. 박정수 씨의 경우 위가 아주 조금 남았지만 남은 위나 수술 문합부에 재발 가능성은 없는지, 또 소화 기능이 현저히 떨어져 있다 보니 위와 연결된 소장이나 대장, 간, 폐, 림프절, 복막 같은 장기에서 재발할 경우를 대비해 내시경 검사는 필수죠. 복부 단층촬영이랑 흉부 방사선 검사, 혈액 검사도 정기적으로 해야 하고요. 그런 검사들을 받으려면 운동과 휴식, 식이요법으로 몸을 만들어야 할 판에 힘든 보험 영업을 하겠다고요? 허허 참!"

"교수님, 정기 검진은 반드시 꼬박꼬박 받겠습니다. 다만 너무 오래 일을 쉬다 보니 침대에 누워 있는 게 더 아플 지경이에요. 허락해 주십시오."

"박정수 씨, 아무래도 일중독자 같군요. 물론 무기력하게 지내는 게 정신 건강에 좋진 않지만 사실 정수 씨처럼 늘 밝고 환한 표정으로 진료실에 들어오는 환자도 보기 드물어요. 긍정적이고 유쾌한 마음가짐이 기적을 이뤄 낸 것 같으니 뭐, 나로선 더 이상 말릴 수도 없고, 다만 무리하지 않는다는 조건으로……."

"저, 기적 맞죠? 위암 삼기 환자치고 예후가 좋은 건 기적 아닌가요? 하하하."

의사는 어이없다는 표정을 지었지만 기적이란 말엔 흔쾌히 동의했다. 나는 더 이상 아프다는 핑계로 누워서 지내고 싶지 않았다. 물론 완치 판정을 받진 않았지만 기적적으로 암을 이겨 낸 만큼 보험 업계에서도 '기적의 사나이'임을 인정받고 싶었다.

'기적은 저절로 얻어지는 게 아냐! 하늘은 스스로 노력하는 자를 돕는다 했지. 보란 듯이 건강과 일 모두 성공해서

나만의 성공 스토리를 써 보겠어!'

성공에 대한 갈망은 아무도 말릴 재간이 없었다. 전주에서 짐을 정리해 서울로 올라오기 전날 밤 아버지의 완강한 반대에 부딪쳤지만 나는 강경했다.

"시방 네가 정신이 제대로 박혔냐? 그 몸으로 혼자 서울 집에 틀어박혀 뭘 어쩌겠다는 게야? 누가 네 수발을 들어 준다고? 내가 같이 갈끄나?"

"아닙니다. 아버지, 그동안 너무 고생하셨어요. 제 몸은 제가 잘 아니까 무리하지 않으면서 직장에 나갈까 합니다."

"아가, 너 시방 제정신이여? 수술한 지 얼마나 됐다고 벌써 일을 해? 지금 돈이 없어 입에 거미줄 치냐? 네 치료비 걱정일랑 말고 집에서 더 쉬어라이. 너 보내 놓고 우리 내외 속 터져 죽는 꼴 보고 잡냐?"

어머니는 가방을 뺏으며 한사코 반대하셨다.

"반년 동안 집에만 틀어박혀 지내다 보니 더 기운이 없어요. 월요일부터 목요일까지만 일을 하고 금, 토, 일은 집에 내려와 쉴게요. 약속드립니다."

아버지는 원망스런 낯빛으로 아들을 바라보시곤 한숨을 쉬며 말씀하셨다.

"네 뜻대로 혀. 대신 약속은 꼭 지키고!"

이제 세상에서 나를 가장 잘 아는 사람은 아버지였다. 말려 봐야 소용없다는 걸 누구보다 잘 아는 아버지는 터미널까지 배웅을 나오셨다.

"네 안사람도 학교 땜에 올라가지 못하고 객지에서 혼자 병을 이겨 내자면 힘들 때가 많을 거여. 모쪼록 몸 간수 잘 허고 주말엔 반드시 내려와야 쓴다."

서울로 올라온 나는 다음 주 월요일 회사의 오전 9시 미팅에 참가했다. 나를 본 직원들이 놀라서 입을 다물지 못했다.

나를 호출한 지점장이 말했다.

"박정수 에프피! 자네 몸 안 좋은 거 우리가 다 안다. 그러니 월요일 미팅 시간에 맞추려고 무리하지 않아도 돼. 그냥 자네 편한 시간에 나와. 아픈 몸을 이끌고 일하겠다는 것만도 대단해. 다 이해하니까 천천히 나오게. 일도 쉬엄쉬엄 하고……. 그래야 건강을 되찾을 거 아닌가?"

하지만 나는 속으로 딴생각을 했다.

'체력보다 더 중요한 것은 정신력이야. 그동안 병석에서 얼마나 일을 하고 싶었던가? 나 자신의 한계를 나 스스로 만들고 싶지 않아. 도전! 도전이 하고 싶단 말야! 주어진 환경에 짓눌리는 것은 용납되지 않아.'

나는 지치고 체력이 달릴 때는 책상 옆 간이침대에서 쉬다가 다시 일어나 일했다. 밤늦게까지 고객 관리 사항을 처리했다. 고객을 감동시키려면 대충할 수 없었다.

'어떻게 확보한 고객인가? 고객 한 명 한 명이 천군만마인데 한 명이라도 잃으면…….'

생각만 해도 아찔했다. 그래서 쉬지 않고 매진했다. 고객을 만나러 가는 전철 안에서 구토하거나 기절도 했고 길바닥에 쓰러지기도 했다. 도저히 움직일 수가 없어 벤치에 몸을 누인 채 울면서 기도했다.

'하나님, 제게 힘을 주세요. 저 정말 일을 하고 싶습니다. 여기서 무너지거나 포기할 수 없어요.'

속으로 외치고 또 외쳤다. 나는 몸이 부서지도록 일하고 싶었다. 나는 그렇게 미친 듯이 일하면서 2007년 12월을 마감했다.

2008년도 몸 상태는 그리 좋지 못했다. 서울아산병원에 가서 정기 검진을 받았고 항암 치료도 이어졌다. 항암 치료 중에 몸에서 거부 반응이 일어나면 다른 항암 치료로 바꿨다. 나의 의지와 정신력에 비해 몸이 따라 주지 않는 고통스럽고 고달픈 나날이 계속되었다.

그러나 2008년 초, 나는 다시 올해만큼은 꼭 지점 1등을 하고 말겠다, 전체 A보험사 설계사 중에서 반드시 골드를 차지하겠다 다짐했다. 이번엔 결코 놓치거나 물러서지 않고 반드시 꿈을 이루겠노라고……

잊지 못할 고객

2008년 상반기 어느 날, 아끼는 후배 완철이 전화를 걸어왔다.

"정수 형, 소식 들었는데 요즘 건강은 좀 어때요?"

"여, 오랜만이다. 반가워! 내 건강? 좋지. 점점 좋아지고 있어. 하하하."

"형 밝은 목소리 들으니 좀 안심이 되네요."

"고맙다. 걱정하지 마! 난 불사신이잖아. 그나저나 넌 어떻게 지내냐?"

"저야 뭐 늘 그저 그렇지요. 저기, 형한테 우리 형님 좀 소개해 드리려고요. 오산에 위치한 자그마한 중소기업에 근무하는데 보험을 가입하고 싶대서요."

"그래? 나야 고맙지."

귀가 번쩍 뜨였다. 안 그래도 2008년에 사활을 걸겠다고 다짐했기에 고객 소개해 주겠다는 말은 고맙기 짝이 없었다. 당장 완철이 형님에게 전화를 걸었다. 형님은 꼬장꼬장한 말투로 무조건 몇 월 며칠 몇 시까지 오산에 있는 집으로 찾아오라는 말만 하고 전화를 끊었다. 여느 고객과 다른 차가움이 느껴져서 잠시 어안이 벙벙했지만, 어쨌든 후배의 형님이고 약속을 했기에 두말없이 달려갔다. 나를 맞이하는 형님 부부의 표정과 태도는 차갑기 그지없었다.

나는 형님 부부와 두 시간 정도 보험의 필요성과 보험 가입 시 유의 사항을 설명하려 했지만, 다짜고짜 자신의 요구 사항만 설명하더니 거기에 맞춰 보험 설계를 해 오라고 했다. 소위 보험 전문가인 나의 의견은 거의 묵살되고 일방적으로 자신의 의견에 따라 보험을 만들어 오라는 명령조의 말에 조금 화가 났다. 그러나 고객을 대하면서 감정을 내세우는 건 금물이었다.

일주일 뒤 다시 만나기로 하고 돌아오자마자 그들이 요청한 대로 보험 상품을 만들기 시작했다. 요청한 사항이 일반적이지 않아서 상당히 머리를 써야 했고, 게다가 보험료도 저렴하게 만들어야 해서 꽤나 골치가 아팠다.

오랜 시간 자료를 만들어서 약속한 날 다시 찾아갔다.

역시나 표정은 냉랭했다.

"형님께서 말씀하신 걸 최대한 반영해서 만든 상품입니다. 검토해 보시고 같은 보험이라도 보험료를 더 저렴하게 조정할 수 있으니 먼저 살펴보십시오."

형님은 한참 생각하더니 내가 제안한 상품을 바로 계약하자고 했다. 물론 보험료가 비싼 것은 아니었지만 형수님과 함께 바로 계약서에 사인했다. 나는 내심 깜짝 놀랐다. 부부의 태도가 하도 싸늘하고 냉랭해서 보험을 가입하더라도 나중에 하거나, 아니면 다른 설계사들과 비교하고 가입할 줄 알았다. 그런데 예상과 달리 바로 가입한 것이었다.

기분 좋게 계약을 마치고 나오는데 형님이 한마디 했다.

"박정수 씨, 다음 주 수요일이나 목요일에 내가 다니는 회사에 좀 와 주시오."

"예? 무슨 일 때문이신지요?"

"와 달라면 그냥 와요. 와 보면 알 거 아니오."

"알겠습니다. 수요일에 전화 드리고 찾아뵙겠습니다."

계약을 마치고 나서도 역시나 까칠했다. 뭐 저런 사람이 다 있나 싶었다. 후배 완철이는 자기 형에 대해 별다른 말이 없었는데 막상 만나 보니 이거 참 어떻게 대해야 하나 싶을 정도로 난감했다.

다음 날 다른 고객들을 만나러 돌아다니느라 정신이 없는 와중에 이상하게 형님의 말씀이 계속 뇌리를 떠나지 않았다.

'왜 회사로 오라고 했을까? 혹시 보험 계약이 맘에 안 들어 취소하려는 건가?'

별의별 생각이 다 들었다. 지금까지 숱한 고객을 만나 봤지만 정말 이런 고객은 처음이었다. 아무리 보험설계사라고 해도 어느 정도 예의를 지켜 주었는데 이 형님은 동생 친구에 대한 배려는커녕 무조건 자신이 시키는 대로 언제까지 오라 하고 부르는 이유도 설명해 주지 않는, 좀 괴팍한 사람 같았다.

복잡한 심경으로 다음 주 수요일, 오산의 회사에 찾아갔다. 인사를 해도 받는 둥 마는 둥 반기는 기색이 없었다. 커피를 마시면서 조용히 기다리는데 갑자기 종이 한 장을 내밀었다.

"형님! 이게 뭡니까?"

"그거 우리 회사에서 일하는 직원들 명단이오."

"예? 근데 이걸 왜 제게 주십니까?"

"그 자료로 우리 직원들 보험 좀 만들어 주시오."

"예? 보험이요?"

"한 열 명 될 거요. 저번에 내가 가입한 보험처럼 좋은 내용에 보험료는 저렴하게 만들어 주시오. 언제까지 만들 수 있겠소? 빠르면 빠를수록 좋겠는데……."

"……."

"언제까지 만들어 올 수 있느냐니까? 왜 묻는 말에 대답이 없어?"

"다음 주 수요일까지 만들어 오겠습니다."

"오케이! 다음 주 수요일 오후 다섯 시에 봅시다. 먼저 내게 간단히 설명하고, 그날 우리 직원들 다 모아 놓을 테니까 계약합시다."

아닌 밤중에 홍두깨라더니……. 나는 꿈인지 생시인지 몰라 어리둥절했다. 그렇게 예의가 없어 보이던 형님이 자신에게 다수의 보험을 만들어 달라고 할 줄은 꿈에도 몰랐다. 물론 직원들 보험이야 좋은 보장에 아주 저렴한 보험료로 만들 수 있기 때문에 직원이나 회사에 좋을 수 있지만 그걸 나에게 준비해 달라고 할 줄이야……. 그동안 나를 쳐다보는 눈빛이나 표정에 그리 신뢰가 담긴 것 같지 않았기에 더욱 놀라웠다.

다음 날 내가 매니저에게 말했더니 그도 이해가 안 간다고 했다.

"박 에프피! 혹시 후배 형님이라는 사람이 그 회사 사장 아냐?"

"매니저님! 후배 말로는 그냥 회사 직원이라고 했는데요? 그냥 보험이나 재정 담당 직원 아니겠습니까?"

어쨌든 신이 나서 직원들 보험을 저렴하게 만들어 형님과 약속한 시간보다 앞서 회사에 도착했다.

"박정수 씨 왔구나. 오케이, 먼저 내게 보험 내용을 설명해 보시오."

"예, 형님! 이 보험의 가장 중요한 사항은 직원들이 일하다 큰일을 당했을 때 이 보험으로 회사가 지불해야 할 보상금을 대신하는 것이 첫 번째고, 두 번째는 회사의 돈으로 보험료를 지급해야 하니 보험료가 저렴해야 회사로서도 부담이 적을 겁니다. 그리고 회사가 지급한 보험료는 모두 회계 비용으로 처리될 수 있게 했습니다."

"총 보험료는 얼마요?"

"열 분 다 해서 총 팔십오만 원 정도 됩니다. 아무래도 연세가 있는 분이 몇 명 계셔서 그분들은 보험료가 다른 분들에 비해 조금 더 나왔습니다. 개인별로 보험료에 대해 말씀드리자면……."

"아, 됐어요. 오케이! 가입합시다. 저쪽 방에 우리 직원들 다 모여 있으니 가서 사인 받으세요."

"예? 가서 사인을 받으라고요? 그냥 받으면 됩니까?"

"그렇다니까. 빨리 가 봐요. 나 지금 바빠!"

"알겠습니다. 그럼 가 보겠습니다, 형님."

"아, 참! 박정수 씨! 다음에는 말 놓을게. 내가 나이도 많은데 이번 기회에 말 놓자고!"

"그러십시오, 형님."

살다 보니 한꺼번에 열 명을 계약하는 경우가 생겼다. 그것도 냉랭하고 차갑기만 한 후배 형님의 도움으로 말이다. 나는 저절로 힘이 솟고 어깨춤이라도 덩실덩실 추고 싶은 심정이었다. 직원들을 만나 일일이 설명한 게 아니라 한 사람, 그 회사 직원의 도움으로 한 번에 다 가입했으니 얼마나 큰 행운인가?

보험 가입을 다 끝낸 뒤 나는 완철이 형님에게 감사의 자필 편지와 소정의 선물을 우편으로 보냈다. 고마워서 선물을 보내고 싶은데 직접 찾아가자니 그 차가운 얼굴을 보는 게 내키지 않아서 우편으로 보냈다.

며칠이 지났을까, 형님에게 전화가 왔다.

"야! 정수! 무슨 선물을 다 보냈냐? 인마, 나 이런 거 안 좋아해. 다음부턴 이런 짓 하지 마라."

"예! 형님! 그러겠습니다. 감사해서 보내 드린 작은 선물인걸요. 그냥 편하게 받아 주십시오."

"됐어. 다음에 또 이런 거 보내면 화낸다. 그건 그렇고 너 내일 시간 되면 우리 집에 좀 와라. 할 말이 있으니까."

"또요?

"왜? 오기 싫어?"

"아닙니다. 꼭 가겠습니다. 저녁에 가면 될까요?"

"그래, 일곱 시까지 와. 내일 보자."

'이번에는 또 무슨 일일까? 왜 또 부르는 걸까? 이제 보험 가입할 것도 없는데 무슨 일이지? 주변 사람을 소개해 주려는 건가?'

직원 보험을 소개해 주긴 했지만 만나기 참 껄끄러운 형님이 또 오라니 안 갈 수도 없고, 가자니 차가운 얼굴 마주 대하는 게 부담스러웠다. 그러나 어떻게 안 갈 수 있겠는가.

다음 날 과일을 사 들고 집으로 찾아갔다. 그런데 표정이 예전과 달리 많이 부드러웠다. 속으로 깜짝 놀랐다.

'이 형님한테 이런 면이 다 있었나? 거 참, 신기하네.'

나는 형수님이 내온 과일을 먹으면서 조금씩 이야기를 나누었다.

"야! 정수야! 너 완철이랑 아주 친하다며?"

"예, 저희 동문 중에 가장 친한 놈입니다."

"완철이가 네 칭찬을 아주 많이 하던데."

"아이고, 부끄럽습니다. 형님에게 그렇게 말씀드린 완철이에게 고맙죠."

"그런데 정수야! 내가 왜 너한테 보험 가입한 줄 알아? 또 내가 왜 우리 회사 직원들 보험 소개한 줄 아냐?"

"아니요. 저도 왜 직원 분들 보험을 제게 가입하셨는지 참 궁금했습니다. 왜 그러셨습니까? 더구나 보험 내용에 대해 제대로 듣지도 않고 바로 직원 분들 사인하게 하시고 말입니다."

"정수야! 잘 들어! 내가 완철이 소개로 널 보기 전에 솔직히 수많은 보험설계사를 만났다. 내 성격에 한두 사람만 만났겠냐? 근데 설계사라는 사람들이 자기 이야기만 할 줄 알았지, 내 이야기를 경청하는 사람이 별로 없더란 말야! 물론 내가 일부러 차갑게 대한 것도 있다. 그렇게 해야 상대의 태도를 객관적으로 볼 수 있으니까. 한데 많은 보험설계사를 만나 봐도 내 말을 듣기는커녕 자기 의견만 주야장천 늘어놓더란 말야. 게다가 설계사라는 인간들이 다들 보험료를 높게만 책정하려는 게 너무 밉더란 말이지. 난 그런 태도로 보험 영업하는 인간들이 정말 싫거든! 우연히 완철이랑 이런 얘기를 하는데 너를 소개해서 한번 만나 보자 했던 거야. 난 네가 우리 앞에서 행동하는 걸 유심히 봤다. 특히 너의 경청하는 자세가 맘에 들더라. 그리고 두 번째 왔을 때 보험료를 다른 설계사와 달리 낮게 설계해 왔고, 고객에게 진심으로 대하는 네 언행에 믿음이 갔다. 다른 설계사와는 많이 달라서 진심이 느껴졌단 말이지."

"감사합니다, 형님. 그렇게 봐 주셔서……."

"너의 성품이 그런 걸 누구에게 감사하냐?"

"그래서 직원 분들 보험을 소개해 주신 겁니까?"

"그래. 어차피 우리 회사 직원들 보험도 알아보던 터라 겸사겸사 한 거지. 직원들 보험료가 비싼 것도 아니고……."

"그래도 저를 믿고 가입해 주셔서 너무 감사하죠."

평상시와 달리 자상한 말투로 속을 열고 이야기하는 형님을 보자 고객을 떠나 친형님 같아서 그간의 거리감이 눈 녹듯 사라지는 것을 느꼈다. 비로소 나는 마음 편하게 대화를 나눴고 우리는 오랫동안 알아 온 사이처럼 계속 대화를 이어 나갔다.

지점 1등, 전체 9등, 골드에 등극

"정수야! 사실은 완철이한테 네 얘기를 몇 가지 들었다. 예전에 이혼했고 암에 걸렸던 거며 항암 치료를 하면서도 쉬지 않고 일한다는 얘기며……. 근데 그거 너무 미련한 거 아니냐? 그러다 몸 상하면 어쩌려고? 너 같은 애들 보면 정말 이해가 안 간다."

"그러게 말입니다. 제가 좀 그렇습니다. 한번 맘먹은 게 있으면 꼭 해내고 말겠다는 뚝심이랄까, 근성이랄까. 제가 봐도 좀 이상한 놈입니다. 하하."

"너도 참 대단하다. 그렇게 악착같이 일하는데 실적은 좋아?"

"항상 열심히 하고 있습니다. 고객 분들이 많이 도와주셔서 감사할 따름이지요."

"정수야! 너의 성품은 완철이에게 들어 익히 알고, 영업하는 것도 직접 봤고, 네 이익보다 고객의 이익을 위해서 열심히 하는 거며 성공하겠다는 일념으로 매진하는 것도 알겠고, 네 건강이 좋지 않은 것도 알고……."

"감사합니다. 좋게 봐 주셔서!"

"정수야! 보험 하나 더 들자!"

"예? 저번에 이미 가입하셨잖습니까? 무슨 보험을 또 듭니까?"

"아냐! 저번에 가입한 것은 맛보기이고 이번에는 제대로 한번 가입하자."

"저번에 가입한 게 무슨 맛보기입니까? 그것도 좋은 보험인데요. 그만하세요."

"한 달에 천만 원짜리로 가입하자, 어떠냐?"

"예? 천만 원이요? 지금 천만 원이라고 하셨습니까, 형님?

"그래, 천만 원. 천만 원을 보험료로 납입할 테니까 네가 한번 잘 설계해 봐."

"아니, 형님! 저번에 한 달 월급이 사백만 원이라면서요. 그런데 어떻게 천만 원짜리 보험을 가입합니까?"

"넌 정말 그렇게 생각하냐? 내가 진짜 우리 회사 직원인 것 같아?"

"그건 또 무슨 말씀이세요?"

"야, 박정수! 나 우리 회사 사장이야, 인마!"

"그게 무슨 말씀이세요? 완철이에게 물어봤을 땐 형님이 과장인가 부장이라고 하던데요?"

"그건 내가 널 정확히 보려고 완철이한테 시킨 거야. 만약 내가 사장이라는 걸 알았다면 처음부터 날 대하는 태도가 달랐을 거 아니냐? 그래서 내가 그렇게 시켰다."

"그러셨군요."

"자, 이제 내 진심을 이야기하마. 한 달에 천만 원 낼 테니 제대로 된 보험을 설계해 갖고 와! 어차피 지금까지 회사 운영하느라 제대로 저축도 못 했고 보험도 가입한 게 없으니까 이번 기회에 저축하는 셈 치고 제대로 된 보험을 가입하자. 너 설계 잘하잖아!"

"정말 천만 원짜리 보험 가입하시게요? 그렇게 해도 괜찮겠습니까?"

"잘 만들어서 갖고 와 봐. 나도 필요하니까 말하는 것이고, 너도 나 같은 고액 가입자가 있으면 일하기 수월할 거 아냐? 완철이가 그러더라. 형이 만나서 맘에 들면 좀 크게 도와주라고. 박정수라는 사람 참 괜찮다고! 이번에 큰 건 하나 올려서 회사에서 일등 한번 해 봐, 알았냐?"

나는 꿈을 꾸는 것만 같았다. 2003년 이후 보험 영업을 하면서 그렇게 큰 건은 상담해 본 적도 없고 당연히 계약한 적도 없었다. 가장 큰 보험료 계약이 20만~30만 원 정도였을까. 선배나 동료들이 회사 사장이나 의사, 변호사 같은 고객을 만나 큰 액수의 보험을 계약하는 걸 보면 부럽다기보다 나는 절대 저런 계약은 못 할 거라고 아예 포기하고 살았다. 그저 하루하루 고객 만나서 그들에게 좋은 보험 가입시키면 그게 모이고 모여 좋은 성과를 내겠거니 생각했다.

'살다 보니 내게도 이런 기회가 오는구나! 내게 이런 행운이 오다니……'

한편으로 놀랍고 너무 기뻐서 말이 나오지 않았다. 가슴이 쿵쾅쿵쾅 뛰고 하늘을 날 것 같았다.

다음 날 회사에 출근해서도 매니저나 다른 선배, 동료들에게 이 사실을 밝히지 않았다. 천기누설하면 좋은 기운이 새어 나갈까 봐 입을 꾹 다물고 있었다.

다음 주에 드디어 완철이 형님이 1,000만 원 넘는 보험을 가입했다. 보험 내용도 귀담아듣지 않고 바로 서명했다.

"네가 어련히 알아서 잘했겠냐? 나 일이 바빠서 먼저 나간다. 잘 가라!"

나는 형님이 너무 고마워 눈물이 날 지경이었다. 지성이면 감천이라더니 하늘이 준 선물인가. 만감이 교차해서 회사로 돌아오는 내내 전철 안에서 소리 없이 눈물을 흘렸다.

회사에선 난리가 났다.

"박정수 에프피가 이번에 천만 원 넘는 보험을 계약했다는군!"

"뭐? 그게 정말이야? 무슨 재주로 그렇게 고액을? 고객을 잡는 재주가 놀랍네?"

대부분 입을 다물지 못했다. 부러움과 시기, 질투, 축하와 비아냥대는 말이 넘쳐났다.

"박 에프피, 진심으로 축하해! 그토록 고생하더니 기어이 하늘을 감동시킨 모양이군! 올해 지점 일등은 떼 놓은 당상 아냐? 하하하."

"지독한 돈벌레. 돈독이 올라도 단단히 올랐어. 항암 투병을 하면서 미친놈처럼 뛰어다니더니……. 쯧쯧! 건강과 돈을 맞바꿀 셈이군. 쳇!"

어찌됐든 나는 단번에 지점 1등으로 박차고 올라갔고, 본사 통틀어 전체 순위에서도 톱 클래스 명단에 이름을 올렸다. 그토록 소원하던 지점 1등을 넘어 본사에서도 이름이 거론되자 성취감과 더불어 의욕이 불타오르기 시작했다.

'하면 된다! 하면 된다! 하면 된다! 꿈은 반드시 이루어진다!'

나는 1,000만 원 건 계약을 하고부터 승승장구하기 시작했다. 하는 일마다 아주 잘 풀렸다. 고객들이 주변 사람과 지인들을 소개하기 시작했는데 봇물 터지듯 수십 명이 나에게 보험을 가입하고 싶어 했다.

"박정수 설계사라면 다른 어떤 사람보다 믿음이 가서 소개하는 거니까 잘 좀 부탁해요."

쉴 새 없이 소개가 들어왔다. 다른 사람들은 고객을 발굴하기 위해 엄청나게 노력하는데 나는 사무실에 가만히 앉아 있어도 기존 고객들의 소개가 이어지다 보니 나날이 실적이 올라갔다. 1등 자리를 빼앗기지도 않을뿐더러 2등과의 격차는 시간이 갈수록 더 벌어졌다.

회사 선배와 동료들은 항암 치료와 투병 생활로 힘들 텐데 어떻게 이렇듯 실적이 좋을 수 있느냐고 비결을 물어왔다. A보험사 본사에도 소문이 나면서 강의 요청이 쇄도하기 시작했다. 입사 직후 몇 달째 아무 실적도 없어 언제 회사를 그만둘지 모른다고 내기했던, 하위권을 헤매던 내가 이제는 본사 강당에서 전체 A보험사 설계사들을 상대로 어떻게 하면 실적을 잘 올릴 수 있는지 강의하는 연사가 된 게 놀라울 따름이었다. 나는 감격에 겨워 가슴이 벅차 올랐고, 누구보다 자랑스러워한 사람은 물론 아버지였다.

전체 A보험사 설계사들 앞에서 강의하는 열정적이고 당당한 모습을 CD에 저장해 아버지께 보내 드리자 곧장 전화가 왔다.

"정수야! 참말로 강단지고 멋있더라. 대단허다! 강의하는 모습 보고 참 많이 울었구먼. 대견하고 기특허다. 이제야 애비 맘이 놓이는구먼. 고맙다. 잘했어."

나는 12월 마감 때까지 지점 1등을 놓치지 않았고 A보험사 전체 1,600명 중 9등을 차지했다. 드디어 그토록 염원했던 골드를 차지해 시상식도 성대하게 치렀다. 아버지, 어머니와 아내 모두 아낌없이 축하했다. 아버지와 얼싸안고 기쁨의 눈물을 흘렸다. 지나간 시절의 고생이 한순간 사라지면서 이제 나의 인생이 탄탄대로에 올라섰다는 착각으로 2008년과 작별했다.

2009년 해가 밝자 전체 시상식이 3월에 중국 상하이에서 열린다는 공지가 붙었다. 수상자 가족까지 초대하는 대규모 행사였다. 기쁜 마음으로 아버지께 전화를 걸었다.

"삼월에 부모님 모시고 드디어 첫 해외여행을 가게 됐어요. 함께 가실 거죠?"

"아니, 국내에서 해도 될 것을 뭐 담시 외국까지 가서 아까운 달러를 버린다냐? 그것은 한마디로 매국노 짓이여. 난 안 갈란다."

단호한 거절에 곁에서 펄쩍 뛰는 어머니 목소리가 들려왔다.

"아니, 고것이 뭔 소리여? 공짜로 외국에 보내 준다는데 왜 싫다는겨? 더구나 우리 아들이 상을 타는 자린데? 안 갈라믄 나라도 갈라요."

그러나 아버지는 완강하셨다. 40년 가까이 교편을 잡는 동안 다른 교사들이 해외에 나간다고 할 때마다 아버지는 노골적으로 비난하셨다.

"우리 국민들이 해외까정 나가서 피땀 흘려 번 달러를 외국 가서 아까운 줄 모르고 흥청망청 써 대는 건 매국노나 매한가지여. 버는 사람 따로 있고 쓰는 사람 따로 있남? 애국이 딴 게 아녀. 쯧쯧……."

아버지는 어떤 일이 있어도 상하이에 가지 않겠다고 선언하셨다. 중간에서 참으로 난감했다. 회사에서는 성대한 시상식을 위해 가족들을 모셔 와야 한다는데 아버지는 한사코 반대하고……. 상하이 출국까지 한 달 남짓 남았는데 아버지의 대쪽 같은 성품은 예나 지금이나 변함이 없었다. 하루빨리 아버지의 시상식 참석 여부를 알려 달라는 회사의 재촉이 계속됐다. 그러나 아버지는 전화를 해도 상하이 관련된 얘기면 말도 꺼내지 말라고 딱 자르셨다. 어쩔 수 없었다. 나는 아버지가 좋아하시는 술과 안주를 사 들고 전주로 내려갔다.

"웬일이냐? 평일이라 바쁠 텐데 뭔 일로 내려왔어?"

"고객 만날 일이 있어 내려온 김에 아버지도 뵙고 가려고요."

"인석아! 거짓말 말어. 나 보러 온 거제? 그놈의 상핸가 뭔가 땜시."

"아버지! 아버지의 희망은 저잖아요. 저 잘되길 가장 바라시는 분이 바로 아버지잖아요, 맞지요?"

"……."

"아버지가 저 수상하는 모습을 보셔야지요. 수많은 사람 앞에서 제가 상 받는 모습 보고 싶지 않으세요? 아버지의 자존심이자 희망인 제가 골드 수상하는 모습을 꼭 봐 주셔야지요. 상하이 수상식에서 저를 안아 주시고 축하해 주세요. 제발 부탁입니다."

"오냐, 가자! 내 희망이자 자존심인 아들이 큰 상을 받는다는데 가야지. 가자. 이번만큼은 생각을 바꿀란다."

옆에서 어머니가 손뼉을 치며 좋아하셨다.

"참말로 생각 잘하셨구먼. 너그 아부지가 하도 고집을 부려서 속이 타 들어갔는디 이제라도 간당께 시상 이렇게 좋을 수가 없구먼."

나도 그제야 마음이 놓였다. 아버지는 해외여행을 가고 싶지 않은 게 아니라 자식에게 부담 주지 않으려고 고집 부렸다는 것을 비로소 깨달았다. 참석 명단이 확정되자 회사는 여권과 비자 신청을 일사천리로 진행했다.

막상 상하이에 도착하자 가장 좋아한 사람은 뜻밖에도 아버지였다. 공항에서 호텔까지 가는 차 안에서 고층 빌딩과 번화한 거리를 보며 감탄을 금치 못하셨다.

"중국이 그동안 이렇게 발전했을 줄은 몰랐구먼. 문화혁명을 겪은 지 얼마나 됐다고⋯⋯. 상전벽해가 따로 없네. 사람은 확실히 넓은 세상을 봐야 써. 견문을 넓히는 게 얼마나 중요헌지 이제야 알것구먼."

"긍께 내 말 듣고 오길 잘했지라? 오매, 오매, 저 빌딩은 꼭대기가 안 보이네. 저게 몇 층이나 될까잉?"

"아버지, 어머니! 오시길 잘했죠? 상하이는 특히 고층 빌딩과 화려한 야경이 유명해요. 이따 밤에 저랑 야경 구경하시면 더 깜짝 놀라실걸요?"

나는 아버지의 표정이 밝은 걸 보며 덩달아 기분이 좋아져 맞장구를 쳤다. 오성급 호텔에 도착하자 웅장한 규모와 화려함에 놀란 아버지와 어머니는 입을 다물지 못하셨다. 객실에 여장을 풀고 욕조에 따뜻한 물을 받아 몸을 담근 아버지의 표정이 말할 수 없이 흐뭇해 보였다.

"따땃한 물에 담그니 참말로 개운허네. 임자도 피곤헐 틴디 내가 먼저 들어와 미안허네."

"얼레 정수 아부지가 미안하단 말 하는 것 처음 보요."

어머니는 눈 흘기는 시늉을 하면서 싱글벙글 짐을 정리하셨다. 창밖으로 빛의 축제라도 벌어진 듯 오색찬란한 네온사인이 유리창에 반사돼 괜히 마음이 들떴다. 나는 창밖을 내려다보면서 상념에 빠져들었다.

공기업에 입사하기 위해 죽을힘을 다해 공부한 일이며, 안일하고 나른하며 이기적인 회사 분위기에 회의를 느껴 퇴사한 뒤 A보험회사에 입사했지만 넉 달 가까이 실적 한 건 못 올려 안팎으로 손가락질 받던 일이며, 오랜 연애 끝에 부모님 반대를 무릅쓰고 식을 올렸다가 처절한 배신으로 끝난 첫 결혼이며, 사랑 없이 한 재혼이지만 무난하게 이어지는 결혼 생활이며, 느닷없이 찾아온 위암으로 인한 수술과 항암 치료며, 죽기 살기로 공부해 공인중개사 시험에 합격하면서 내 의지에 스스로 대견해한 일이며……. 무엇보다도 극적인 것은 회사 통틀어 전체 9등의 실적으로 골드에 선정돼 시상식을 앞둔 바로 지금 아닌가. 꿈에도 그리던 골드가 돼 수많은 선후배 동료와 평생 마음고생만 시킨 부모님 앞에서 상을 받는 현실이 믿어지지 않았다. 가장 영광스럽고 뿌듯한 삶의 정점에 선 기분이었다. 창밖으로 명멸하는 저 수많은 불빛이 인생 고비마다 겪어 낸 양지와 음지를 대변하는 것 같아 무심하게 바라볼 수가 없었다.

'빛은 어둠 속에서 더 밝게 빛나는 법! 그동안 어두운 터널 속을 헤맸다면 이제 내 인생은 더욱더 밝고 환하게 빛나리라.'

깊게 심호흡을 하며 자신감을 충전했다.

다음 날 수천 명이 지켜보는 가운데 수상하러 무대에 오르자 박수와 함성이 터져 나왔다. 그중 유난히 크게 들려오는 목소리는 너무도 귀에 익숙한 아버지의 음성이었다.

"박정수 만세! 만세! 우리 아들 만세다!"

시상식이 끝나자 동료들이 몰려와 아버지를 가리키며 물었다.

"이분이 박정수 골드의 부친이셔? 말씀 많이 들었습니다. 본사 강당에서 강의할 때 박 에프피가 어찌나 아버님 이야기를 많이 하던지요."

"회사 내에서 아버님 별명이 뭔지 아세요?"

아버지가 쑥스러운 듯 손사래를 치면서도 궁금한 표정으로 물어보셨다.

"뭔데요?"

"바로 박 에프피의 매니저십니다. 하하하."

"아버님 모시고 우리 기념사진 한 장 찍읍시다."

"오케이, 자, 다들 아버지, 어머니 주위에 둘러서세요."

사진 촬영이 끝나자 동료들은 약속이나 한 듯 아버지를 번쩍 들어 헹가래를 쳤다. 아버지는 동료들의 축하 인사에 우쭐함과 기쁨이 범벅되어 눈물이 그렁그렁하셨다. 평생 처음 보는 아버지의 밝고 환한 표정에 비로소 나는 제대로 효도한 것 같아 마음 한편에 기쁨이 번졌다.

모든 행사와 관광이 끝나고 한국행 비행기를 타기 위해 공항으로 향하는 차에서 아버지가 물으셨다.

"정수야, 내년에는 어디에서 시상식이 열린다냐?"

"홍콩입니다."

"그려? 흐음……."

"아버지, 내년에도 제가 골드를 하면 꼭 함께 홍콩 가셔야 합니다!"

"그려. 이번에 참 좋은 경험을 했다. 내년에도 꼭 같이 가자!"

"내년에는 더욱 열심히 뛰어서 반드시 홍콩 모시고 가겠습니다."

해외여행이라면 무조건 사치고 매국 행위라고 비판하던 아버지가 자진해서 홍콩에도 꼭 같이 가자고 하시자 코끝이 찡했다.

'기대하십시오. 내년에는 챔피언을 목표로 뛰어서 더 큰 감동을 드리겠습니다.'

그러나 상하이 여행이 아버지와 함께한 처음이자 마지막 해외여행이 될 줄 누가 알았겠는가? 한 치 앞을 모르는 게 인생이라지만 돌이켜 볼수록 안타깝고 기가 막힌 첫 해외여행은 동전의 양면처럼 나에게 기쁨과 슬픔을 함께 안겨 주었다.

연이은 날벼락

2009년 무더운 여름도 지나고, 아버지의 췌장암 발병으로 나는 전주와 서울을 오가며 간병하랴, 췌장암에 효과가 있다는 귀한 약재 구하랴 우울하고 힘든 시간을 보내고 있었다. 아직 위암 완치 판정을 받지 않은 상황에서 아버지의 췌장암 진단은 청천벽력이 아닐 수 없었다. 지금도 무리하고 스트레스 받으면 덤핑 현상으로 온몸이 축 늘어지면서 식은땀을 흘리고 설사 때문에 화장실에 뛰어갈 정도라서 징검다리 건너듯 조심스러운데 아버지가 고통스러워하는 모습을 지켜보는 건 이중고였다. 인생이란 게 고해의 연속이라지만 해도 너무한다 싶었다. 불행은 늘 행운과 어깨동무하고 다닌다 했던가.

내가 위암으로 고통받을 때 아버지의 헌신이 아니었으면

결코 재기할 수 없었다는 걸 누구보다 잘 알기에 나는 책임감과 사명감으로 하루하루 고통스러운 나날을 보내고 있었다.

그런데 10월 하순, 본사의 감사실에서 특별 감사 중이라며 나를 호출했다. 본사로 향하는 발걸음이 무거웠다. 정기 감사도 아니고 특별 감사가 벌어진 것도 심상찮은데 하필 나를 부른 게 어쩐지 꺼림칙했다. 평상시 정기 감사가 벌어져도 나는 늘 당당하고 마음에 거리낌이 없었는데, 본사 특별 감사에서 나를 부른다는 건 뭔가 사달이 난 게 틀림없었다. 하지만 아무리 생각해 봐도 마음에 걸리는 게 없었다.

감사실 문을 노크하고 들어섰지만 두 명의 감사는 서류에 시선을 고정한 채 미동도 하지 않았다. 그런데 그 자리엔 내가 근무하는 지점의 지점장과 매니저, 동료인 이영호 FP가 이미 와 있었다. 모두 얼음처럼 굳은 표정으로 서로의 시선을 외면한 채 무거운 침묵만 흐르고 있었다. 숨 막힐 것 같은 침묵을 깬 사람은 두 명의 감사 중 하관이 빠르고 눈빛이 매처럼 날카로운 사람이었다.

"자, 당사자들 다 모였으니 이제 얘길 해 봅시다. 이 통장을 보면 이영호 에프피와 박정수 에프피가 정기적으로 돈 거래를 한 게 있는데, 예금주 이 에프피가 무슨 돈인지 말해 보시오."

"⋯⋯."

이미 닦달을 당할 대로 당했는지 슬쩍 밀기만 해도 쓰러질 듯한 표정을 짓고 앉아 있던 이영호가 고개를 푹 숙였다.

"그럼, 매달 정기적으로 돈을 보낸 박정수 에프피! 이게 무슨 돈이오?"

"그, 그건⋯⋯."

나는 매우 당황했다.

"이거 커미션 아니오? 김천수 고객과 계약한 당사자가 박정수 에프피 맞습니까?"

"맞습니다. 제가 계약했습니다."

"그런데 왜 계약을 완료한 그달부터 매달 꼬박꼬박 돈이 건너갔어요? 이거 위장 계약서 아닙니까?"

"위장 계약서는 아닙니다. 김천수 고객님과 분명히 계약했고 보험료도 문제없이 잘 납입되고 있습니다."

추궁은 나에게 쏟아졌고 지점장과 평상시 의형제처럼 지내는 매니저, 이영호 FP는 입도 뻥긋하지 않았다. 나는 진땀이 쏟아지는 걸 손수건으로 닦으며 그들을 원망스러운 눈빛으로 바라보았다. 이럴 때 한마디라도 보태야 하지 않는가? 그러나 지점장은 행여 눈이라도 마주칠까 봐 아예 방향을 틀고 앉아 강 건너 불구경하는 듯한 태도를 취했다.

지난 2008년, 어느 날 지점장이 나를 조용히 불렀다. 가 보니 매니저와 이영호가 나를 반갑게 맞이했다.

"박 에프피, 좀 도와줘야 할 일이 있어."

"매니저 형, 무슨 일인데요? 말씀해 보세요."

평상시 의형제처럼 격의 없이 지내는 터라 나는 매니저의 부탁이라면 무엇이든 도울 마음의 자세가 돼 있었다.

"다른 게 아니고, 너도 알다시피 이영호 에프피의 계약 유지율이 높지 않고 해약률도 높아서 수당이 적잖아. 근데 이번에 피부과 의사와 큰 건을 하나 계약하게 됐는데, 네 이름으로 계약하면 수당을 많이 받을 수 있으니까 좀 도와 줘라. 넌 계약 유지율이 워낙 높아서 같은 건을 계약하더라도 수당이 높잖아!"

이영호 FP가 고객들의 해약률이 높다 보니 수당이 적어 생활고를 겪는다는 건 나도 잘 알고 있었다. 그러다 보니 위장 계약서를 쓰거나 지인들의 이름을 빌려 계약 실적을 높이지만 자신이 보험료를 납부하느라 돈은 돈대로 쪼들리고, 그런 사실이 적발돼 본사에서 집중 관심 대상으로 분

류됐다는 소문이 돌았다. 내가 어떻게 해야 할지 몰라 망설이는데 매니저와 이영호 FP가 동시에 나의 손을 잡고 간곡히 부탁했다.

"정수야, 이번 한 번만 도와줘! 네 이름으로 계약하면 실적도 한 건 올리고, 대신 높은 수당 받아서 이 에프피 숨통도 트게 해 주자고!"

"박 에프피, 염치없는 부탁이지만 그렇게 해 주면 정말 고맙겠어."

이영호 FP가 코가 쑥 빠져서 부탁하는데 나는 차마 거절하기 어려웠다. 분명 원칙적으론 잘못된 일이지만 동료가 어려운 처지인데 원칙만 내세우며 거절하자니 너무 매정한 것 아닌가 싶어 갈등했다.

그때 곁에서 지켜보던 지점장이 한마디 보탰다.

"박 에프피, 심각하게 생각할 것 없네. 별로 문제 될 게 없다고! 혹시나 문제가 생기면 내가 알아서 처리할 테니 걱정하지 말게."

"정수야, 고객이 피부과 의사라니까 해약할 리도 없고 보험료도 사백만 원이나 되는 큰 건이니 이게 성사되면 우리 지점 실적도 높아지고, 네 이름으로 계약해서 높은 수당 받아 이 에프피 어려운 처지를 도와주면 꿩 먹고 알 먹고 일석이조 아냐?"

매니저와 지점장이 부추기는 중에 이영호 FP는 그저 처분만 바란다는 듯 간곡한 눈빛으로 호소했다. 의리를 중요한 덕목으로 꼽으며 살아온 나는 더 이상 망설이지 않고 함께 가서 계약했고, 매달 들어오는 커미션을 이 FP의 통장으로 보내 주면서 그 건은 곧 잊어버렸다.

그런데 2009년 특별 감사에서 이영호 FP의 다른 보험 계약 건들이 발견되기 시작했다. 위장 계약서를 쓴 게 여러 건 밝혀지면서 급기야 나와 함께 계약한 건까지 발각된 것이었다.

"박정수 에프피! 당신 이름으로 이영호 에프피의 고객과 계약한 건 수당을 더 받기 위한 꼼수 아냐? 다 밝혀졌는데 왜 사실을 인정하지 않지?"

나는 남자들 간의 의리 때문에 자초지종을 말할 수가 없었다.

"아닙니다. 그게……, 그런 게 아니라……."

벙어리 냉가슴 앓듯 그저 아니라는 말만 되풀이했다. 추궁하는 감사의 인상이 점점 험악해졌다. 나는 억울함을 참을 수 없어 사력을 다해 상황을 설명하려 했지만 남자끼리의 의리를 생각하자니 사실대로 다 말할 수도 없고 난감하기 이를 데 없었다. 다만 혼자 결정한 게 아니라는 점 때문에 주눅 들지 않고 당당했다. 그런데 바로 그 점이 오히려 감사를 자극했다.

"나 참, 이렇게 뻔뻔한 놈 처음 봤네. 통장에 돈 거래한 거며 의사라는 고객이 사정이 어려워졌다고 보험료를 못 내자 이영호가 대납한 증거가 다 있는데 끝까지 발뺌을 해?"

붉으락푸르락해진 감사가 언성을 높였다.

그러자 곁에 있던 지점장이 말했다.

"정수야! 너 왜 그런 나쁜 짓을 했어? 그리고 다 드러났으면 사내답게 깨끗이 인정해야지. 발뺌한다고 일이 해결될 거 같아?"

이게 무슨 소리인가? 내 귀를 의심했다. 분명히 지점장도 부탁했는데, 문제가 생기면 알아서 처리해 준다던 사람의 입에서 이런 말이 나오다니…….

"아니, 지점장님! 그 계약을 하기 전에 분명히 지점장님이 부탁하셨고, 문제가 생기면 지점장님이 알아서 처리하신다고 하지 않으셨습니까?"

"어라? 너 대체 누굴 잡으려고 그런 거짓말을 해? 이제 보니 이거 아주 나쁜 놈이네!"

나는 황당하고 기가 막혀서 할 말을 잃었다. 당시 그 계약을 하고 나서 가장 기뻐한 사람이 지점장이었는데, 이제 와서 시치미 떼고 오히려 뒤집어씌우는 걸 보자 어처구니 가 없었다. 어떻게 사람이 이럴 수 있단 말인가?

나는 감사를 받은 지 사흘 만에 바로 해고 조치됐다. 경 고나 영업 정지도 아니고 곧바로 해고였다. 끝까지 잘못을 인정하지 않아서 소위 괘씸죄가 적용된 것이었다.

나는 해고 통보를 받자 기가 막혔다. 마른하늘의 날벼락 도 유분수지, 지점장과 매니저의 권유와 이영호 FP의 딱한 사정을 생각해 이름을 빌려 준 것뿐인데, 모든 누명을 뒤 집어쓴 채 한마디 소명할 기회도 없이 일방적으로 당한 현 실을 받아들이기 어려웠다.

'결국 이런 건가. 그동안 회사에 온몸을 바쳐 충성했는 데, 다른 설계사들에게 선한 영향력도 많이 전파했다고 생 각했는데, 실수 한 번 했다고 단칼에 목을 치다니……'

1개월 정직 처분을 받은 매니저도 나의 해고 소식을 듣 고 울분을 토했다.

"나랑 뜻을 같이하는 몇 명하고 너랑 회사를 옮겨서 새 로 시작하자. 도저히 이런 회사를 믿고 장래를 맡길 순 없 어. 점장님 진짜 그렇게 안 봤는데 혼자 살겠다고 미꾸라 지처럼 빠져나가는 거 보니까 밥맛이다."

"형도 지점장님 보면서 화가 치밀었지?"

나는 그래도 내 일처럼 함께 아파하고 화를 내는 매니저 형이 고마웠다. 실제로 매니저는 며칠 동안 다른 회사를 알아보러 다녔다. 나도 다른 회사를 알아봐야 하는데 실망이 너무 커서 무엇을 어떻게 할지 아무 생각이 나지 않았다. 졸지에 당한 일이라 그저 억울하다는 생각뿐이었다.

'살다 보면 배신당하는 일도 더러 있지만, 이건 너무 치졸하고 더럽군. 아주 제대로 뒤통수 맞았어. 보기 좋게 당했다고!'

나는 자조했다. 모두가 나 같은 줄만 알고 믿은 터라 충격이 두 배로 컸다. 그나마 사정을 알고 함께 분노하는 매니저 형이 있으니 다행이라고 스스로를 위로했다. 게다가 마냥 실의에 빠져 지낼 순 없었다. 아버지의 병환이 날로 깊어지는 터라 전주에 내려가 아버지를 간호하면서 행여 해고 사실을 알면 충격을 받으실까 봐 일절 내색하지 않고 견디려니 마음은 천 갈래 만 갈래 찢어졌다.

"정수야, 직장을 이렇게 오래 비워도 괜찮냐? 올라가 봐야 할 거 아녀?"

"괜찮습니다. 고객 상담하느라 외근하면서 늘 밖으로 도니까 며칠 비워도 괜찮아요. 아버진 아무 걱정 마시고 그저 건강만 챙기십시오."

날로 야위어 가는 아버지를 속수무책 바라볼 수밖에 없는 무력감에 가슴이 찢어지는 데다 직장 문제까지 겹치니 머리가 터질 지경이었다.

며칠 뒤 매니저가 좀 만나자며 언제 서울에 올라오느냐고 묻는 문자가 왔다. 평상시 같으면 전화를 했을 텐데 짧은 문자 한 통 달랑 보낸 게 좀 이상했다.

'다른 회사 알아본 얘기를 할 모양이군. 만나 보면 알겠지.'

나는 마음 한구석에 스멀거리는 불안함을 애써 떨치며 서울로 올라와 약속 장소에 나갔다. 여느 때 같으면 어깨를 감싸 안거나 두 손을 덥석 잡고 흔드는데 그날은 시선을 피한 채 어색하게 웃었다.

"형님, 마땅한 회사는 찾았습니까?"

"글쎄……, 그게 말야."

"왜요? 할 말이 있는 거 같은데, 무슨 얘깁니까? 편하게 말해 봐요."

"난 아무래도 그냥 에이보험사에 남아야겠어. 너도 알다시피 이만한 회사도 드물잖아. 그래서 말인데 정수 너만 다른 회사로 옮겼으면……싶다."

안 그래도 지점장의 이중인격에 충격을 받은 나로선 매니저 형의 말에 경악했다. 그동안 의형제처럼 지내 왔고 둘 다 의리만큼은 그 누구도 따라올 자가 없다고 생각했는데 그마저 자기 살 궁리만 하다니…….

"형! 어떻게 이럴 수가 있어? 우리 생사고락을 같이하기로 했잖아."

"정수야! 미안하다. 그냥 아무 말 말고 내 뜻에 따라 주라. 형도 많이 괴롭다."

그는 무릎 꿇고 눈물을 흘리며 용서해 달라고 빌었다. 끝까지 믿은 내가 잘못인 걸까? 결국 매니저도 실리 때문에 의리를 저버렸다. 지점장은 끝까지 침묵하고 매니저는 1개월 정직 처분을 받고 이영호 FP와 나만 해고되면서 일단락되었다.

고립무원, 첩첩산중에 홀로 버려진 듯한 고독이 밀려왔다. 분하고 원통했다. 그들 세 사람의 간곡한 부탁이 아니었다면 결코 이름을 빌려 주지 않았을 것이다. 성격상 남을 속이거나 원칙을 저버리는 일 따위는 하지 않고 살아왔는데 막상 일이 터지자 모두 제 살길을 찾아 등을 돌렸다. 이게 현실이고 인간의 본성이란 말인가? 인간 군상의 진면목을 본 것 같아 나는 깊은 절망의 늪에 빠져들었다.

나는 다시 전주로 내려와 아버지 머리맡을 지키며 밤에는 아버지 눈을 피해 혼자 술로 달랬다. 삭여도 삭여지지 않는 배신감과 억울함, 분노가 나를 독버섯처럼 좀먹었다. 아무것도 손에 잡히지 않아 지독한 무기력감에 시달렸다. 머릿속이 텅 비어 아무 생각도 떠오르지 않았다.

그때 문득 평상시 가족처럼 지내 온, 신뢰와 존중으로 다져진 고객들이 떠올랐다. 그동안 최선을 다해 끝까지 관리해 드리겠노라고 약속한 고객들과 타의에 의해 이별해야 한다는 사실이 너무 죄송하고 면목이 없었다. 나는 고객들에게 회사에서 해고당한 경위를 사실대로 말하고 끝까지 도움이 되지 못해 죄송하다는 편지를 일일이 써 보냈다. 그것이 나를 믿고 A보험사 보험에 가입한 고객들에 대한 예의이자 도리라고 생각했기 때문이다.

그러자 믿기 어려운 일이 벌어졌다. 수많은 고객이 회사에 항의 전화를 걸어왔고, 회사 홈페이지 게시판에는 항의 글이 쇄도했다.

"제가 아는 박정수 설계사는 그런 일을 할 분이 아닙니다. 사실 여부를 확실하게 조사해서 진실을 밝혀 주세요. 진실은 언젠가 드러나는 법, 손바닥으로 하늘을 가린다고 가려지는 게 아닙니다."

"박정수 설계사의 해고를 재고해주세요. 우린 박 설계사를 보고 가입했지, 회사를 보고 가입한 게 아닙니다."

"오랫동안 지켜봐 온 제가 보증합니다. 오직 고객을 위해 최선을 다해 열심히 뛰며 도와준 박정수 씨가 그럴 리 없습니다. 뭔가 착오가 있을지도 모르니 자세히 조사해 보고 해고만은 철회해 주십시오."

"지금까지 지켜본 박정수 설계사는 결코 그런 꼼수를 부릴 사람이 아닙니다. 뭔가 오해가 있을지도 모르는데 해고는 너무한 거 아닌가요?"

회사에선 너무나 많은 전화와 인터넷 글에 놀랐다. 그런 사례가 없었기 때문이다. 나는 홈페이지에 올라온 글들을 읽으며 뜨거운 눈물을 쏟았다. 그동안의 외로움이 조금은 상쇄되는 심정이었다.

'아, 내가 결코 헛살지 않았구나. 발로 뛰고 마음으로 전한 내 진심을 고객님들은 다 알고 계셨구나.'

눈물이 나도록 고마웠다. 천군만마를 얻은 듯 힘이 났다. 지치고 무너져 내린 마음을 어느 정도 치유받은 느낌이었다.

결국 나는 회사 대표 앞에서 무릎을 꿇고 눈물로 용서를 구했다.

"사장님, 제가 큰 잘못을 했습니다. 모든 벌은 달게 받겠습니다. 그러나 저와 우리 회사를 보고 가입하신 수많은 고객을 제가 도와드리지 못하고 다른 회사로 옮긴다면 고객님들이 얼마나 실망하시겠습니까? 저의 과오를 가슴 깊이 뉘우치고 있으니 한 번만 선처해 주십시오."

대표는 사건의 개요와 과정, 참회를 일정 부분 용인해 A보험사의 자회사인 P&P에 입사하도록 조치했다. 그러나 P&P 입사가 결정되는 순간까지도 나를 다그치며 몰아붙인 감사는 반대했다.

"박정수라는 놈, 아주 건방지고 나쁜 놈인데 이참에 잘라야지, 자회사에 입사시키면 어떡합니까? 또 그런 짓을 할지 누가 압니까? 감사 받을 때 잘못을 뉘우치기는커녕 끝까지 눈 똑바로 뜨고 당당했던 그놈의 괘씸한 태도를 사장님이 봤어야 하는데……."

굽실거리며 빌었다면 해고당하지 않았을까? 끝까지 사실을 밝혀 달라며 억울함을 호소한 것이 감사에게는 잘못을 저지르고도 당당한 걸로 보여서 해고라는 초강수를 두었고, 나는 모든 죄를 고스란히 뒤집어썼다. 그때 뼈저리게 깨달았다.

'나 스스로 어떤 어려움에도 흔들리지 않을 경제력을 가져야 한다, 남들이 도움을 구한다고 쉽게 돕거나 원칙과 규정을 벗어나는 행동을 하면 안 된다, 내가 어려움에 처했을 때 나를 도와줄 사람은 그리 많지 않다, 평상시에는 의리를 외쳐도 어려운 상황에선 쉽게 등을 쉽게 돌리는 게 인간이라는 사실을 명심하자, 박정수!'

골드까지 한 내가 해고됐다는 소식이 업계에 알려지자 스카우트 제의가 쇄도했다. 하지만 나에겐 돈이 중요한 게 아니었다. 소중한 고객들을 계속 책임지고 서비스할 수 있는 A보험사 자회사에 입사하는 게 고객에 대한 의리라고 판단하여 스카우트 제의에 흔들리지 않았다.

가장 믿고 따른 직장 상사와 선배, 동료의 뼈아픈 배신으로 해고라는 꼬리표를 달았지만, 그 과정에서 더욱 단련되며 시련과 역경을 이겨 내면 반드시 큰 성공을 이룰 수 있다는 확신이 생겼다. 더구나 회사 일로 계속 고민하기엔 더욱 큰일이 나를 기다리고 있었다. 가장 존경하고 사랑하는 아버지의 췌장암 증세가 나날이 깊어져서 다른 데 정신 팔 여유가 없었다. 행여나 아버지가 눈치채실까 늘 밝고 활기 찬 목소리로 안심시키기에 바빴다.

"아버지, 얼른 쾌차하셔서 털고 일어나셔야죠."

"그러게 말여."

전국 각지에서 구해 온 약초를 달인 물을 마시며 아버지가 희미하게 웃었다. 항암 치료 대신 대체의학에 의지하며 효과가 있는지 예의 주시하던 중 아버지의 몸이 조금씩 반응하는 것 같아 모처럼 기분이 좋아진 나는 나에게 닥친 불운을 하루빨리 털자고 다짐했다.

그 무렵부터 나는 부동산에 관심을 갖기 시작했다. 경제력이 없다 보니 회사에서 억울한 일을 당해도 큰소리 한번 못 치고 비굴하게 참아야 하는 현실이 너무 싫었다.

'내 인생의 진정한 주인이 되기 위해 반드시 도약하고 말거야! 더 넓고 더 높은 곳을 향해 비상할 테다!'

바쁜 틈틈이 경제 신문을 읽으면서 부동산 흐름을 파악하고 인터넷의 부동산 정보를 끊임없이 검색하는 중에 신문과 인터넷에 오르내리는 단어가 보였다.

바로 '소형 아파트'.

인구 구조상 대한민국은 인구 절벽 시대가 다가오면서 소형 아파트가 인기 있을 거라는 글에 가슴이 두근두근 뛰었다. 아무리 부동산에 문외한이라 해도 일리가 있었다. 취업난과 불안정한 일자리, 하늘 높은 줄 모르고 치솟는 집값, 물가 상승을 따라가지 못하는 저임금 등으로 연애와 결혼, 출산을 포기한 삼포 세대가 늘어나는 추세니 1인 가구가 증가하면서 소형 아파트 수요도 늘어날 것은 불을 보듯 뻔했다. 나는 마음 한구석에 비장의 카드로 '소형 아파트'라는 단어를 소중히 간직해 두었다.

'언젠가 내가 높이 비상할 때 날개가 될지도 모르지. 아니 황금거위일 수도…….'

나는 회심의 미소를 지었다.

P&P에서 새 출발

그해 말 우여곡절 끝에 P&P에 입사해 신규 교육을 받았다. A보험사에서 해고 통보를 받은 뒤 전주에 내려가 울화를 삭이며 부쩍 악화된 아버지를 간병하다, 새로 옮긴 자회사에서 신규 교육은 꼭 받아야 한다기에 서울에 올라와 교육받기 시작한 지 꼭 나흘 만에 아버지가 위독하시다는 전갈을 받았다.

'드디어 올 것이 오고야 마는가?'

회사에 양해를 구하고 전주로 향하는 차에서, 정말 인정하고 싶지 않지만 아버지와의 작별을 마음으로 준비할 수밖에 없었다. 가장 참담하고 곤혹스러운 시기에 사랑하고 존경하는 아버지마저 보내야 하는 현실이 원망스럽다 못해 차라리 내가 죽고 싶을 정도로 괴로웠다.

아버지는 기도 삽관 때문에 유언 한마디 못 한 채 뼈만 남은 앙상한 손을 허우적거리다 원통하게 세상을 떠나셨다. 먼 길 떠나는 아버지를 배웅하는 심정은 아무리 심지 굳은 아들이라 해도 참기 어려운 고통이었다.

평생 서로 자기주장만 내세우며 번번이 의견 충돌을 보인 20대 초반을 보내고, KTX 공기업 입사로 자랑스러운 아들이 되면서 화해한 지 얼마 지나지 않아 퇴사해 또다시 실망시키고, 실적 한 건 올리지 못하는 보험설계사로 전락해 아버지의 근심거리가 되었다가 30대 막바지에 피나는 노력으로 골드까지 거머쥐어 기쁘게 해 드린 것도 잠시, 아버지가 췌장암으로 투병하는 몇 달 사이에 밀어닥친 억울한 해고 통보에 이어 자회사인 P&P에 입사해 한시름 놓으려는 찰나, 기어이 아버지는 모든 근심과 미련을 내려놓고 홀연히 세상을 등지셨다.

'이것이 인생인가? 정녕 인생은 끝없는 고해의 연속인가? 애고별리(哀苦別離)를 피할 수 없는가?'

인생에서 가장 소중한 것을 잃어버린 나는 휘청거리는 몸을 가누지 못했다.

"정수야, 공자님 왈, 어진 사람은 난관 극복을 젤로 중요허게 쳤다. 성공하고 말고는 그 담이라고 말씀허셨느니라.

사람이 어질다는 건 많은 뜻을 담고 있어. 아부지는 네가 성공한 사람보담 이 세상에 쓸모 있는 사람이 되길 항시 바라 왔다. 내 말 뭔 뜻인 줄 알아듣것제?"

퍼뜩 아버지가 평상시 하신 말씀이 떠올랐다.

'누구나 다 어차피 한 번은 가는 인생에서 가장 중요한 것은 무엇인가? 운명이 모질게 닥쳐오면 인내심으로 맞서고, 모진 운명의 고통쯤은 사내다운 용기로 맞서자. 그러려면 지금 이 순간 절망에 빠져 코 빠뜨리고 있을 수 없다. 황금보다 귀하다는 지금! 바로 지금 이 순간 다시 일어서자!'

나는 가능한 한 빨리 일상으로 복귀하여 새로운 환경에 적응하고 예전처럼 목표를 세우는 것이 중요했다.

환경이 바뀌니 낯설고 업무량도 많았다. P&P는 A보험사뿐만 아니라 여러 보험회사의 각종 상품을 다 취급하고 판매했기 때문에 고객 확보가 관건이었다. 그런데 나를 대하는 사무실 사람들의 태도가 어딘지 모르게 서먹서먹하고 이상했다. 적당히 거리를 두며 지켜본다고 할까? 따돌림을 당하는 듯 묘한 분위기였지만 개의치 않고 열심히 일에만 몰두했다. 굳이 사람들 속에 섞이려 들지 않고 일만 하자 오히려 그들 편에서 노골적으로 적의를 드러냈다.

"이봐, 박정수 씨! 전에 에이보험사 있을 때 실적 올리려고 다른 에프피 이름 빌려 계약했다가 들통 나서 잘렸다며? 본사 특별 감사 때 위아래도 몰라보고 끝까지 잘못이 없다며 덤벼서 아주 질이 나쁜 놈이라고 감사가 노발대발했다는 소문이 파다하더군! 대체 무슨 배짱이야? 납작 엎드려서 빌어도 모자랄 판에……."

"배알도 없나? 나 같으면 쪽 팔려서 고개도 못 들고 당장 그만둘 텐데, 대표한테 가서 무릎 꿇고 빌어 여기 들어왔다면서? 보통 얼굴이 두꺼운 게 아냐! 대표 **빽**이 약어야, 소가죽이야? 아주 질기고 튼튼한 **빽**을 둔 모양이지! 하하하."

"암튼 여기 와서 또 허튼짓할지 모른다고 다들 두 눈 시퍼렇게 지켜보고 있으니까 허튼수작 부릴 생각 마!"

비로소 왜 내가 투명인간 취급을 당하는지 이유를 알았다. 세상은 온갖 억측이 난무하며 세인들의 평가란 얼마나 조잡한가. 그들의 입을 통해 흘러나온 말이란 게 한 사람 건너고 두세 명 건너면서 얼마나 왜곡되고 부풀려지는지 깨닫자 일일이 대꾸하고 싶지 않았다. 굳이 그들과 교류하며 친분을 쌓고 싶지 않았다. 오해와 풍문이 난무하는 세상이지만 그런 상황을 극복하고 견뎌 내는 사람도 많다고 믿으며 묵묵히 주어진 일만 열심히 했다.

대부분의 영업 직원은 업무에 별 관심이 없었지만 그러

거나 말거나 나는 일에 미친 사람처럼 밤늦도록 자신의 일에 몰두했다. 고객 상담 자료를 만들고, 틈틈이 고객들에게 전화하며 실적을 올리기 위해 안간힘을 썼다. 동료들은 당구를 치거나 끼리끼리 모여서 커피 마시며 뒷담화를 하거나 사우나에 가서 낮잠을 자는 등 열심히 일하는 사람이 드물었다. 그들에겐 삶의 뚜렷한 목표가 없는 게 문제였다. 그저 나를 화제 삼아 악담을 퍼뜨렸다.

"저 친구 일 열심히 하는 척하면서 또 무슨 계략 꾸미는 거 아냐?"

"그럼 보나마나 또 잘리겠지. 하하."

귀를 막고 눈을 감았다. 그리고 오직 나에게 주어진 업무에만 충실했다.

'언젠간 모든 오해가 풀리겠지. 진실은 밝혀지는 법이니까. 지금 내겐 오직 이 순간이 중요해. 매 순간순간을 소중히 여기고 사랑하며 최선을 다하면 강한 에너지가 생겨서 추진력이 붙겠지.'

나는 동료들을 원망하는 대신 측은지심을 갖고 안타까운 마음으로 대했다.

'아버지는 늘 공자님 말씀을 대변하셨지. 군자는 자신에게서 구하고 소인은 남에게서 구한다고…….'

비록 나를 백안시하는 동료들이지만 고객 상담 능력이 떨어지는 사람이 있으면 옆에서 도와주기도 하고 계약 비법을 설명해 주기도 했다.

한편 A보험사부터 인연을 쌓아 온 고객들에게 다시 자필 편지를 쓰기 시작했다.

"사랑하고 존경하는 고객님께!

원치 않는 상황에 휘말려서 A보험사을 그만둔 대신 자회사인 피앤피(P&P)에서 근무하게 되었습니다. 저와 계약한 고객님들을 예전처럼 관리해 드릴 수 있어서 매우 기쁩니다. 예전처럼 저를 믿어 주시고, 혹시라도 주변에 보험이 필요하신 분들을 소개해 주시면 성심성의를 다해 도와드리겠습니다. 늘 감사드립니다.

박정수 배상."

고객들은 나에게 직접 전화를 걸어와 축하와 안부를 물었다.

"박정수 씨, 정말 반가워요. 그동안 얼마나 마음고생이 심했어요?"

"걱정해 주셔서 고맙습니다."

"다행이군요. 이제 힘든 시절은 지나갔으니 우리 함께 힘을 내서 열심히 살아 봅시다."

고객들의 따뜻한 위로 덕분에 다시 일할 맛이 났다. 고객들이 나를 이해하고 아껴 주는데 어떻게 그들을 위해 뛰지 않을 수 있겠는가? 나는 다시 목표를 세웠다.

'여기서도 반드시 챔피언이 되겠어. 새롭게 도전해 나가는 거야.'

2009년의 아픔과 상처를 새로운 도전으로 역전시키고 싶었다. 그 방법은 자회사에서 챔피언이 되어 멋지게 재기하는 것뿐이었다.

매일 아침 일어나 10킬로미터씩 달렸다. 헬스클럽에 도착하자마자 러닝머신에 올라 한 시간 동안 쉬지 않고 달렸다. 정신력도 건강한 체력에서 나오는 만큼 몸 만드는 걸 게을리하지 않았다.

고객들이 예전처럼 보험이 필요한 지인들을 소개해 주자 나의 실적이 상향 곡선을 그리기 시작했다. 회사에선 빠른 성장과 수익을 위해 고객들을 불러 재테크 강의를 하기로 했다.

"재테크 강의를 하려면 실력이 출중한 강사를 뽑는 게 우선이니 사원들 중에서 강의에 자신 있는 사람들은 테스트에 응하세요."

나는 그 방법이 매우 합리적이라는 생각에 구미가 확 당겼다. 고객들을 한데 모아 놓고 강의하면 시간 대비 효율을 크게 높일 수 있지 않은가. 그때까진 고객을 만나러 전국 곳곳을 찾아다니며 일대일로 계약했지만 한곳에 모아 놓고 강의하면 시간이 절약되는 게 가장 큰 장점이었다.

나는 유명한 온라인 강사들의 강의 동영상을 계속 돌려 보면서 말투와 행동 등 일거수일투족을 유심히 관찰한 뒤 내 강의에 차용했다. 중·고등학생들에게 인정받은 인기 강사들인 만큼 이미 강의 실력이 검증됐기에 그들의 손짓이나 말투, 억양, 몸짓, 무엇 하나 놓치지 않고 관찰해 철저히 연구한 다음 보험의 효용성이나 가치, 활용도를 설명하는 강의에 접목해 밤새도록 연습했다. 그리고 테스트에서 1등을 차지했다.

강의에 대한 반응은 예상외로 매우 뜨거웠다. 청중들은 나의 말 한마디 한마디에 매우 흥미를 느끼며 푹 빠져들며 환호했다. 강의에 참석한 고객들이 보험 계약을 하겠다고 나섰다. 쏟아지는 청약 요청에 내 비서들까지 나서서 계약을 돕느라 정신이 없었다. 내 강의 전략이 적중한 것이다. 이 모든 사실을 곁에서 지켜본 동료들은 나를 '보험 계약의 신'이라고 추켜세웠다.

실적을 계속 크게 올리다 보니 동료들이 비결을 배우기 위해서 줄을 섰고, 내가 망설임 없이 노하우를 알려 주자 나를 바라보는 시선도 바뀌기 시작했다. 바뀐 정도가 아니라 인기 폭발이었다.

그 결과 P&P에서 2010년 1위 챔피언을 달성했다. 입사 당시의 서먹함과 이질감, 소원함을 떨치고 묵묵히 내 일에 매진한 결과 정상의 자리를 탈환한 것이다. 나는 아버지 산소 앞에 엎드려 하염없이 울며 심경을 토로했다.

"아버지, 제가 또 해냈습니다. 쓰라린 배신으로 한동안 주저앉았지만 굴하지 않고 다시 일어나 챔피언을 먹었어요. 정말 아버지께 부끄럽지 않으려고 열심히 뛰었습니다. 아버지께서 조금만 더 오래 사셨더라면 해 드릴 게 참 많은데 정말 아쉽습니다. 아버지, 사무치게 그립습니다. 하늘에서 지켜보고 계시죠? 아버지께 부끄럽지 않은 아들이 되기 위해 앞으로도 정직하게 열심히 살겠습니다."

선산에 모신 산소 앞에 엎드려 해가 저물도록 눈물을 쏟은 나는 두 주먹을 불끈 쥐고 다짐했다.

'결코 보험회사 챔피언에 머물지 않겠어. 아무도 날 무시할 수 없도록 큰 부자가 될 거야. 자본주의 사회에선 경제

력이 최고지. 두고 봐라! 박정수를 무시하고 업신여긴 너희가 깜짝 놀랄 정도로 큰 힘을 가질 테니…….'

나의 승부 근성이 다시 발동했다. 극복할 장애물이나 뚜렷한 목표가 없는 인생은 진정한 행복을 찾을 수 없는 법. 나에게 역경과 고난은 돈을 주고도 살 수 없는 보약이 됐다. 시련이라는 보약을 도약의 발판 삼아 멀리뛰기를 시작한 순간이었다.

'아버지, 이제 곧 올해가 저물면 새해가 밝을 것이고,

자연 순환의 법칙에 따라 사계절이 바뀌고,

저는 또 새로운 목표를 세워 열심히 달려갈 테지요.

종착지가 어디쯤일지 모르지만,

언젠간 다다를 종착지를 향해 달려가는 동안

넘어지기도 할 테고 다리가 아프면 앉아서 쉴 때도 있을 겁니다.

어쩌면 아파 누웠다가 일어나 다시 제자리 뛰기를 할지도 모르겠군요.

그래도 지금까지 그래 왔듯이 저는 해찰하지 않고 달려갈 겁니다.'

– 본문 중에서

3부

·
·
·
·
·
·
·

부동산에
눈뜨다

초보 부동산 부자의 첫 행보

나는 회사 일을 하면서 일주일에 사나흘은 지방 유망 지역의 땅과 아파트, 집 등 부동산을 보러 다녔다. 부동산 쪽으로 눈을 돌린 만큼 안목을 키우는 게 중요했다. 주변 사람들이 나를 함부로 대할 수 없을 정도로 큰 부를 축적하려면 부동산이 최고였다. 나중에 부자가 되면 그동안 나를 도와준 고객들과 그 비결을 공유하고 싶었다.

현금으로 재테크하는 것도 방법이긴 하지만 금융으로 부자가 되려면 시간이 너무 오래 걸렸다. 금융은 오래 묶어두고 장기로 투자해야 돈이 모이는데 나는 수십 년 동안 기다릴 마음의 여유가 없었다.

'짧은 시간에 승부를 봐야 해! 젊은 나이에 큰 부자가 되는 걸 나 스스로 확인하고 싶고, 에이보험사와 나를 배신

한 사람들에게 당당히 보여 주고 싶어!'

나는 부동산 관련 서적을 닥치는 대로 읽었다. 부동산을 보는 안목을 키우려면 우선 기초를 알아야 했기 때문이다. 그러나 내용이 부실하거나 이미 시기가 지난 사실만 담고 있어서 별 도움이 되지 않았다. 변한 시대에 걸맞은 시기적절한 정보가 필요했다.

예전에 땅을 사 놓고 기다리면 엄청나게 올라 큰 부자가 된다는 말을 들은 기억이 나서 땅에 관심을 기울여 보았다. 유명한 땅 전문가를 만나 비싼 수업료를 내고 설명을 들었지만, 그 역시 땅은 사 놓고 몇 년 또는 몇 십 년을 기다려야 한다고 했다. 나에겐 맞지 않는 투자 방식이었다.

'어떻게 목돈 들여 땅 사 놓고 몇 십 년을 기다리란 말인가? 하루빨리 부자가 되는 기쁨을 만끽하고 싶은데, 다 늙어서 느끼라는 거야? 그렇게는 못 하지.'

땅은 좋은 물건을 알아볼 안목도 없고 괜히 잘못 사서 돈이 묶일 가능성이 크다 보니 포기했다.

부동산의 꽃은 경매라는 말에 적은 금액으로 좋은 부동산을 낙찰받을 수 있다는 생각으로 경매 학원에 등록했다. 청년부터 노인까지 각양각색의 사람들이 발 디딜 틈 없이 강의를 듣기 위해 북적였다. 나도 수개월 동안 학원에서 경매 수업을 들었다. 그런데 경매는 교육을 받으면 받을수록 경쟁률 자체가 예전과 비교가 안 될 만큼 높고, 그런 까닭에 낮은 금액으로 좋은 부동산을 낙찰받는 시대는 끝났다는 것을 깨달았다. 학원 강사는 아직도 경매가 최고의 재테크 수단이라고 강조했지만 그 말을 믿지 않았다.

부동산을 낙찰받으려면 경매로 나온 아파트를 현장에 가서 보는 '임장(臨場)'을 해야 하는데 수없이 돌아다녀도 100퍼센트 낙찰받는다는 보장이 없는 데다 낙찰받는 과정에서 기존 세입자를 내쫓아야 하는 비인간적인 측면 때문에 경매는 자신이 없었다. 집이 경매까지 붙은 어려운 사람들에게 상처를 주면서까지 부자가 될 순 없었다.

그즈음 언론과 인터넷에서 미래의 인구 구조를 예측하건대 소형 아파트의 인기가 높아질 거라는 기사가 자주 나오기 시작했다.

'그래! 맞다, 바로 이거야.'

그러나 소형 아파트에 대한 정보도 부족하고 관련 서적도 전무한 상태였다. 고민하는 중에 지방의 소형 아파트를 눈여겨보라고 주장하는 인터넷 카페를 발견했다. 카페에 올라온 글을 꼼꼼히 읽어 보니 보물은 서울과 수도권에만 있는 게 아니다, 서울과 수도권에 투자하려면 큰 금액이 들어가지만 지방은 적은 금액으로도 좋은 아파트를 살 수 있다, 지방이라고 다 사람이 유출되는 게 아니라 유입되는 도시도 있다, 아파트는 수도권이건 지방이건 모두 환금성이 뛰어나다라고 요약할 수 있었다.

나는 모니터에서 한참 동안 눈을 떼지 못했다.

"그래, 이거다!"

나는 마음이 급해져서 당장 카페 운영자에게 전화했다.

"긴말 필요 없고 당장 좀 만나 주시죠!"

"지금은 스케줄이 꽉 차서 곤란합니다."

하루라도 빨리 운영자를 만나 소형 아파트에 대해 자세히 알아봐야 했다.

"당신이 원하는 금액이 얼마인지 모르지만 원하는 대로 다 드릴 테니 무조건 오늘 안 되면 내일이라도 만납시다."

"……."

"제발 부탁입니다. 만납시다. 저 좀 도와주십시오."

"좋습니다. 내일 오후 한 시에 분당 우리 사무실로 오시죠. 수업료는 삼백만 원입니다."

"감사합니다. 계좌번호 말씀해 주세요. 지금 당장 보낼 테니……. 내일 한 시까지 꼭 가겠습니다."

솔직히 수업료가 300만 원이라는 사실에 적이 놀랐다.

그렇게 비쌀 줄은 몰랐다. 300만 원은 정말 큰돈이었다. 하지만 그때까지 땅을 보러 돌아다니고 경매 수업을 들으며 낭비한 시간과 돈을 생각하면 300만 원을 아까워할 처지가 아니었다. 어떻게든 시간과 돈을 아끼며 부자가 되는 방법을 빨리 알 수 있다면 뭔들 아깝겠는가.

다음 날 조마조마한 심정으로 분당 사무실에 달려갔다. 카페 운영자는 약속 시간보다 20분 정도 늦었다. 일분일초가 급하고 초조한데 약속 시간보다 늦어 놓고 입금했냐는 말부터 물었다.

'이런 자식을 봤나! 약속 시간도 한참 늦어 놓고 돈타령부터 하네. 늦어서 미안하다는 말도 없이…….'

나는 치밀어 오르는 화를 누르고 수업료는 어제 보냈으니 소형 아파트에 대해 알려 달라고 재촉했다.

마침내 나는 카페 운영자에게 두 시간 정도 일대일 강의를 들었다.

"부동산이란 게 사실 사기꾼은 다 모인다고 봐야 됩니다. 특히 땅은 잘못 투자해서 한번 묶이면 평생 후회하기 십상이라 돈 많은 사람이나 돈 묻어 두는 셈 치고 하든지 바보들이나 하게 놔두고요, 경매도 이제 끝났다고 보는 게 옳습니다. 정작 경매로 돈 버는 사람들은 일반 투자자가

아니라 경매를 가르치는 강사나 브로커들이니까 아예 생각
도 하지 마세요."

"아, 그렇습니까?"

나는 고개를 끄덕이며 옳은 말이라고 생각했다.

"소형 아파트를 살 때는 무조건 대출과 전세를 끼고 사
야 하는데, 현재 서울과 수도권의 아파트를 살 땐 전세를
낄 경우 적어도 오천만 원에서 일 억 원 이상 드니까 지방
의 소형 아파트로 관심을 돌리는 것도 방법입니다."

"그래요? 지방 아파트도 투자 대상이 될까요? 매매 경기
가 서울과 수도권에 집중되지 않았습니까?"

"지방 아파트 중에 매매가와 전세가의 차이가 작은 소형
아파트만 검색하세요. 나중에 매매가가 크게 오를 수도 있
고, 전세가가 올라서 이 년 뒤에 전세 오른 만큼을 수입으
로 챙길 수 있으니까요. 그러다 나중에 많이 오르면 팔면
되고요."

"일리가 있는 말씀이네요."

"돈을 벌고 싶으면 지금부터 전국 지도를 펼쳐 놓고 지
방의 유력한 도시가 어디인지 파악하세요. 다음은 그 도시
중 소형 아파트 단지를 인터넷 지도로 보고 그 지역에 직
접 가서 아파트 가격이며 동향을 파악하는 겁니다. 단, 인

터넷 시세는 그 지역의 진짜 시세와 큰 차이가 있으니 꼭 가 봐야 할 거요. 발품 팔며 몸으로 뛰어다녀야 아파트 보는 눈이 생기고 전문가가 됩니다."

"백번 옳은 말씀입니다. 당장 움직여야겠군요."

"내 말 명심해서 나중에 수십 채 가진 큰 부자 되십시오."

나는 그의 조언이 진정한 부동산 부자가 되는 유일한 방법임을 직감했다.

"그럼 마지막으로 어느 지방, 어느 도시가 좋은지 좀 알려 주세요."

"하하하. 그런 건 본인이 직접 뛰어다니며 연구해서 깨달아야지요. 몸으로 뛴 만큼 보는 눈도 생기는 거요. 생선 잡는 법을 가르쳐 줬으면 됐지, 먹여 달라는 건 너무 안일한 발상 아닙니까? 하하하."

딱 한 번만, 투자를 할 만한 지역 중 한 곳만 알려 달라고 통사정해도 그는 끄떡하지 않았다. 결국 포기하는 수밖에 없었다. 그래도 300만 원 주고 얻은 정보치곤 꽤 쏠쏠하여 그쯤에서 물러나야지 하고 일어서며 마지막으로 물었다.

"선생님은 현재 소형 아파트를 몇 채나 갖고 계십니까?"

"오십 채 정도 됩니다."

10채도 아닌 50채라니. 나는 다섯 채만 있어도 좋겠다고 부러워하며 한숨을 내쉬었다. 그러나 곧 생각을 바꿨다.

'이제 시작이다! 시작이 반이니 나도 곧 다섯 채뿐만 아니라 열 채, 스무 채 갖는 건 시간문제야. 부러워하면 지는 거다! 부러워할 시간에 나도 낚시 장비를 갖추고 슬슬 낚시터로 출발해야지.'

거금 300만 원을 주고 고기 잡는 방법을 배운 이상 머뭇거릴 이유가 없었다. 이제 소형 아파트라는 황금물고기가 사는 낚시터를 찾아 떠나는 일만 남았다. 나는 설레다 못해 싱글벙글 자꾸만 벌어지는 입을 다물지 못하고 신이 나서 서점으로 달려갔다.

시행착오의 연속

    가장 큰 전국 지도를 사 들고 집으로 돌아온 나는 방바닥에 펼쳐 놓고 광역시와 대도시를 한 곳씩 짚어 보았다. 도무지 어느 지방의 어떤 아파트 단지부터 손을 대야 할지 감이 잡히지 않았다. 그렇다고 고민만 하기엔 시간이 너무 아까웠다. 먼저 고향 전주와 대전광역시부터 현장을 찾아다니자고 마음먹었다.

    네이버 지도에서 대전광역시의 소형 아파트를 검색했다. 그리고 매매가와 전세가의 차이가 적은 아파트 단지를 찾아냈다. 그 자료와 지도를 들고 대전으로 향했다. 대전은 대한민국 한복판이고 예전에 몇 차례 가 본 적이 있어서 가장 끌렸다. 실제로 대전 현장에 가 보니 인터넷에 공시된 가격과 차이가 컸다. 직접 부동산 현장에 가면 주변 환경이 좋지 않은 곳도 많고, 관심 밖이었던 아파트가 눈에 들어오기도 했다.

전주는 내가 대학 시절을 보낸 도시라 아무래도 접근하기가 수월했다. 대전과 전주를 오가면서 수많은 아파트를 보다가 생각했다.

'생각이 많으면 아무것도 할 수 없어. 먼저 시험 삼아 전주에 소형 아파트를 구입하자.'

그냥 소형 아파트라는 이유로 매매가와 전세가의 차이가 2,000만 원 정도 되는 아파트를 무조건 계약했다. 전주에서 사람들이 많이 모인다는 지역의 아파트를 구입한 게 소형 아파트 매입의 시작이었다.

한 번 계약하고 나니 또 하고 싶은 열망이 생겨 전주의 다른 지역에서도 아파트 3채를 더 구입했다. 그리고 아파트 등기 서류를 들고 구청에 가서 '주택임대사업자' 등록을 했다. 그러자 정말 부자가 된 듯한 착각과 함께 벌써 큰 사업자가 된 느낌마저 들었다.

이번에는 대전으로 향했다. 대전의 중심부터 외곽까지 이 잡듯 뒤지고 다녔다. 부동산중개소마다 명함을 주면서 내가 원하는 조건의 아파트가 나오면 바로 연락해 달라고 신신당부를 했다.

대전 지역을 4~5개월 돌아다녔을까, 어느 부동산중개소에서 전화가 왔다.

"선생님이 원하는 조건에 딱 맞춤한 아파트가 나왔으니 빨리 오세요. 늦게 오시면 다른 사람들에게 팔립니다."

당장 대전으로 달려갔더니 부동산 업자가 어떤 사람을 소개해 주며 시간이 별로 없으니 빨로 가 보라고 부추겼다. 그들이 소개한 아파트는 대전 시내 중심지에 있는 17평짜리 아파트였다. 한 채당 6,000만 원.

"이런 가격의 아파트는 대전에서 볼 수 없고, 앞으로도 없을 겁니다."

나는 깜짝 놀랐다. 어떻게 17평 아파트가 6,000만 원밖에 안 한단 말인가? 평당 350만 원이 말이 되는가? 대전광역시의 아파트 가격이 믿기지 않았다.

"선생님, 돈은 달라는 대로 다 드릴 테니 이 아파트를 최대한 여러 채 잡아 주세요."

"그건 곤란합니다. 한두 채 구하기도 어려운걸요?"

그러나 나는 포기하지 않았다. 계속 조르며 브로커를 놓아 주지 않았다. 결국 브로커의 노력(?) 덕분에 여섯 채나 구입하자 뛸 듯이 기뻤다. 수고비를 2,000만 원 가깝게 쥐어 주었다.

'황금물고기인지, 황금거위인지 모를 보물을 구해 줬는데 그 돈이 뭐가 아깝겠어?'

6채를 구입하는 데 2억 원 가까운 금액이 들어갔다. 하지만 이들 아파트가 쓰레기라는 것을 깨닫는 데는 그리 오래 걸리지 않았다. 아파트를 구입하고 3개월 정도 지나자 세입자가 전세 만기가 되어 나간다는 연락이 왔다.

나는 주변 부동산에 이 아파트의 새로운 세입자를 구해 달라고 부탁했는데 아무리 시간이 지나도 세입자를 구하지 못했다. 결국 전세 만기가 되도록 새로운 세입자를 구하지 못하자 힘들게 돈을 긁어모아 세입자를 내보내야 했다. 그제야 깨달았다. 내가 구입한 아파트가 보물이 아니라는 것을. 황금거위는커녕 아무짝에도 쓸모없는 쓰레기를 2억 원이나 주고 샀다는 생각에 불안감과 황당함이 밀려왔다.

어렵게 새로운 세입자를 구해도 전세 가격이 오르기는커녕 제자리걸음이고 새로운 세입자를 구하기도 힘든 데다 설상가상 재산세와 수리비만 나갈 뿐 수입은 전무했다.

아파트를 소개한 브로커의 거만하고 허풍스러운 모습이 떠오르자 분통이 터졌다. 이 아파트를 사지 않으면 큰 보물을 잃는 것이라며 큰 선심을 쓰는 양 으스대던 걸 생각하면 찾아가서 주먹이라도 한 방 날리고 싶었다. 2억 원이

너무 아까웠다. 고통스러운 항암 치료를 받으며 죽을 동
살 동 번, 피 같은 돈이었다.

나는 이후에도 혼자 지방을 돌아다니며 혼자만의 정보력
에 한계를 느꼈다. 궁리 끝에 혹시 인터넷에 지방의 소형
아파트 구입을 대행해 주는 사이트가 있지 않나 검색해 봤
더니 정말 그런 카페가 있었다. 나는 부리나케 카페에 가
입하고 아파트 매입을 요청했다.

며칠 뒤 카페에서 충남 아산에 위치한 소형 아파트 매
입을 권유해왔다. 곧 삼성전자에서 공장을 증설할 예정이
라 공장만 지어지면 수많은 젊은이가 아산으로 올 테니 아
산의 소형 아파트를 사는 것이야말로 엄청난 행운을 거머
쥐는 거라고 광고 배너를 띄워 놓았다. 미래의 수익률까지
구체적으로 계산해서 보여주자 소형 아파트 구매에는 아직
초보자인 나는 무릎을 쳤다.

'유명 카페에서 투자를 권하는데 설마 사기겠어? 이거야
말로 내가 찾던 아파트야. 삼성전자에 근무할 젊은 직원들
이 소형 아파트에 몰리는 건 명약관화하니 세입자 구하는
것도 쉬울 테고, 수요가 많으면 전세가도 오를 테니 이번
에야말로 제대로 건지는군!'

나는 쾌재를 부르며 카페를 통해 1억 원에 소형 아파트 3

채를 간신히 구입했다. 워낙 욕심내며 달려드는 사람들이 많아 더 사고 싶어도 살 수가 없었다. 직접 아파트를 찾아가 보니 허름하긴 했지만 삼성전자 직원들이 나의 아파트에 들어오고 싶어 할 날이 멀지 않았다고 생각하자 뿌듯했다.

그러나 삼성전자의 공장 증설은 계획일 뿐 이후에 현실로 이뤄지지 않았다. 게다가 아파트는 시 외곽에 있어 수요가 많지 않았다. 설상가상으로 아파트 인근에 갑자기 소형 아파트 1,000여 세대가 들어서기 시작했다.

그때부터 나는 하루도 마음 편할 날이 없었다. 세입자 구하는 게 하늘의 별 따기보다 더 어렵다 보니 예전의 낮은 전세가보다 못한 낮은 월세로 외국인 노동자를 들일 수밖에 없었다. 얼마나 어처구니없는 일인가?

나는 아무것도 모르는 터라 온라인 카페를 무조건 믿었고, 예상만으로 투자한 결과 뼈아픈 실패를 낳은 것이다. 부동산중개소에 내놓아도 팔리지 않았고 전세가는 아파트를 구입한 이후 한 번도 올려 보지 못했다. 1억 원이라는 거금을 또다시 쓰레기에 쏟아부은 셈이었다.

'유명한 온라인 카페에 의지했는데 또 실패라니……'

기가 막혀 말이 나오지 않았다. 아파트를 사고 6개월 정도 시름에 젖어 있는데 온라인 카페에서 또 연락이 왔다.

"아산에 좋은 소형 아파트가 또 나온 게 있으니 빨리 투자하세요."

나는 카페에 대한 의심이 부풀 대로 부푼 터라 직접 가 보기로 했다.

'세상에⋯⋯ 아니, 이놈들이 사람을 어떻게 보고 또 사기를 치려고?'

아산시 외곽 산 밑에 지은 400여 세대의 아파트는 낡고 허름한 데다 대부분의 입주자가 노인이었다. 그런 아파트를 정말 좋은 아파트니까 빨리 구입하라고 연락하다니⋯⋯. 비로소 속았다는 것을 확실히 인정하고 카페를 탈퇴했다.

소형 아파트 투자에 번번이 실패하자 대안으로 수도권 재개발에 눈을 돌렸다. 인터넷에서 수도권 재개발 지역 또는 예상 지역을 검색하고 그 지역들을 돌아다니며 탐색을 거듭했다. 그 와중에 지인이 연락을 해 왔다.

"부천에 사는 분이 재개발 예정인 일반 주택을 소개하는데 한번 만나 볼래요?"

나는 부천이 재개발 예상 지역인 걸 알았기에 솔깃해서 만나 보겠다고 했다. 소개인은 자기 가게에서 종교 방송

TV를 시청하고 있었다. 그 이후에도 몇 차례 들렀지만 항상 종교 방송 TV를 보면서 마음을 순화하고 착하게 살기 위해 노력한다는 말을 슬쩍 흘렸다.

나는 그가 매우 양심적이고 착한 사람일 거라 지레짐작하고 소개한 주택을 겁도 없이 3억대 중반에 덜컥 구입했다. 지도를 보여 주면서 이 지역은 재개발을 할 수밖에 없고, 그렇게 되면 엄청난 수익이 날 거라는 그의 말을 액면 그대로 믿은 것이다.

집은 낡을 대로 낡았고 대문도 대로변이 아니라 좁은 골목을 한참 들어가야 있는, 그다지 좋은 조건이 아닌 주택이었다. 그러나 곧 재개발이 이뤄지면 이 금액도 싼 거라는 말을 그대로 믿고 구입한 것이다. 나는 소개해 준 사람에게 사례비로 1,000만 원 넘게 건넸다.

그러나 역시 재개발은 없었다. 막상 주택을 구입하자 소개해 준 사람은 나를 아는 척도 안 하고 데면데면하게 굴더니 어느 날 도망치듯 이사해 버렸다. 그 주택은 전세 세입자 구하는 것도 어려웠고, 전세 만기가 될 때마다 리모델링 공사를 해 줘야 겨우 새로운 세입자를 구할 수 있었다. 주택에 들어간 리모델링 공사비만 해도 수천만 원이 넘었다.

나는 스트레스가 이만저만이 아니었다. 곧 재개발된다는

기대와 달리 현실은 너무 딴판이라 정신적 피로감이 나를 짓눌렀다. 결국 큰 손해를 보고 주택을 매도할 수밖에 없었다. 빼도 박도 못 하는 현실에 쓴웃음만 나왔다. 돈을 벌기는 힘들어도 속아서 몇 억 손해 보는 건 한순간이라 수업료치곤 너무 큰 금액을 지불한 것에 너털웃음을 웃을 수밖에 없었다.

'부동산을 쉽게 알고 접근한 결과치곤 너무 큰 대가를 치렀군. 이 모든 게 사람을 쉽게 믿은 결과야. 무지해도 너무 무지했어.'

세상 사람이 다 나 같다는 순진한 마음에서 비롯된 시행착오를 연타로 겪으면서 부동산 공부보다 사람 공부를 더 많이 했다. 항암 투병을 하면서 악착같이 번 피 같은 돈을 수억 날리고 나니 원통하고 기가 막혔다. 나름대로 열심히 발로 뛰고 연구해 어느 정도 확신에 차서 벌인 일이지만 결과는 참담했다. 내 인생은 온통 실패와 좌절의 연속인가, 회의가 들었다.

그러나 이대로 물러설 순 없었다. 버린 만큼 얻은 게 있으니 포기하지 않고 재도전한다면 어느 정도 손실을 메울 수 있으리라는 희망을 버리지 않았다. 지금까지 겪어 낸 숱한 고난과 좌절, 역경을 딛고 오뚝이처럼 재기한 것은 오로지 나에 대한 믿음과 자부심, 포기를 모르는 근성과 성실함이었기에 부동산으로 성공하겠다는 결심을 더욱 공고히 다졌다. 어린 시절 연날리기를 하다 보면 연은 순풍일 때보다 역풍일 때 더욱 높이 힘차게 날아가지 않았던가. 역풍에 굴하지 않고 실을 풀어내면 언젠가는 목표한 지점, 아니 그 너머까지 연이 날아 올라가리라 믿어 의심치 않았다.

운명처럼 만난 신영직

심기일전, 마음을 고쳐먹은 다음 다시 지도를 펼쳐 놓고 전국의 대도시를 샅샅이 훑기 시작했다. 그리고 광주광역시, 호남의 구심점인 광주가 눈에 들어왔다. 광주는 아파트 가격이 저렴하고 저평가되어 있다는 말을 심심찮게 들어 온 터라 망설임 없이 광주로 향했다.

광주의 여러 지역을 검토한 결과 몇 군데가 눈에 들어왔다. 차근차근 그 지역들을 둘러보았다. 아직 아파트 전문가가 아니라 이곳저곳을 둘러보다 광주 부동산의 특성을 빨리 알아내려면 공인중개사들의 조언을 구하는 수밖에 없다는 생각이 들었다. 나는 만나는 중개사마다 질문을 쏟아냈다.

"보아하니 집을 급하게 구하는 거 같지도 않은데 뭘 이것저것 물어싼다요? 사람 바쁜데 그만 귀찮게 하고 딴 데 알아보쇼."

"혹시 압니까? 좋은 물건 있으면 살지?"

중개사들은 노골적으로 귀찮은 내색을 했지만 나는 개의치 않았다. 이번만큼은 대전이나 아산처럼 실패하면 안 된다는 절박감 때문이었다. 처음에는 2~3주 정도 광주의 여러 지역을 돌아다니면 되겠지 싶었는데 결국 두세 달 동안 광주로 출퇴근하다시피 했다. 직장 생활을 병행하다 보니 어쩔 수 없었다. 수중에 지닌 돈이 얼마 남지 않아서 그 돈으로 아파트 여러 채를 매입하기 위해 여러 군데 단지를 다니며 특징을 노트에 정리하고 집에 와서 꼼꼼히 검토했다. 그렇게 아파트를 한 채 두 채 늘려 나가기 시작했다.

나와 아파트 계약을 하는 공인중개사들은 의아해했다.

"보아하니 나이도 젊은 양반이 만날 아파트만 보러 다니고, 무신 욕심으로 여러 채 살라 그려요?"

"다 계획이 있어서 그럽니다."

개중에는 여러 번 만나다 보니 속을 털어놓으면서 내가 암 치료 중이라는 것을 알고 안쓰럽다며 더 좋은 아파트를 소개하려는 사람도 있었다. 나는 그런 중개사를 만나면 무척 고마웠다. 사람이 아프면 심신이 지치고 마음이 나약해지기 마련인 터, 누군가 옆에서 조금만 도와줘도 고마움은 배가된다. 먹는 것도 부실하고 항암 치료 부작용과 덤핑 현상으로 체력이 고갈돼 쓰러지기 일보 직전인데 나의 처지를 이해하고 도와주려는 사람을 만나면 고마워서 없는 힘이 생기기도 했다.

그러던 어느 날 아파트 계약을 마치고 공인중개사 사무실을 나오려는데 주인이 붙잡았다.

"이봐요, 박 사장! 몸은 괜찮아? 힘들지 않아요?"

"괜찮아요. 그런대로 버틸 만합니다."

"암이 여적 다 낫지도 않았담서 그렇게 무리하다 악화되면 어쩔라 그랴?"

"하하하."

나는 웃음으로 때우는 수밖에 없었다.

"근디 말요, 박 사장이 무 담시 소형 아파트를 사 쟁이려는지 모르지만 이 지역에 아파트 부자로 아주 유명한 양반이 있당게. 신영직 사장이라고, 광주에서 그 양반 이름 모르면 간첩이제. 부자도 아주 큰 부자인디, 그 양반이 아파트를 몇 채 갖고 있는 줄 아요?"

"글쎄요, 한 오십 채 정도?"

"얼래? 사램 아주 우습게 보는구마이. 그 정도면 나가

무 담시 바쁜 박 사장 붙잡고 야그허것소?"

"그럼 백 채 정도요?"

설마 하면서 좀 세게 불렀다.

"아따 박 사장! 싸나이답게 배포를 좀 크게 써 보시요! 이 양반은 아파트가 천 채가 넘는당게, 천 채! 백 채가 아니라 천 채! 광주 부동산 시장에서 신처럼 군림하는 양반이제."

"아니, 아파트를 천 채나 가진 분이 있다고요? 정말이요? 그게 가능합니까?"

"음마, 속고만 사셨소? 물론 나가 눈으로 일일이 세 보진 않았소만 광주에서 그 양반 이름 대면 쩌그 거시기, 아아파트 천 채! 뜨르르 허당게요."

나는 정수리에 번개를 맞은 듯 온몸에 전율이 왔다. 아파트를 1,000채나 소유한다는 게 현실적으로 가능하단 말인가? 그렇다면 그 사람이야말로 내가 꿈꾸던 부자, 큰 부자가 아닌가? 그 사람을 반드시 만나야 한다는 생각에 숨이 가쁠 지경이었다.

"그분 만나 뵈려면 어떻게 해야 합니까?"

"그 양반은 거시기, 아무나 함부로 만나지 않는답디어. 나가 알기로 그 양반을 개인적으로 만난 사람은 거의 없응게, 그냥 그런 사람이 있다는 것만 알고 참고허씨요."

"사장님! 저도 큰 부자가 되려고 이 짓을 하는 건데 말입니다. 제발 그분을 만날 방법을 알려 주세요. 그분을 만나비결을 전수받으면 하루라도 빨리 더 큰 성공을 거둘 수있지 않겠습니까?"

"물론 박 사장 심정은 알지만 나도 방법이 없당게요."

"그러면 그분 주소만이라도 알려 주십시오. 제가 찾아가무슨 수를 써서라도 만나도록 애써 볼게요."

"정 그렇다면 그 양반 전속으로 일하는 중개사에게 물어보것지만 주소를 안다 해도 만나는 게 쉽지 않을 텐디, 참말로 거시기허네."

며칠 뒤 그 부동산중개사가 신영직 사장의 주소를 문자로 보내 주었다.

'도대체 어떤 사람일까? 어떤 사람이기에 아파트를 천채 이상 갖고 있단 말인가? 난 지금 열 채 갖기도 힘들어이 고생을 하는데……'

나는 하루빨리 신 사장을 만나고 싶었다. 그를 만나 아파트 고르는 안목이며 부자 되는 비법을 배워야 한시라도빨리 부자가 되어 그동안 겪은 갖은 수모와 배신과 멸시에복수하지 않겠는가. 마음이 다급해서 앞뒤 가리지 않고 그

길로 신 사장의 집을 찾아 나섰다.

문자로 받은 주소지를 찾아가니 규모가 아주 큰 주택이었다. 높고 긴 담벼락과 울창한 나무에 대문에는 정말 신영직이라는 문패가 걸려 있었다.

'여기구나. 여기가 바로 신영직이라는 사람의 집이구나. 근데 어떻게 만난다?'

집 앞까지 오긴 했지만 막상 어떻게 만나야 할지 방법이 떠오르지 않았다.

'아무나 만나 주지 않는다는데 생면부지인 내가 어떤 수를 써야 만날 수 있을까?'

난감한 반면에 오기가 발동했다.

'내가 어떤 놈인데 그 양반 만나는 것을 주저한단 말인가? 나 박정수는 포기라는 걸 모르잖아. 한번 한다고 하면 반드시 하는 놈이잖아.'

지금까지 살아온 인생 자체가 온갖 굴곡과 고비의 연속이었고 그 파도를 넘고 넘어 여기까지 왔는데 겨우 사람 만나는 것에 주저하고 떤단 말인가. 스스로 주저하는 나 자신이 용납되지 않았다.

'제기랄 그냥 초인종부터 눌러 보지 뭐!'

초인종을 눌렀다. 사람 사는 집에 초인종 한 번 눌렀다고 죽기야 하겠는가? 그런데 아무 인기척이 없었다. 한참을 기다리다 또 눌렀다. 역시나 반응이 없었다. 기다리는 수밖에 없었다. 가족이라도 드나들지 않을까, 하는 기대로 무작정 기다렸다. 해가 저물어도 여전히 대문은 굳게 닫힌 채 열릴 줄 몰랐다. 오후 9시가 넘을 때까지 기다리다 지쳐서 근처 모텔로 향했다.

'내일 아침 일찍 가서 초인종을 누르면 그래도 가족들이 뭐라고 대답은 하지 않겠어? 가족이든 누구한테든 찾아온 용건 한마디 못 하고 돌아설 순 없지.'

잠이 오지 않았다. 어떻게든 신영직 사장을 만나야 한다는 절박감과 함께 처음부터 벽에 부딪혔다는 난처함에 이런저런 생각을 하다 깜박 잠들었다 깨 보니 이른 아침이었다. 나는 다시 신영직 사장 집으로 달려가 초인종을 눌렀지만 역시 기척이 없었다. 나는 무작정 대문 앞에 쭈그리고 앉아 기다렸다. 얼마나 시간이 흘렀을까.

갑자기 육중한 철 대문이 열리더니 새까만 대형 승용차가 서서히 나왔다. 나는 물끄러미 승용차를 바라보았다. 직감으로 저 차 안에 유명하다는, 광주 부동산의 신으로 군림한다는 신영직 사장이 탔을 거란 느낌이 들었다. 승용차가 시야에서 멀어져 갈 때쯤 퍼뜩 정신이 들었다.

'지금 내가 뭐하는 거지?'

아차 싶었다. 이미 쫓아가기엔 너무 멀어진 승용차를 보며 다시 기다리기로 했다.

'나갔으니 저녁땐 들어오겠지. 그때 어떻게든 말을 걸어보리라.'

생각보다 이른 오후 6시쯤 갑자기 그 승용차 나타났다. 그러나 또 차를 바라볼 뿐 아무 행동도 못 했다. 그러기를 며칠째…….

'분명히 운전기사나 가족 아니면 신영직 사장이라는 사람이 나를 봤을 거야. 며칠째 똑같은 옷을 입고 대문 앞에 죽치고 있었으니 모를 리가 없을 건데.'

며칠째 대문 앞에서 아무 행동도 취하지 못하고 그저 기다리는 나 자신이 무능하게 느껴졌다. 머리를 써야 했다. 신 사장을 만나기 위해선 적극적인 행동이 필요했다. 그래서 피켓을 만들었다.

"신영직 사장님! 제발 저를 좀 만나 주십시오!"

큰 종이에 빨간색 매직펜으로 써서 들고 집 앞에 계속 서 있기로 했다. 어차피 대문 옆 담벼락에 CCTV가 있으니 모니터를 통해 나의 모습을 보고 있을 것이라는 희망을 안고. 몸이 힘들어 앉고 싶었지만 앉아 있으면 신영직 사장의 마음이 흔들리지 않을 거 같아서 계속 서 있기로 했다. 역시나 대문이 열리기는커녕 초인종에 달린 스피커폰조차 잠잠했다. 그래도 난 포기하지 않았다.

다음 날 승용차가 나오자 나는 피켓을 흔들며 승용차를 가로막고 큰 소리로 외쳤다.

"신영직 사장님! 제발 저를 한 번만 만나 주십시오. 부탁입니다. 한 번만……."

고래고래 소리를 질렀지만 일언반구 반응 없이 차는 후진해서 나를 피해 미끄러져 갔다.

그렇게 무려 일주일이 지났다. 보통은 진작에 포기했을 테지만 나는 오기가 발동해 끝장을 보겠다는 심정으로 계속 대문 앞에 진을 친 채 피켓을 가슴에 끌어안고 신 사장을 만나는 상상을 하며 힘든 시간을 버텼다.

'좋아, 신영직 사장! 분명 내가 일주일 넘게 당신 집 앞에 서 있다는 걸 뻔히 알면서도 만나 주지 않는단 말이지. 나도 오기가 있다는 걸 보여 주겠소. 누가 이기나 해 봅시다. 당신이 나를 만나 주는 날까지 당신 집 앞에 서 있을 테니.'

그만큼 신영직 사장이 아파트를 1,000채나 보유한 비법이 궁금했다. 수많은 실패를 거듭했기에 더욱 절실하고 절박했다. 더 이상 실패할 자금도 없을뿐더러 그의 결정적

한마디가 아니면 앞으로도 시행착오는 계속될 거라는 생각이 나를 독하게 만들었다. 어떻게든 만나야 한다는 절체절명의 급박함이 끈기를 부추기는 원동력이 되었다.

매주 월요일은 서울 회사의 아침 미팅에 참석해야 하기에 월요일만 빼고 화요일부터 일요일까지 계속 그 집 대문 앞을 지켰다. 우편함에 편지도 써서 넣었다. 매주 세 통 정도씩 계속 우편함에 넣었다. 분명히 읽었을 것이다. 그런데도 반응은 전무했다.

3주가 지나고 4주째, 한 달이 가까운데도 나와 신영직 사장과의 싸움은 끝나지 않았다. 그 한 달 동안 보험 실적은 거의 제로였다. 신 사장의 대문 앞을 지키느라 실적을 올릴 수가 없었다. 그러나 실적이 중요한 게 아니었다. 오직 '부동산의 신'으로 불리는 신 사장을 만나야 한다는 사실 외에는 머릿속에 아무것도 없었다.

끈기와 근성의 승리

그 뒤로 또 일주일이 지났다. 승용차가 나올 때마다 악에 받친 듯 큰 소리로 외치며 피켓을 흔들었다.

"사장님, 제발 저를 한 번만 만나 주십쇼! 한 번만! 한 번만 부탁드립니다!"

외치고 또 외치는 한편 대문 앞에서 CCTV를 통해 보란 듯 피켓을 흔들며 서 있었고 여전히 편지를 우편함에 넣었다. 나는 똑같은 행동을 반복하면서 서서히 지쳐 갔다. 아무리 오기로 버틴다지만 체력의 한계가 있었고, 무엇보다 절망감과 실망감으로 무너지기 시작했다. 하루에도 수십 번 체념과 포기, 끈기와 근성 사이를 오가며 울부짖다시피, 아니 신음하듯이 중얼거렸다.

'사장님, 한 번만……. 한 번만 만나 주……. 이렇게 부

탁……. 더 견딜 힘이 남지…….'

나는 대문 옆 담벼락에 기대앉은 채 울음 섞인 목소리로 중얼거렸다. 하늘이 노랗고 금세라도 고꾸라질 것처럼 온몸에 힘이 빠졌다. 불규칙한 식사와 스트레스로 속이 메슥거리고 헛구역질을 계속하다 보니 눈앞이 희미했다. 이대로 포기해야 하는가…….

그때 삐그덕 소리와 함께 대문 열리는 소리가 들려왔다. 몸을 일으키려니 다리가 후들거리며 휘청했다. 그래도 누군지 확인해야 할 것 같아 담벼락을 짚고 겨우 일어나는데 대문을 열고 나온 사람은 바로 초로의 신사, 직감으로 그가 신영직 사장이란 걸 알아차렸다.

기적이라고밖에 달리 표현할 말이 떠오르지 않았다. 그토록 만나길 고대한 '부동산의 신' 신영직 사장이 눈앞에 서 있지 않은가. 꿈인지 생시인지 분간이 가지 않아 허벅지를 꼬집어 보았다.

"당신이 내게 계속 편지를 보낸 박정수라는 사람인가?"

정확히 한 달하고도 보름이 지난 그날, 대문을 열고 스스로 걸어 나온 신영직 사장. 시간이 흐를수록 절망으로 기울어 설마 만날 수 있을까, 반쯤 포기한 채 허깨비처럼 비쩍 마른 몸으로 자리를 지키며 기다렸던 그가 막상 눈앞에 나타나자 야속함과 서운함은 온데간데없고 그저 반가운 마음뿐이었다.

"그, 그렇습니다."

"여기 서 있은 지 며칠 됐나?"

"한 달하고 보름입니다."

나는 울컥해서 말을 잇지 못했다.

"대단하군. 들어가서 이야기하세. 박정수 씨도 내게 하고 싶은 얘기가 많은 거 같은데."

마침내 신영직 사장의 집 문턱을 넘었다.

신 사장은 거실 소파에 앉자마자 다짜고짜 물었다.

"대체 왜 내 집 앞에서 한 달 반 동안 날 만나려 했소?"

나는 그때까지 살아온 과정을 가감 없이 털어놓았다. 그는 듣는 둥 마는 둥 하는 거 같다가도 어느 때는 고개를 끄덕였고 메모도 했다. 꼭 큰 부자가 되고 싶다는 말로 이야기를 마쳤다.

"당신 이야기를 들어 보니 참 파란만장하게 살았구먼. 근데 여태까지 날 만나고 싶어 하는 사람은 많았지만 사흘 이상 기다린 사람은 없었소. 당신처럼 한 달 반 동안 죽치고 기다린 사람은 처음이오. 하하하. 그러니까 당신은 부자가 되는 노하우를 듣고 싶다 그거요?"

"그렇습니다. 정말로 꼭 들어 보고 싶으니 제발 알려 주십시오."

"오케이, 알려 주지. 대신 알려 주는 시간은 삼십 분! 수업료는 이백만 원이야. 지금 바로 돈을 찾아오겠소?"

수업료라는 말에 잠시 멍했다가 바로 알겠다고 대답했다. 기뻐서 미칠 지경이었다. 그간의 많은 실패와 좌절, 45일의 기다림을 오늘 모두 보상받는다는 생각에 눈물까지 났다. 수업료 200만 원이 아니라 1,000만 원도 아깝지 않았다. 단숨에 은행 현금인출기까지 뛰어갔다 오니 그는 비서와 대화를 나누고 있었다. 나를 바라보는 비서의 눈빛이 어쩐지 싸늘했다. 한동안 침묵이 흐르더니 신 사장이 무겁게 말문을 열었다.

"박정수 씨! 비서가 원래 내 오랜 친구거든. 근데 당신에게 우리의 비결을 알려 주지 않는 게 좋겠다니……."

"예? 좀 전에 알려 주신다고 하셨잖습니까?"

"그랬지! 비서는 절대 말하지 말라지만 자네가 내 집 앞에서 오랫동안 기다린 정신 자세를 높이 사는 바요. 그런 사람을 매몰차게 내칠 수는 없잖겠소?"

"사장님, 진심으로 감사합니다. 정말 고맙습니다. 여기 이백만 원 찾아왔으니 받아 주십시오."

그가 행여나 마음이 바뀔세라 조마조마하고 심장이 뛰어서 견딜 수가 없었다. 일각이 여삼추처럼 느껴졌다. 그가 드디어 입을 열었다.

"박정수 씨! 먼저 부자가 되는 가장 중요한 포인트는 지금 하는 일에서 최고가 되는 거야. 자기 분야에서 최고도 못 되면서 부동산으로 부자가 되겠다, 어디에 투자해서 이득을 취하겠다, 이건 사기꾼 심보야. 자기 일에 미친 듯이 도전하고 그 속에서 최고가 된 모습을 만끽한 사람만 부자 될 자질이 있단 말이지. 그런 면에서 박정수 씨가 지금까지 살아오며 겪은 여러 사건과 거기에 대처한 처세를 보면 부자가 될 자질이 충분하다고 생각하오."

"감사합니다."

나는 머리를 조아렸다. 굴곡지고 사연 많은 나의 희로애락을 진심으로 이해하고 인정해 주는 그의 말에 모든 설움이 눈 녹듯 사라지는 것 같았다.

"나도 처음에는 부동산을 잘 몰라서 실패한 경험이 많소. 앞에서 끌어 주는 스승 같은 존재가 없었으니까……. 돌이켜 생각해 보면 부자가 되는 데 가장 중요한 것은 옆에 스승이 있느냐 없느냐요."

"호오…… 그렇군요."

머릿속에 형광등이라도 켠 듯 환해지는 느낌이었다.

"매매가와 전세가의 차이가 아주 적은 아파트는 전세 만기가 되면 전세가가 오를 거야. 그 오른 전세가로 뭘 하고 싶은가? 다른 데 투자하지 말고 지금까지 투자한 방식대로 아파트를 또 사게. 그렇게 해서 기하급수적으로 늘리는 걸세, 알겠나? 아파트 채수를 하루라도 빨리 늘릴 생각을 하게. 그게 부자 되는 지름길일세. 아파트 늘어나는 속도를 보면 자네의 심장도 떨릴 걸세! 그게 바로 내가 부자가 된 방법이야."

나는 설명을 들으며 내내 무릎을 쳤다. 벌써 반쯤은 내가 꿈꾸던 부자가 된 것 같아 기쁨이 온몸으로 전해졌다.

"단, 박정수 씨의 돈으로 부자가 되는 게 아니라는 걸 명심하게! 무슨 뜻인지 알겠나? 기존의 아파트 전세 상승분으로 또 다른 아파트를 사서 채수를 늘리는 것! 거대한 부자들은 절대 자기 돈 갖고 부자가 되는 게 아니라 남의 돈으로 부자가 된다는 것을 절대 잊지 말게. 또 한 가지, 하루라도 빨리 큰 부자가 되고 싶다면 박정수 씨가 받을 수 있는 대출을 최대한 받게."

"대출을 최대한 받으라고요? 대출받는 건 저로선 내키지 않는데요?"

"맞아. 대부분은 대출을 무서워하고 대출을 받아도 빨리 갚으려고만 하지. 바로 거기에 부자와 가난한 사람의 차이가 있는 거야. 대출을 최대한 받아서 그것으로 아파트를 사게. 그리고 거기에서 나오는 전세 상승분으로 대출 이자를 갚아 나가면 되는 거야. 대출 이자보다 수백 배 더 높은 소득이 생기는데 왜 대출을 꺼리지? 제발 가난한 사람들의 생각에서 벗어나게. 대출받으면 이자만 내고 원금은 갚지 마, 알겠나? 절대로 원금은 회수하지 말라고! 대출 원금을 갚으면 아파트를 더 매입할 수 있는 기회를 잃는 거니까 원금은 갚지 말고 이자만 갚게. 어때, 자네도 대출을 최대한 많이 받아서 내년까지 아파트 백 채 정도 만들어 보지 그러나? 하하하."

"백 채요? 지금 백 채라고 그러셨습니까?"

"그래, 백 채!"

"아니, 선생님! 제가 어떻게 그렇게 많은 아파트를 매입할 수 있습니까? 그건 불가능해요. 그게 말이 됩니까?"

"거봐, 박정수 씨는 아직도 가난한 자들의 생각에 사로잡혀 있어. 왜 자네가 먼저 할 수 없다, 못 한다! 단정 짓나? 무조건 해낸다, 할 수 있다고 생각해야지. 내가 말했잖나? 대출을 최대한 많이 받으라고! 그 돈으로 광주를 비롯한 지방에서 내가 말한 조건에 맞는 아파트를 미친 듯이 사. 현재 광주와 지방은 천만 원 이내에서도 살 수 있는 아파트가 지천에 널려 있어. 얼마나 행복한 일인가? 대출을 최대한 받아서 아파트를 산다면 아마 수십 채는 살 수 있을 거야. 지금 박정수 씨가 갖고 있는 아파트가 이십 채 정도 된다며? 지금 하는 보험 일에서 최고가 되어 수억 원을 벌면 그 돈으로 또 몇 십 채 살 수 있잖은가, 안 그래? 내가 볼 때는 내년 말까지 백 채도 가능할 거 같은데?"

"아니, 선생님! 대출로 몇 십 채 사고, 제가 지금 가지고 있는 게 이십 채고, 또 제가 미친 듯이 일해서 몇 억 번다 해도 그것 갖고 이십 채에서 삼십 채 정도 사 봐야 오륙십 채밖에 안 될 텐데요?"

"당신, 바보 아냐? 당신이 갖고 있는 아파트는 가만히 있나? 전세가가 오르면 그 전세가로 아파트를 또 살 수 있잖은가, 안 그래? 그리고 말야, 당신의 소원, 즉 내년까지 아파트 백 채를 만들겠다는 소원이 간절하면, 그 소원을 계속 빌고 또 빌고 외쳐 봐. 하늘에서 도와주게 돼 있어. 마음속으로 간절하면 당신의 수입이 갑자기 크게 증가하든지, 아니면 전세 만기가 되기 전에 세입자들이 발령 났다고 당신 아파트에서 나가는 일이 생길 거야. 그러면 다시 전세를 올려서 오른 금액으로 아파트 백 채를 만들 수 있다는 계산이 나와. 자! 나와 약속하게! 내년까지 아파트 백 채를 만들겠다고! 지금은 지방에 투자하기에 아주 좋은 시기야. 적기라고! 나도 아파트에 수년 동안 투자했지만 이렇게 좋은 시기는 없었어."

"정말입니까? 지금이 좋은 시기입니까?"

"그래, 지금이 최고 좋은 시기야! 대신 아파트 백 채를 만들면 거기서 나오는 금액으로 서울과 수도권에 아파트를 사게. 지금은 서울과 수도권의 아파트 가격이 너무 올라서 사려면 돈이 많이 들지만 장담컨대 곧 서울과 수도권 아파트에 조정 시기가 올 거야. 그때 미친 듯이 사게, 알겠나?"

"서울과 수도권의 아파트도 사야 됩니까?"

"물론이지. 지방과 수도권은 서로 흐름이 다르기 때문에 꼭 수도권에 아파트를 사야 하네. 수도권이 크게 오르면 지방은 적게 오르고, 수도권이 침체기면 지방은 미친 듯이 오르는 습성이 있어. 그러니 아파트 백 채를 이루고 나면 거기서 나오는 금액으로 꼭 수도권 아파트를 구입하게."

"알겠습니다, 선생님!"

"자, 이제 결론을 내지. 이천십일년까지 아파트 백 채, 가능하겠지? 무조건 백 채를 만들게. 무조건이야! 여타의

핑계는 필요 없어. 죽도록 일하게. 그렇게 해서 수입을 최대한 늘리고 대출을 최대한 받고, 알겠나?"

"예, 선생님, 알겠습니다."

"또 한 가지 명심하게. 최단 시간에 거부가 되는 방법은 첫 번째, 자기 옆에 스승을 둬라. 두 번째, 자기가 하는 일에서 최고가 되어 몸값을 최고로 올려라. 세 번째, 대출을 최대한 받아라. 이 세 가지는 무조건 외워. 오늘의 내 말은 그 어떤 스승도 해 줄 수 없는 아주 귀중한 조언일세. 무조건 내 말대로 하게."

"꼭, 반드시 그렇게 하겠습니다."

"이제 삼십 분 지났네. 그만 가 봐! 내가 해 줄 말은 다 했어."

"다음에 또 뵈러 와도 될까요? 감사한 마음의 표현도 꼭 하고 싶습니다."

"아냐! 오지 마. 이게 당신과 처음이자 마지막이야. 나 같은 부자들은 사람 만나는 걸 별로 좋아하지 않아! 오늘 박정수 씨가 나를 만난 건 하늘이 주신 최고의 선물이라고 생각하게!"

비장한 심정으로 그 집을 나왔다. 이제 뭔가 알 것 같았다. 부자가 되기 위해서는 자기 일에서 최고가 돼야 하고,

남의 돈으로 엄청난 부자가 될 수 있다는 사실! 그리고 대출을 최대한 받으라는 것! 이 세 가지를 가슴 깊이 새기면서 들뜬 마음을 안고 서울로 돌아왔다. 신영직 사장의 말을 실행에 옮기려면 당장 할 일이 많았다. 비로소 직장 일에 소홀했다는 자책감이 들었다. 회사에서 최고가 되려면 미뤄 둔 일부터 해결해야 했다.

장장 45일간 문지기처럼 지키고 서서 속앓이를 한, 사연 많은 신 사장의 대문과 담벼락을 한동안 바라보며 생각했다.

'나폴레옹은 승리는 가장 끈기 있는 자에게 돌아가는 법이라고 말했지. 나의 뚝심과 근성이 결실을 맺었군. 그러나 이제부터 시작이야! 머뭇거릴 시간이 없어!'

진정한 승리의 기쁨을 맛보려면 갈 길이 멀다는 조급함과 함께 마법의 성에서 비장의 보검을 쟁취한 개선장군의 심정으로 서울을 향하는 발걸음이 날아갈 듯 가벼웠다.

부동산 자산가의 반열(班列)

　서울에 올라오자마자 은행에 들러 대출을 알아보고 내가 사는 아파트의 담보 대출, 신용 대출, 그동안 들어 둔 보험의 약관 대출을 모두 받아 끌어 모으니 3억 5천만 원가량 되었다. 그 돈으로 광주의 아파트를 나오는 족족 사들였다. 또 광주에 전속 중개사를 몇 명 두고 좋은 아파트가 나오면 바로 연락해서 즉시 계약하게 했다. 내게 먼저 아파트를 소개하는 만큼 중개수수료도 두둑이 지불했다. 아파트를 늘리는 것만큼이나 좋은 아파트를 구입하는 게 관건이라 그들의 도움이 절실했다.

　그리고 신영직 사장 말대로 회사에서 미친 듯이 일했다. 주변 동료들이 감히 따라올 수 없을 만큼 엄청난 양의 일을 했다.

'내년 말까지 오직 아파트 백 채가 목표야! 신영직 사장의 말대로 하면 못 이룰 것도 없지. 무조건 해보자.'

나는 끊임없이 자기 암시를 했다.

직장 일에 미친 듯이 열중한 덕에 2010년에 P&P에서 실적 1위로 마감하였고, 그 이후 2011년 시작부터도 1위 자리를 놓치지 않았다. 2위와 격차도 매우 크게 벌어졌다. 무조건 아파트 100채 목표를 이루고 말겠다는 강한 의지 때문에 직장에서도 최고가 되지 않고는 직성이 풀리지 않았다. 연봉 3억 원을 5억 원으로 늘리고 싶었고, 그렇게 모은 돈은 모두 광주의 아파트 매입에 투자했다.

거의 실성한 것처럼 아파트를 사들여 나의 아파트 챗수가 50채, 60채로 늘어나자 주변에서 거세게 만류했다.

"박 에프피, 지방에 아파트를 사면 곧 폭락할 거야. 조심해! 뭐에 씌었어? 왜 그렇게 경제 상황도 무시하고 아파트를 사들여? 그러다 나중에 서울역 앞에서 거지꼴로 구걸할래? 좋게 말할 때 이쯤에서 그만둬!"

"보아하니 정수 씨 전 재산 털어서 아파트를 사는 것 같은데 그러다 파산한다! 쫄딱 망한다고! 아파트를 사는 것도 정도껏 해야지. 참 걱정이네. 하고많은 재테크 중에 왜 하필 아파트에 꽂혔나?"

어느 한 사람 칭찬하거나 응원하는 이가 없었다. 신영직 사장에 대한 무한한 신뢰만이 나를 전진하게 했다.

'당신들이 뭘 알아? 당신들이나 살던 대로 살아. 나는 내 갈 길을 갈 테니까.'

내가 지인들의 조언은 안중에도 없다는 듯 계속 아파트를 사들이자 애정을 넘어 이제 비아냥대며 조롱을 퍼부었다. 특히 선배나 친구들의 비난이 더 거셌다.

"깡그리 들어먹어야 정신을 차리겠군. 망해도 절대 나 찾지 마라! 고집도 더럽게 센 놈!"

"하긴 네 인생이지, 내 인생이냐? 그래도 친구랍시고 쫄딱 망해 먹는 꼴은 보고 싶지 않았는데, 널 무슨 수로 구제하겠냐? 에잉!"

그들은 술자리에서 나를 안주 삼아 신나게 씹어 댔다.

"언제 파산 신청을 하는지 내기하자!"

"콜! 뭐 내기할까?"

"강남 룸살롱 가서 거하게 한잔 쏘기!"

"오케이! 그 자식 신의 직장이라는 공기업 그만둘 때부터 알아봤어야 했는데. 야, 그 녀석 혹시 보험회사에서 잘린 충격으로 정신이 어떻게 된 거 아냐?"

"글쎄, 확실한 건 모르지만 정신이상이면 지금 보험회사에서 제대로 근무하겠냐? 또 잘려도 진작 잘렸지. 하하하."

"그런가? 암튼 도무지 알다가도 모를 놈이야!"

이런 친구들의 말에 전혀 개의치 않았다. 오직 신영직 사장과 약속한 대로 아파트 100채의 소원을 이루고야 말겠다는 일념뿐이었다. 그래서 집 안과 차, 사무실 책상 칸막이에 큰 글씨로 써 붙였다.

"2011년 박정수는 무조건 아파트 100채를 사고야 만다."

그리고 틈날 때마다 계속 큰 소리로 외쳐 댔다. 남들이 놀리든 말든 괘념치 않고 중얼거렸다. 혼자 있을 때는 큰 소리로 외쳤다. 밥 먹을 때도, 잠잘 때도, 걸어 다닐 때도, 고객을 만나는 와중에도 '아파트 백 채를 이루고야 말겠다' 고 외치고 또 외쳤다.

회사에선 여전히 수많은 고객을 모아 놓고 강의 위주로 보험 영업을 했기 때문에 일의 효율을 높일 수 있었고, 그로 인해 수입은 점점 늘어났다. 지방에서 공인중개사들이 좋은 아파트가 나왔다고 연락하면 가 보지도 않고 계약금만 보냈다. 아파트를 보고 올 시간조차 아깝고, 또 그동안 공인중개사들과 신뢰가 워낙 두터워져서 굳이 없는 시간 쪼개 가며 지방까지 다녀올 필요가 없었다.

평상시 미친 듯이 중얼거리고 다닌 덕분인지, 2011년에 아파트 100채를 만들겠다는 강한 의지 덕분인지, 내가 소유한 아파트의 전세입자들이 갑자기 다른 곳으로 옮길 수밖에 없는 사정이 생겼다는 연락이 자주 왔다. 참 신기한 노릇이었다.

투철한 목표를 세우기 전까지만 해도 전세입자들이 만기 전에 옮기는 경우가 많지 않았는데 잇달아 세입자들이 전근이나 이직으로 옮길 수밖에 없다는 연락이 오면 내심 기뻐서 춤이라도 추고 싶은 심정이었다. 세입자들이 나가면 새로운 세입자가 들어오면서 오른 전세가로 다른 아파트를 구입할 수 있기 때문이었다. 금상첨화로 지방의 아파트 매매가와 전세가가 폭등하면서 더 탄력을 받았고, 덕분에 아파트 매입하는 데 가속도가 붙었다.

결국 2011년 12월 말, 기어이 아파트 100채를 이루었다. 불가능해 보인 아파트 100채. 기적처럼 아파트 100채 소유가 현실이 된 순간 나는 비로소 스스로를 칭찬했다.

'장하다, 정수야. 기특해. 기어이 목표를 이뤘구나. 불가능할 것만 같은 일이 현실이 됐어. 이게 다 네가 앞만 바라보고 부지런히 달려온 덕분이다.'

소문은 빠르게 퍼졌다. 내가 드디어 아파트 100채를 소유했다는 소식을 들은 지인들이 비로소 입을 다물었다. 개중에는 찾아와서 안색을 바꾸고 부탁했다.

"정수야, 대체 비결이 뭐야? 어떻게 하면 너처럼 아파트를 무려 백 채나 살 수 있어? 내가 알기론 네 재산이 그렇게 많지도 않은데? 난 다섯 채만 있어도 소원이 없겠다. 우리의 우정을 생각해서 비결 좀 알려 줘라."

"그땐 말이 백 채지, 현실적으로 불가능한 얘길 하니까 정신 차리라고 친구 된 도리로 말했던 거고, 혹시 섭섭했다면 진심으로 사과한다. 미안해. 지난 일은 다 잊고 나도 아파트 좀 매입하게 방법 좀 알려 주면 안 되겠냐?"

그들의 말대로 지나간 일은 묻은 채 알고 있는 모든 비결을 성의껏 설명해 주었다. 그러나 정작 실행에 옮긴 사람은 한 명도 없었다. 혹시나 잘못되면 있는 재산마저 날릴지도 모른다는 두려움 때문이었다.

그러는 사이 나와 지인들의 재산은 비교할 수 없을 정도로 격차가 벌어졌다. 그중에는 월급도 제때 못 받는 친구도 있었고, 적은 월급을 쪼개 가며 근근이 사는 이도 있었는데 점차 연락이 뜸하더니 완전히 소식이 끊어졌다.

'그들은 지금 어디서 뭘 하고 있을까?'

이따금 나를 만류하던 그들을 떠올리며 흔들리지 않고 목표를 향해 달려온 나 자신이 기특했다. 목표에 도달하는 확실한 방법은 목표 너머의 더 원대한 목표를 향해 나아가는 것이다. 아파트 100채라는 목표를 이루었지만 아직 헛헛하고 배가 고팠다. 목표를 이루었을 때 오는 감정이라기보다 더 원대한 꿈을 향한 재도전이랄까.

'기회는 자주 오지 않아. 기회다 싶을 때 낚아채서 그것을 바탕으로 비상할 때 더 크고 넓은 바다로 나갈 수 있어. 여기서 멈출 순 없단 말이지.'

어찌됐건 아파트 100채의 꿈을 이룬 데 대해 세상에서 유일하게 내 편인 가족들에게 축하받고 싶었다. 그래서 어머니와 여동생, 아내와 함께 생애 최초로 전주에서 가장 비싼 한우식당에 갔다. 그 자리에 함께하지 못한 아버지 생각이 간절했다. 어린 시절엔 외식이라고 해 봐야 겨우 삼겹살 아니면 돼지갈비, 그것도 가뭄에 콩 나듯 한 번뿐이었는데, 이제 얼마든지 비싼 한우를 먹을 수 있는 형편이 됐지만 아버지는 안 계셨다.

"너그 아부지가 살아 계셨으면 얼매나 좋아하셨으까잉?"

"그거야 두말해서 뭐합니까? 아마 아버지도 하늘에서 다 보고 계실 겁니다. 어머니, 좋은 날에 울지 마시고 고기 타기 전에 얼른 드세요. 맛이 괜찮죠?"

"오빠, 확실히 한우라 그런지 입에서 살살 녹네. 오빠 덕
분에 이렇게 맛있는 고기는 처음 먹어."

"앞으로 자주 사 줄 테니까 걱정 말고 많이 먹어!"

"아가, 넌 어째 안 먹냐? 음석 깨작거리면 복 달아난다.
고기 안 좋아허냐?"

온 식구가 빙 둘러앉아 즐겁게 먹는 내내 아내는 입을 떼
기는커녕 고기도 먹는 둥 마는 둥 이방인처럼 굴었다.

그런 아내가 못마땅하여 한마디 했다.

"집사람은 속이 안 좋은가 봅니다. 그럼 고기 말고 냉면
시켜 줄까? 물냉면 육수라도 마시면 좀 낫지 않겠어?"

아내가 나를 흘깃 쳐다보더니 젓가락을 내려놓고 말없이
핸드백을 챙겨 일어섰다.

"어머니랑 아가씨, 맛있게 많이 드세요. 전 속이 좀 안
좋아서 먼저 들어갈게요. 죄송해요."

아내는 말릴 새도 없이 순식간에 식당 밖으로 사라졌다.

"쟈가 왜 저런다냐? 너그들 싸웠냐? 아무리 싸웠기로소
니 온 식구가 모처럼 외식허는디 얼굴은 죽상이 돼 갖고
암 말도 않고 있다가 포르르 가 버리는 건 뭔 버르장머리
여? 지가 시집와서 이날 이때꺼정 헌 게 뭐 있다고! 넘들

은 풍덩풍덩 잘도 낳는 애를 낳길 했어? 말을 안 해서 글
제, 너그 아부지가 돌아가실 때까정 얼매나 속을 끓이셨
능가 너그들은 모른다. 입이 열 개라도 할 말이 없는 인사
가……. 시에미가 참고 가만히 있응게 가마니로 보이는겨
뭐여? 첨부터 너그 아부지가 저런 인사를 점찍은 것부텀
잘못이여. 쯧쯧!"

"엄만 괜히 돌아가신 아버지는 왜 들춘대? 새언니 성격
이 첨부터 그렇게 싹싹하진 않았네. 이제사 말이야 바른말
이제, 그리고 애 문제도……."

"은영아, 입 다물지 못해? 고기 다 탄다. 고기나 구워.
어머니, 저 사람 성격이 원래 저래요. 싸운 거 아니니까 신
경 쓰지 마시고 얼른 고기 드세요. 여기요! 여기 꽃등심 이
인분 추가요!"

아내가 모처럼 온 가족이 모인 자리에서까지 본색을 드
러낸 것이 영 거슬렸지만 어머니 앞이라 꾹 참았다.

다음 날 아버지 산소에 가서 아파트 등기 서류들을 펼쳐
놓고 막걸리를 따라 놓은 뒤 큰절을 올렸다.

'아버지, 제가 드디어 아파트를 백 채나 소유한 부자가
됐습니다. 아버님 생전에 성공했더라면 호강 많이 시켜 드

렸을 텐데 저의 불효를 용서해 주십시오.'

회한에 젖어 먼 하늘을 올려다보았다. 돈, 명예, 지위도 중요하지만 가장 중요한 것은 인간 된 도리라며 인품과 됨됨이를 강조한 아버지. 엄격함을 가장한 속정 깊은 자식 사랑. 고집과 자기주장이 강한 만큼 눈물도 많은 아버지. 불의와 타협하지 못하고 세상에 대한 분노를 술로 삭인 아버지.

'제가 아파트 백 채 소유한 것을 성공이라고 말씀드리는 게 마땅치 않으시죠? 압니다. 아버지께서 지금 무슨 말씀을 하시고 싶은지……. 지켜봐 주십시오. 아버지께서 제게 평생 강조하신 그 말씀……. 머잖아 반드시 실천하겠습니다. 약속드릴게요. 이 아파트 등기 서류들이 약속의 증거입니다. 이제야 고백하지만 아버지는 제 인생의 훌륭한 멘토이십니다. 고맙습니다. 존경합니다. 그리고 사랑합니다.'

노루 꼬리처럼 짧은 겨울 해가 서산에 질 무렵 아버지께 따라 드리고 남은 막걸리 한 사발을 쭉 들이켜고 허우룩한 마음으로 선산을 내려왔다.

두 번째 해고

2011년 초, 새해에도 다부진 각오로 열심히 일하자고 다짐했다. 주변 동료들이 일이 안 풀려 힘들어하는 모습을 보면 남의 일 같지 않아서 조언을 아끼지 않으며 더불어 잘해 보자고 격려도 아끼지 않았다.

"박 에프피 말대로 하니까 정말 고객들이 기뻐하시더군. 고마워. 이 은혜 잊지 않을게."

"고객을 대하는 박 에프피의 정성을 따라갈 순 없지만 비슷하게나마 흉내 내니까 역시 반응이 좋아. 박 에프피는 천성적으로 타고난 보험설계사 같아. 부럽기도 하고, 뭐랄까…… 암튼 고맙네."

평상시 아버지의 가르침대로 혼자만 잘해서 돋보이기보다 조직의 일원으로 모두 함께 다 같이 잘되길 바라는 마음이라 고맙다는 인사를 들어도 동요하지 않았다. 서로 끌어 주고 밀어 주며 회사의 발전이 개인의 발전이라는 마음으로 맡은 바 최선을 다하면 된다고 믿었다.

그런데 그해 늦여름부터 사내에 불길한 소문이 돌기 시작했다. 수익이 별로 없고 적자가 커서 회사를 청산할지 모른다는 것이었다. 내겐 청천벽력 같은 소리였다.

'무슨 말도 안 되는 소리야? 설립한 지 일 년 반밖에 안됐는데…….'

설마 했는데 시간이 지나면서 소문은 기정사실화됐다. 설립 1년 반 만에 수익이 발생하지 않았다는 이유로 2011년 말 청산을 결정하더니 일사천리로 정리 작업이 단행됐다. P&P에 근무한 설계사는 모두 A보험사에 흡수된다고 했다. 내심 기뻤다. 충성을 다한 회사, 억울하게 해고당한 A보험사에 다시 입사한다니 무엇보다 고객들을 다시 예전처럼 돌봐 드릴 수 있어 마음이 설레였다. 그런데 막상 뚜껑을 열고 보니 그 많은 직원 가운데 유일하게 나만 A보험사 입사가 거부됐다는 통보를 받았다. 내 귀를 의심했다.

'왜 나만? 피앤피에서 챔피언을 했고, 누구보다 회사 발전을 위해 최선을 다했는데……. 더구나 동료들을 위해 조인트 워크(joint work)도 같이 나가고 세션(session)도 해 주곤

했는데 왜 나만 안 된다는 거지?'

도무지 납득이 되지 않아 회사 중역에게 조심스럽게 이유를 물었다.

"회사 방침이 그렇게 정해졌다니 나로서도 어쩔 수 없네."

"부장님, 이유라도 알고 싶습니다. 왜, 왜 저만 입사가 안 된다는 겁니까?"

"흐음, 내가 듣기로 자네가 에이보험사에서 해고된 게 재입사 거부 사유라더군."

기가 차고 환장할 노릇이었다. 이미 한 번의 해고로 죄라면 죗값을 치렀는데, 연좌제도 아니고 평생 꼬리표를 달고 살라는 말인가. 정상 참작도 없이 무조건 재입사 거부라니……. 나태하고 실적이 좋지 않던 설계사들도 다 A보험사에 편입되는데 가장 열심히 일해 챔피언까지 한 나만 제외된다니 분통이 터질 노릇이었다.

'피앤피에서 나를 통해 보험 가입한 고객이 백오십 명이 넘는데 그들은 앞으로 누가 관리하나? 참 면목 없게 됐군. 죄인에게도 한 번쯤은 관용의 기회를 주는 게 인지상정이거늘 어떻게 이럴 수가 있지? 한 번은 그렇다 치자. 근데 또 나만 영원히 아웃이라……. 불공평을 넘어 배신의 결정판이군. 허허.'

쓰라린 속내를 감춘 채 회사 측에 협상안을 제시해 보고 부탁도 해 봤지만 소용없었다. 울화가 치밀었다. 회사 측 답변이 너무나 옹졸하고 추잡해 더 이상 말이 나오지 않았다.

'그래, 좋다. 현실을 받아들이자. 억울하다고 소리치면 뭐하겠는가? 다시 일어나자. 박정수가 시련에 굴복하고 무너질 것 같냐? 두고 보자. 반드시 후회할 날이 오게 만들어 주마.'

이를 악물었다. 치밀어 오르는 분노와 항변 대신 현실을 깨끗이 인정하고 받아들이기로 했다. 나를 믿고 보험을 가입한 소중한 인연들, 고객들이 마음에 걸렸지만 속수무책인 현실에서 어쩔 도리가 없었다. 나는 다짐에 다짐을 거듭했다.

'멋지게 성공해서 에이보험사에 반드시 복수한다. 시련은 항상 내게 한 걸음 더 도약하는 계기가 되었지. 이제 또 한 번 도약할 때가 왔어. 그동안 내 분야에서 최고가 되기 위해 노력한 만큼 후회는 없다! 보험에 젊음을 바친 만큼 미련 없이 떠나자. 내게 주어질 다른 일을 찾아서……'

생각을 바꾸자 억울할 것도, 분할 것도 없었다. 나는 이제 과거와 달리 환경에 지배당하고 흔들리는 사람이 아니라 어떤 곤경에 처해도 당당하고 굳세게 현실을 헤쳐 나갈 자신이 생겼다.

더구나 이미 부동산 수입이 어마어마해서 먹고살 걱정도 없었다. 부동산 수입, 가만히 있어도 끊임없이 들어오는 수입이 노동으로 얻는 수입보다 훨씬 많았기 때문에 또 해고당했다는 수치와 모욕감만 아니라면 회사에 미련은 없었다. 그래서 연말까지 아파트 100채 목표를 반드시 달성하겠다는 의지를 더욱 공고히 다졌다. 신영직 사장 말대로 큰 부자가 되기 위해 100채가 아니라 아예 200채로 목표를 수정했다.

'앞으로 어떤 칼바람에도 끄떡 않는 바위가 되자. 남들이 부러워도 도저히 넘을 수 없는 큰 산이 되자. 어떤 악조건에도 웃으면서 넘길 수 있는 여유를 지닌 거부(巨富)가 되는 거야.'

마지막으로 출근한 날 사물함을 정리하고 퇴근한 뒤 홀로 막걸리를 마시는데 이상하게 홀가분하고 기분이 좋았다. 큰 깨달음을 얻은 뒤에 오는 여유랄까, 만족감이랄까. 나에게 위암 발병은 부동산을 알게 해 준 계기가 됐고, 두 번의 해고는 거대한 부동산 부자가 되자는 쪽으로 목표를 수정하게 만든 고마운 선물이었다. 그해 말, 나는 1차 목표대로 아파트 100채를 소유했다.

두 번째 이혼

나의 의지와 상관없이 자꾸 삶의 소용돌이에 휘말려 빠져나오려고 악전고투할 때 가장 필요한 것은 아내의 위로였다. 세상에서 단 한 사람, 내 편의 따뜻한 위로와 용기를 불어넣어 주는 한마디가 보태진다면 훨씬 더 수월하지 않을까……. 어두운 밤 집으로 향할 때마다 아쉬움이 가득했다.

아내는 결혼 직후부터 아이들 가르치는 게 너무 싫으니 제발 학교를 그만두게 해 달라고 간청해왔다. 그러나 학교를 그만두면 아버지가 실망할까 봐 미뤄 오다가 결국 교사직을 그만두고 서울로 올라와 살림을 합쳤다. 모든 걸 아내 뜻대로 해 줬으면 표정이 더 밝고 명랑해야 할 텐데 뭔가 불만이 가득한 듯 말 한마디 한마디가 가시 돋친 듯 신경질적이라 부부간의 대화는 점점 줄어들었다. 삶의 현장에서 온몸으로 구르며 피곤에 절어 있는 내가 기대기엔 온몸에 가시를 세운 고슴도치 같은 아내에게 다가가기가 조심스러웠다.

'대체 저런 사람이 어떻게 아버지 마음에 들었을까⋯⋯.'

첫 아내와 이혼한 뒤 3개월쯤 지났을까, 아버지는 성격이 매우 밝고 영리하고 조신하다며 같은 학교에 근무하는 한 살 연상의 영양교사를 소개해 주었다. 부모님의 격렬한 반대를 무릅쓰고 강행한 첫 결혼이 쓰라린 배신으로 끝난 터라 재혼만큼은 아버지 뜻에 따르자며, 사랑의 감정을 느낄 새도 없이 서두른 재혼이었다.

'사랑의 감정은 살 부대끼며 살다 보면 생기겠지.'

막상 식을 올리고 결혼 생활을 시작한 지 얼마 지나지 않아 아내가 아버지에게 들은 것과 달리 늘 우울하고 신경질적인 성격이라 적잖이 당황했다. 첫 아내가 외도를 시작할 무렵 늘 어둡고, 우울하고, 말이 없어서 어르고 달래며 겪을 만큼 겪었는데 두 번째 아내마저⋯⋯. 나는 절망했다.

직장 생활을 하는 남자에게 집이란 그야말로 안식처, 편안히 쉴 수 있는 가장 아늑한 공간이어야 하는데 언제부턴가 집에 들어가는 발걸음이 한없이 무거웠다. 내가 꿈꾼 결혼은 밝고 재미있고 건강한 가정을 꾸리는 것인데 두 번째 아내 역시 나의 이상과 거리가 멀었다. 어둡고 부정적이고 비관적인 그녀가 종교 생활에 몰입하는 것은 지독한 아이러니였다. 종교도 그녀를 구원하진 못한 것 같았다. 화를 참지 못하는 신경질적인 성격 때문에 교사직을 부담스러워한 아내가 어떻게 아버지 눈에 들었는지 도무지 알 수 없었다. 밝고 유쾌한 성격인 나와 정반대다 보니 점점 사이가 서먹하고 어색해졌다. 그러나 이미 벌어진 일이고 돌이킬 수도 없기에 어떻게든 틈을 메우기 위해 노력했다. 하지만 아내는 계속 엇나갔다.

"당신은 매사 왜 그리 부정적이야? 대체 뭐가 불만인지 말을 해 봐!"

"내가 뭘? 당신이야말로 삶의 목표가 뭐야? 그저 일, 돈, 명예……."

"나 혼자 잘살자고 이래? 남자가, 아니 사람이 인생의 목표도 없이 멍하게 되는대로 사는 게 말이 돼? 그래, 난 이렇게 생겼다 치고, 당신은 뭐가 불만인데? 왜 만날 잔뜩 찌푸린 얼굴로 사사건건 시비냐고? 말을 해야 알지."

"당신과 말하기 싫어. 대화가 안 통해!"

아내는 늘 대화를 거부하고 주일 예배는 물론이고 철야 예배니, 새벽 예배니 교회에서 살다시피 했다. 시무룩하고 시큰둥한 아내가 교회만 나가면 물 만난 고기처럼 완전히 다른 사람이 돼서 활기찬 것이 신기했다. 나는 원래 종교가 없지만 가정의 평화를 위해 아내가 원한다는 이유로 일요일에 함께 교회도 나가는 등 아내의 종교 생활을 존중했다. 아버지가 마음에 들어 적극적으로 권한 결혼인 만큼 어떻게든 잘사는 모습을 보이고 싶었다.

아버지는 여전히 나와 술 한잔하는 낙으로 주말을 기다리시는 것을 알기에 결혼한 뒤에도 주말이면 전주에 내려갔다.

"너그들, 결혼한 지도 꽤 됐는데 애 소식 없냐? 너도 벌써 마흔 고개인데 직장 일도 중허지만 하루빨리 애를 낳아야지?"

"열심히 노력 중입니다. 조금만 기다려 주세요. 노력한다고 해도 소식이 없다 보니 집사람도 은근히 스트레스 받는 모양입니다."

아버지는 땅이 꺼져라 한숨을 쉬셨다.

"내 친구들은 벌써 손주 봐서 만나기만 허믄 손주 자랑이 늘어지는데 난 언제나 손주 안아 볼랑가. 그 싸가지 읎는 것이 귀한 우리 손주 지우지만 않았어도, 갸가 살았으믄 지금 한창 재롱 필 것인디……."

"아버지도, 참! 지난 일 생각하시믄 맘만 아프신데 이제 그만 잊으세요. 다 제 불찰이고 제가 못나서 그렇습니다. 조만간 기쁜 소식 전해 드릴 테니 마음 푸십시오."

입이 열 개라도 할 말이 없었다.

"지나가는 쪼맨한 어린 것만 봐도 다 내 손주 같아서 눈을 못 떼것다!"

손주를 기다리며 애태우는 것은 어머니도 마찬가지셨다.

"속 깊은 너그 아부지가 오죽허면 저런 말씀을 허시것냐? 정수야, 직장 일이 바쁘다고 안 사람헌티 소홀한 거 아녀? 하늘을 봐야 별을 딴단 말이 괜히 있간디? 여자 혼자 뭔 수로 애를 밴다냐?"

"아니, 아닙니다. 저희 열심히 노력하고 있습니다. 안 그래도 집사람이 임신 문제로 신경이 날카로운데 어머니까지 그러시면 스트레스 받아서 임신이 더 안 될 수도 있어요. 조금만 기다리세요."

시간이 흘러도 계속 임신 소식이 없자 부모님의 채근은 갈수록 노골적이었다. 아이를 기다리기론 나도 부모님 못 잖은 터라 중간에서 좌불안석이었다.

'아이가 생기면 아내도 변하겠지. 모성애가 발동하면 성격도 유순해지고 밝아지지 않을까?'

결국 아내와 함께 산부인과를 찾아갔다. 정밀 검사를 받은 결과는 낙심천만이었다. 아내의 나팔관이 막혀서 자연 임신은 불가능하고 인공수정도 자궁의 형태를 봤을 때 기대하기 어렵다는 진단이었다.

"나팔관 수술을 하면 인공수정이 가능하지 않을까요?"

서럽게 우는 아내가 안쓰러워 다시 한 번 매달리는 심정으로 물었다.

그러나 의사는 고개를 저었다.

"요즘은 결혼하고도 아이 안 낳고 사는 부부가 많은데 포기하시죠. 정 아이를 원하시면 나중에 시험관 아기를 시도해 보시든가요. 근데 너무 고생스럽고 성공할 확률도 낮아서 실패하는 경우가 많습니다……. 요즘은 입양을 많이 하는 추세인데 입양을 고려해 보는 것도 방법이겠지요."

상상치 못한 결과에 우리 부부는 낙심천만이었다. 집에 돌아와서도 아내는 이불을 뒤집어쓴 채 몇 날 며칠을 식음을 전폐한 채 울기만 하셨다.

이 소식을 전해 들은 아버지 역시 대성통곡을 했다.

"이 애비가 너한테 못 할 짓을 시켰구나. 고르고 골라서 치 고른다고, 서둘러 소개하는 게 아니었는데, 미안허다. 늙은이 욕심이 아들의 자식 농사를 망쳤구먼. 애비가 큰 죄를 지었어. 미안허단 말밖에……. 참말로 유구무언이다. 그나저나 장손이 대가 끊길 판이니 조상님 뵐 면목이 없구나. 이를 어쩌면 좋냐! 애비를 용서해라!"

아버지의 실망과 낙심은 이만저만이 아니었다. 평생 손주를 안아 볼 수 없다는 절망감과 아들의 자식 농사를 망친 게 모두 당신 탓이라며 괴로워하셨다. 그러다 보니 며느리와의 관계도 소원해져서 집안은 냉기가 감돌았다.

나 역시 절망했다. 나를 닮은 2세를 낳아 키우면서 재롱 보는 낙으로 살고 싶다는 평범한 소망마저 허락되지 않는 현실을 어떻게 받아들여야 할지 아무 생각이 나지 않았다. 당사자인 아내는 입을 꾹 다문 채 가타부타 말이 없었다. 오히려 더욱 신경질적으로 변해 집안 분위기가 살얼음판을 걷는 것 같았다. 아버지의 병환이 깊어지며 부부가 함께 간병하는 과정에서 두 사람은 관계가 개선되기 어렵다는 사실을 재삼 확인했다.

2009년 12월, 아버지가 세상을 떠나신 뒤 허탈함과 안타까움으로 괴로운 심정을 다스릴 길 없던 나는 여전히 냉랭하고 겉도는 아내를 보며 이혼을 생각했다. 음울하고 날카롭고 예민한 사람과 평생 함께할 생각을 하니 끔찍했다.

'웃으면서 밝고 재미있고 사는 게 이렇게 어려운가? 쾌

활한 아내에게 긍정의 에너지를 받으며 살고 싶은 게 거창한 바람인가?'

조심스럽게 이혼 말을 꺼내자 어머니는 물론 여동생까지 반대하고 나섰다.

"아야, 정수야, 흠 없는 사람이 어디 있것냐? 자석 못 낳는 것도 너그들 팔자려니 생각해야지 이혼이 뭔 말이여? 말이 이혼이지, 어디 이혼이 쉽냐? 게다가 두 번째 결혼이고 아버지가 소개해 준 사람인데 참고 살아야 안 쓰것냐?"

"그래요, 오빠. 요즘은 의학이 발달해서 인공수정이 어려우면 시험관 시술하는 사람도 많다니까 다시 생각해 봐요."

주변의 만류가 거셀수록 나의 마음은 확고해졌다. 남은 평생을 어둡고 무거운 등짐을 진 채 살아갈 순 없었다. 앞길이 구만리장천인데 홀로 등짐을 지고 걸어갈 생각을 하면 까마득하다 못해 죽고 싶은 심정이었다. 장고 끝에 결국 먼저 이혼 말을 꺼냈다.

"오랫동안 고민한 끝에 내린 결론이니 상처받지 않았으면 해."

"무슨 말을 하려는지 알 거 같아."

"피차 노력이 부족했던 거 같은데, 이제 그만했으면 좋겠다."

"동감이야. 나도 지긋지긋한 결혼 생활 끝내고 싶어."

어렵게 꺼냈건만 아내도 마음의 준비를 했는지 선뜻 동의했다. 결혼 이후 내내 껄끄러웠던 부부 생활 때문이었을까. 문제는 재산 분배였다.

"대신 재산 분할은 확실하게 해. 아파트 오십 채 줘!"

"뭐라고? 당신이 뭘 했다고 오십 퍼센트 재산 분할을 주장해?"

아내와 팽팽히 대립했다. 나로선 암 투병을 하면서 열심히 번 돈으로 아파트에 투자했고, 100채를 만들기 위해 죽기 살기로 일할 때 도와주기는커녕 더 힘을 빼놓고는 재산 형성에 아내로서 50퍼센트 이상 기여했다고 주장하니 억장이 무너졌다. 그러나 아내는 한 발짝도 물러서지 않았다. 돈에 그토록 집착이 강한지 미처 몰랐다. 그런 태도에 환멸이 느껴지면서 길게 싸우고 싶지 않았다. 정신적으로 진을 빼면서 평생 동굴처럼 어두운 가정이라는 굴레에 묶이느니 줘 버리자 싶었다.

2012년 초, 50퍼센트 재산 분할에 합의하고 이혼 서류에 도장을 찍었다. 결국 아파트는 100채에서 다시 50채로 줄어들었다. 피 같은 아파트가 절반이 날아갔으니 착잡하기

이를 데 없었지만 한편 홀가분했다. 인생의 반환점에서 다시 출발선에 서는 심정으로 마음을 가다듬었다.

'인생은 마라톤이야. 비록 두 번 넘어졌지만, 다시 뛰다 보면 언젠간 결승점에 골인하겠지. 다시 시작하는 거다! 파이팅!'

재충전한 뒤 다시 뛰면 100채 만드는 건 어렵지 않다는 자신감으로 과감히 혹을 도려냈다. 도려낸 부위가 덧나지 않으려면 원상회복밖에 없다는 각오로 다시 '아파트 100채!'를 외치며 마라톤 대열에 합류했다. 비록 후미로 처졌지만 얼마든지 앞지를 수 있다는 자신감이 두 다리에 힘을 실어 주었다.

'탄력이 붙으면 관성의 법칙에 의해 더 빨리 달릴 수 있어. 그게 달리기의 매력 아닌가?'

재무설계사

2012년 P&P에서 해고된 뒤 재무 설계 회사로 자리를 옮겼다. 연초에 이혼의 아픔을 겪으면서 피와 살 같은 아파트 50채를 주고 나니 목표를 수정할 수밖에 없었다. 2013년까지 다시 아파트 100채를 만들되 이번에는 서울과 수도권을 공략하기로 했다. 신영직 사장의 조언대로 수도권 아파트에 투자할 시기가 왔다 싶었기 때문이다. 그동안 수도권 아파트 가격을 예의 주시해 온 결과 예전보다 훨씬 적은 금액으로 아파트를 살 수 있는 지역들이 눈에 들어오기 시작했다. 두근거리는 마음을 진정하고 수도권 아파트를 점찍으러 돌아다니기 시작했다.

그리고 새로 입사한 회사에서도 1등을 목표로 삼았다. 도전이란 모름지기 혼신을 다해 열정을 갖고 임해야 하는

터, 성취하기 어려운 목표를 지향점으로 삼았다. 2012년 한 해 동안 회사에서 실적 1위를 거머쥐고 아파트 100채를 마련한다는 게 쉬운 일이 아닌 만큼 더욱더 도전과 성취의 짜릿함을 만끽하고 싶었다.

구체적으로 계획을 세웠다. 월요일, 목요일, 금요일, 일요일은 회사 일에 집중했다. 만나야 할 고객은 직접 찾아가는 대신 사무실로 불렀고, 회사 상담실에서 그들이 나를 믿을 수 있게 열정적으로 강의하여 계약을 이끌어 냈다. 화요일, 수요일, 토요일은 서울과 수도권, 특히 수도권 중에서 산업 단지가 있는 지역과 거대한 직장군을 낀 지역을 중심으로 현장 조사에 나섰다.

또한 이 지역에서 전속 중개를 할 만한 자질이 있는 중개사를 찾는 게 급선무라 수많은 부동산중개소를 찾아다니며 중개사들의 능력을 파악하는 것도 중요했다. 그들이 정말 협상을 잘하는지, 세입자나 집주인을 만나 나의 뜻대로 움직여 줄 수 있는지 여부를 판단했다. 부동산 중개업자들과 대화하면서 앞으로 상대해야 할 부동산중개소를 추려 나갔다. 그러다 보니 일주일 중에 하루도 쉴 날이 없었지만 피곤한 줄도 몰랐다.

'쉼 없이 목표에 매진하는 것만이 성공의 비결이야. 비록

실패를 거듭해도 열정을 잃지 않는 것이야말로 성공으로 가는 지름길 아닌가?'

하루하루 미친 듯 바쁘게 움직일 때 오히려 희열을 느꼈다. 현재 소유한 아파트의 전세가가 오르는 금액과 일해서 벌어들이는 연봉을 최대화하면 2012년에 아파트 100채 목표를 이룰 것 같았다. 남들이 쉴 때 부동산을 보러 다녔고, 남들이 술 마실 때 고객들과 상담했으며, 남들이 잘 때 인터넷에서 숨어 있는 수도권의 보물 지역을 검색했다. 결국 회사에서 나를 두고 수군대는 소리가 들려왔다.

"박정수, 저 자식 돈독이 올랐어!"

"완전 돈벌레야. 돈밖에 모르니 불쌍한 인생이지!"

새삼스러울 게 없었다. 암 투병 중에도 악착같이 보험 영업을 할 때 수없이 들은 말이라 신경 쓰지 않았다. 그동안 주변 사람들에게 특별한 이유도 없이 비난과 질시를 많이 받은 터라 면역력이 생겼다고 할까? 내겐 오직 아파트 100채와 회사 내 실적 1위라는 목표만 눈에 들어왔다.

'조금 쉬었다 갈까?'

어쩌다 몸과 마음이 고되고 지칠 때면 쉬고 싶다는 생각이 들었지만 곧 나를 혹독하게 다스렸다. 겨우 이 정도에 만족하려고 그동안 고생한 게 아니라고 스스로 타일렀다.

회사 술자리에도 가능한 한 참석하지 않았다. 그들의 술자리 안주라는 게 고작 회사나 동료들의 뒷담화라서 듣고 있다 보면 화가 나다 못해 한심해 보였다.

'좀 발전적인 대화나 긍정적인 대화를 할 순 없나? 고작해야 남의 사생활, 회사의 어두운 면이나 들춰 대면서 부끄러운 줄도 모르고⋯⋯.'

합석하지 않는 나 역시 그들의 안줏거리가 될 걸 뻔히 알았지만 개의치 않고 내 일에만 열중했다. 그 결과 그해 연봉이 무려 5억 원이 넘었다. 또 소유한 아파트의 전세 상승가가 7~8억 원이 되면서 미친 듯이 수도권과 서울의 아파트를 매입했다. 한 채씩 늘어날 때마다 목표한 100채가 멀지 않았다는 사실이 기뻤다.

그러나 수도권 아파트 매입을 위해 돌아다니면서 만난 공인중개사들은 대부분 나를 의아해했다.

"아니, 뉴스나 신문에서 연일 아파트 가격이 하락한다고 난리인데 왜 하필 이때 아파트를 매입하려 합니까?"

굳이 설명하지 않았다. 보다 못해 적극적으로 말리는 공인중개사도 있었다.

"제가 수십 년 동안 부동산 중개업을 해서 잘 아는데, 지금은 절대 아파트를 매입할 시기가 아닙니다. 특히 부동산은 호기(好期)가 중요해요. 물론 나름대로 판단하고 일을 추진하는 거겠지만 잘 생각해서 결정하세요."

어떤 만류에도 고집을 꺾지 않는 나를 보며 은근히 불만을 토로하는 중개사도 있었다.

"나중에 아파트 가격이 떨어져도 저한테 책임 묻지 마세요. 전 책임 못 집니다. 진짜 박 사장님 속내를 모르겠네요. 허 참!"

그러나 광주와 지방에서 겪은 숱한 경험으로 터득한 동물적인 감각과 촉수가 있었기 때문에 그들의 말을 귓등으로 흘려들었다.

"책임을 져도 제가 집니다. 나중에 책임 전가할 일은 없을 테니 걱정 말고 무조건 제가 말한 조건에 맞는 아파트를 선별해서 언제든 연락해 주세요."

이미 수도권 아파트를 매입하기 전에 수많은 부동산에 들러 여러 아파트의 내부 구조를 확인했고, 아파트 평수별로 자료를 만들어 취합한 파일을 만든 뒤 그에 맞게 지역별로 나만의 자료를 만들어 놓은 터라 나의 판단과 직감을 신뢰했다.

그렇게 한 채 두 채, 수십 채를 늘려 가는 동안 다른 아파트는 가격이 떨어지는데 내가 투자한 아파트만 매매 가격과 전세 가격이 오르다 보니 부동산중개사들이 눈이 휘둥그레져서 물었다.

"박 사장님! 어떻게 사장님이 투자한 아파트만 오르는 겁니까? 거 참, 희한하네요. 비결 좀 알려 주세요."

"박정수 사장님은 무슨 혜안이 있어서 요즘처럼 어려운 시기에 가격이 오를 아파트만 콕 찍어 매입하신 겁니까?"

내심 흐뭇한 미소를 지을 뿐 입을 굳게 다물었다.

아파트를 매입하고 오면 다음 날 고객 상담과 강의 준비를 하고 강의가 끝나면 다시 현장에 가서 아파트를 탐색하는 날이 이어졌다. 성냥갑처럼 빽빽이 들어선 수많은 아파트 중에서 황금알을 낳을 황금거위를 찾기 위한 나의 행보는 고생이라기보다 즐거움으로 변한 지 오래였다. 새벽 늦게 일이 끝나면 귀가하여 혼자 막걸리 두 병을 마시고 자는 게 내가 누릴 수 있는 최고의 호사였다. 비록 몸은 고되지만 목표가 확고했기에 다가올 앞날의 비전을 구상하면서 설렘으로 달고 깊은 잠에 빠져들었다.

2012년 12월, 드디어 꿈에 그리던 아파트 100채 목표를 달성했다. 이번에 달성한 100채는 지방이 아니라 서울과 수도권의 아파트가 포함된 100채라 보람과 성취감이 남달랐다. 수없이 발품을 팔며 돌아다니고 공인중개사들의 만류에도 밀어붙여서 협상한 결과라 더욱 기쁨이 컸다. 회사 실적 역시 2등과 아주 큰 격차로 1등을 차지하며 회사 내에서의 위치도 더욱 공고해졌다. 아무도 비웃거나 건드릴 수 없는 존재로 우뚝 선 것이다.

한 해를 마감하는 12월 말, 아버지 산소 앞에 엎드렸다.

"아버지가 소개해 주신 사람과 이혼해서 정말 죄송합니다. 나름대로 많이 노력했지만 어쩔 수 없었어요. 부부의 인연은 억지로 잇는다고 이어지는 게 아닌가 봅니다. 부족한 저를 용서해 주십시오. 이혼으로 아파트 오십 채를 잃었지만 다시 뼈를 깎는 노력 끝에 드디어 백 채를 마련했습니다. 회사에서도 실적 일등을 차지했고요. 이제 예전의 정수가 아닙니다. 열심히 노력하면서 사는 모습 보여 드릴 테니 아버지도 너그러이 이해해 주십시오!"

막걸리를 따라 드리며 생각했다. 아버지께서 살아 계셨으면 무어라 말씀하셨을까? 꾸지람과 칭찬을 함께 해 주셨겠지. 비록 실패와 성공을 반복하는 기복 많은 인생이지만 실패했다고 좌절하거나 주저앉지 않고 스스로 추스르며 앞만 보고 달려왔으니 부끄러울 게 없다고 나를 위로했다.

"비록 아버지는 떠나셨지만 늘 제 마음속에 시퍼렇게 살아 계셔서 채찍과 당근을 주신 덕분에 제가 펄떡펄떡 살아 있는 물고기처럼 튀어 오르는 거 아니겠습니까? 늘 감사하고 존경하고 사랑합니다."

마치 아버지가 화답하듯 인근 소나무에 앉아 있던 까치 한 마리가 까악 깍 까까깍……, 울어 댔다. 반가운 맘에 북어 대가리를 던져 주자 녀석이 경계심 없이 내려앉아 콕 콕 쪼아 먹기 시작했다. 흐뭇한 마음으로 그 광경을 지켜보며 생각했다.

'박정수! 네가 정말 성공하고 싶다면 끈기와 인내심을 길동무 삼아 경험을 바탕으로 신중 또 신중을 기하며 미래를 향해 달리는 거야. 그 희망이 너의 수호천사가 되어 주지 않겠냐?'

겸허한 마음으로 현재에 자만하지 않고 한결같은 자세로 남은 인생을 꾸려 나가겠다고 아버지 앞에서 맹세했다.

상생(相生)의 길

2013년 새해가 밝자 올해 목표를 어떻게 정할 것인지 고민하다 퍼뜩 아버지가 예전에 하신 말씀이 기억났다.

"정수야, 너로 인해 세상 사람들이 희망을 품고 정직하게 더불어 잘사는 세상을 만들도록 노력해야 쓴다."

아버지의 유훈이 귀에 쟁쟁하자 문득 그동안 살아온 나의 모습이 파노라마처럼 스쳐 지나갔다.

'그동안 오직 내 성공만을 위해 몸부림쳤지, 주변 사람들은 돌아보지 않았어. 숱한 좌절과 고통에서 벗어나려고 발버둥 치느라 정작 주변 사람들을 돌아볼 겨를이 없었다. 아버지를 존경한다면서, 한시도 아버지를 잊은 적이 없다면서 어떻게 아버지가 강조하신 상생의 길을 모색하겠단 생각은 못 했을까?'

뼈아픈 각성에 정신이 번쩍 드는 느낌이었다. 아파트 100채를 소유한 자산가로서 어떤 고난이 닥쳐도 흔들리지 않을 만큼 탄탄한 재력을 갖췄다는 자부심은 있지만 진정한 삶의 가치랄까, 간과해 버린 무언가가 뒤통수를 세게 후려친 느낌이었다.

연일 매스컴을 장식하는 세상 사람들의 고된 삶과 팍팍한 살림살이, 어려운 경제 속에서 희망을 잃은 채 시들어 가는 사람들에게 뭔가 도움 될 방법이 없을까? 멀리 볼 것도 없이 나의 고객들만 봐도 그런 사람이 부지기수였다.

'고된 직장 생활에 자신의 꿈을 묻은 채 하루하루 힘겹게 살아가는 젊은이들, 아무리 노력해도 나아지지 않는 살림살이로 간신히 버티는 자영업자들, 자식들에게 허물까지 다 벗어 주고 늘그막에도 허리띠 졸라매며 사는 부모들, 퇴직금으로 자녀들 결혼시켜 노후 자금조차 없이 사는 이 시대의 아버지들, 취업 준비에 젊음을 저당 잡힌 채 고시원에서 벗어나지 못하는 청년들……. 나의 성공을 롤모델 삼아 경제적으로 그들을 도와줄 좋은 방법이 없을까?'

고객 한 명 한 명의 절박한 사연을 떠올리다가 무릎을 쳤다.

'그래, 이거야, 바로 이거! 여태까진 나의 성공을 위해 살아왔다면 이제부턴 고객들을 경제적 어려움에서 벗어나도록 돕는 부동산 컨설팅 회사를 차리는 거야. 그분들에게 내 노하우를 전수하면 나처럼 실패하지 않고 빠른 시간 내에 성공할 테고, 그분들이 희망을 되찾아 기뻐하면서 경제적 여유를 누리는 모습에 보람을 느끼는 것, 이거야말로 일석이조, 아버지께서 늘 강조하신 더불어 잘사는 길, 상생의 길이 아니겠어?'

생각이 거기에 미치자 즉각 실행에 옮기기 시작했다. 고객들에게 일일이 편지와 전자우편을 보냈다.

"사랑하고 존경하는 선생님, 그동안 모르셨겠지만 제가 부동산에 관심을 갖고 열심히 공부하면서 발로 뛴 결과 소형 아파트 100채를 소유한 자산가가 됐습니다. 그 과정에서 겪은 어려움이야 일일이 말로 설명드릴 수 없지만, 제가 부동산 자산가가 된 노하우를 여러분과 공유하고 싶습니다. 여러분을 저처럼 부자로 만들어 드리는 길잡이가 되고 싶습니다. 여러분과 함께 성공하여 더불어 잘사는 세상을 만들겠다는 의미에서 두 달 뒤에 세미나를 개최하고자 하오니 큰 관심을 갖고 참석해 주시기 바랍니다."

고객들의 반응은 폭발적이었다. 전화가 폭주했다.

"아니, 박 선생, 정말 아파트를 백 채나 소유했어요? 남들은 한 채 소유하려고 평생 피땀 흘리는데 열 채도 아니고 백 채라뇨?"

"정말 백 채나 가졌으면 엄청난 부자인데 그 노하우를 공유한다는 게 진심입니까?"

"진짜 세미나에서 비결을 전수한단 말이오? 허어, 놀라운 일이군요. 근데 왜 나한테 그런 귀한 정보를 알려 준다는 거요?"

반신반의, 이해할 수 없다며 진위 여부를 묻는 그들에게 나의 말이 전부 사실이니 무조건 믿고 세미나에 오라고 대답했다.

두 달 뒤 150명의 고객 중 100여 명이 세미나에 참석했다. 하나같이 반갑고 고마운 얼굴이었다. 보험회사에 입사한 뒤 실적을 한 건도 못 올려 퇴사 위기에 처했을 때 계약해 주고, 그것도 모자라 주변 사람들을 적극적으로 소개해 줬으며, 오랫동안 신뢰 관계를 유지해 오늘의 내가 있도록 도와준 고마운 분들이었다.

고객들 앞에서 진솔하게 그간의 경위를 차근차근 설명했다. 실패와 성공, 좌절과 도전으로 점철된 지난날을 진솔하게 풀어냈다. 엉킨 실타래처럼 가슴 한편을 차지했던 여러 사건을 낱낱이 풀어내자 마음 깊은 곳에 응어리진 것들이 다 녹아내리면서 마음에 평안이 왔다.

'이게 바로 진정한 자유구나. 목표를 향해 매진할 때는 미처 몰랐던, 목표를 달성하고 난 뒤 느끼는 짜릿한 성취감, 독식하지 않고 나눔을 실천하겠다고 선언한 순간 느껴지는 마음의 평화, 이것이야말로 돈 주고 살 수 없는 진정한 자유 아닌가?'

마치 간증하듯, 고해성사하듯 가감 없이 부자 되는 비결을 털어놓고 마지막으로 요점을 설명하기 시작했다.

"감히 저 스스로 성공했다고 자부하는 만큼 이제 여러분을 부자로 만들어 드리기 위해서 구체적으로 도움을 드릴 수 있는 컨설팅 회사를 설립하려 합니다. 선하게 열심히 사는 여러분에게 희망을 드릴 수 있는 부동산 컨설팅 사업체를 만들겠습니다. 여러분도 저처럼 선한 부자가 되셔서 부모님께 효도하고 여러분 자신의 꿈을 실행에 옮기실 때 비로소 여러분 삶의 진정한 주인공이 될 것입니다. 저는 여러분이 여러분 인생의 주인이 될 수 있게 도와드리겠습니다. 저를 믿고 따라오시겠습니까?"

고객들의 반응은 실로 뜨거웠다. 오랫동안 돈독한 관계

를 이어 온 터라 내가 헛소리나 거짓말로 현혹할 사람이 아니라는 걸 알기에 더더욱 감동했다.

"박 대표님처럼 우리도 아파트를 여러 채 갖게 되어 찌든 삶에서 벗어날 수만 있다면 얼마나 좋겠습니까? 생각만 해도 가슴이 벅차오르는군요."

"누구나 다 성공하고 싶지만 그게 어디 말처럼 쉬운가요? 정말 박 선생님, 아니 이제 박 대표라고 불러야 하나? 하여튼 박 대표님처럼 부자 되는 길이 있다면 뭔들 못 하겠습니까?"

"살다 보니 이런 날도 오는군요. 그럼 앞으로 우리가 어떻게 하면 되는지 좀 구체적으로 알려 주십시오."

고객들은 설레는 맘으로 내 입만 뚫어지게 바라보았다.

"앞으로 여러분이 소형 아파트를 통해 인생의 변화를 겪게 되면 모두 놀라실 겁니다. 장담컨대 몇 년만 지나면 여러분은 주변에서 부러워할 정도로 큰 부자가 됩니다. 그러나 제가 여러분에게 바라는 것은 단연코 거기에 그치지 않습니다. 전 여러분이 여러분 인생의 진정한 주인이 되기를 바라기 때문에 다른 사람에 의해 인생이 좌우되지 않고 여러분이 살고 싶은 모습대로 살아가기를 바란단 뜻입니다. 여러분이 꿈꾼 인생, 도전하고 싶은 일에 마음껏 도전해 보십시오. 전 여러분의 인생이 멋지게 변화하는 모습을 보고 싶습니다. 매우 기대됩니다. 여러분과 저, 우리 모두 멋진 변화를 꿈꾸며 달려갑시다. 저 박정수가 선봉에 설 테니 여러분은 무조건 저를 믿고 따라와 주십시오. 여러분과 함께 성공하고 싶습니다."

회원들의 우레와 같은 박수가 쏟아졌다. 처음에 설마 하던 기색은 말끔히 사라지고 다가올 미래에 대한 희망으로 가득 찬 함박웃음을 지었다.

세미나를 개최한 뒤 많은 고객과 부동산 컨설팅 업체에 대해 구체적인 대화를 나누었고, 그들에게 아파트를 매입하고 관리해 주는 일을 본격적으로 시작했다. 회원들은 하루라도 빨리 아파트를 매입하겠다고 나섰다. 성심성의껏 나의 경험을 바탕으로 점찍어 둔 아파트를 매입하도록 추천해 주고 아파트 채수 늘리는 방법을 알려 주었다. 그리고 아파트는 반드시 나중에 직접 가서 꼭 보고 오라고 강조했다. 직접 가서 자기가 매입한 아파트의 위치나 조건 등을 눈으로 확인한 회원들은 하나같이 감사 인사를 잊지 않았다.

"부동산에 문외한인 제가 직접 봐도 여러모로 훌륭합니다. 아이고, 박 대표님, 주변 조건도 좋고 위치도 좋고……

그런 좋은 조건이라면 아파트 가격이 오르는 건 시간문제 겠죠?"

"그럼요. 경험이나 노하우는 저절로 쌓이는 게 아니거 든요. 여러분의 시행착오를 줄여 드리자는 게 저의 순수한 목적이니 저만 믿고 따라오십시오."

아파트 2채 3채를 넘어 5채, 10채까지 보유한 회원들이 생기기 시작했다. 그 무렵 매스컴에서 부동산 경기 침체를 이유로 수도권과 지방의 아파트 경기 하락에 관한 보도가 집중적으로 나오기 시작하자 불안해하는 회원들이 세미나 에서 질문을 쏟아냈다.

"박 대표님, 근데 요즘 뉴스 보면 아파트가 하락세로 돌 아서서 투자 개념으로 샀다간 큰일 난다고 떠드는데, 계속 사도 나중에 탈이 안 날까요?"

"그러게 말입니다. 나도 그 기사 보고 은근히 걱정되던 데……. 박 대표님을 못 믿는 건 아니지만 만일 잘못돼서 아파트 가격이 떨어지면 어쩌지요?"

"저도 신문이나 방송 봐서 알고 있습니다만, 제가 추천한 아파트는 절대 그런 일이 없을 테니 결과를 지켜보세요."

전 재산을 털다시피 아파트를 여러 채 매입한 회원들 중 에는 안절부절못하는 이도 있었다. 나는 그들의 심정을 십

분 이해하여 결과가 말해 줄 거라는 확신으로 안심시켰다. 세미나는 누구나 자유롭게 토론하고 질의응답을 하는 시간이므로 서로 응원과 격려를 주고받았다.

어느 날 사무실로 막걸리 한 박스가 택배로 배달되었다.

"박 대표님 말씀만 믿고 투자한 결과 이번에 대박 났어요. 막걸리는 아주 소소하지만 받아 주십시오. 평상시 저희와 회식할 때 막걸리를 즐겨 드시는 거 보고 생각나서 보냈습니다. 다음 회식 자리엔 제가 몇 박스 들고 가겠습니다. 하하하."

"아이고, 박 대표님, 건강하시지요? 오래오래 건강하시라고 제가 약이 되는 막걸리를 구해서 보냈습니다. 사무실 직원들과 맛있게 드십시오. 전 벌써 다음 세미나가 기다려집니다 그려! 하하하."

"제가 참 유구무언입니다. 잠시나마 걱정을 끼쳐 드려서 죄송하고요. 대표님 덕분에 지난번에 매입한 아파트가 엄청 올랐어요. 정말 이 은혜를 어떻게 갚아야 할지……. 평생 감사한 마음으로 살겠습니다."

회원들은 자신이 매입한 아파트가 고공행진을 거듭하고, 전세가가 오르면서 차액으로 아파트를 늘려 나가자 신이 나서 너도나도 막걸리를 보내왔다. 사무실이 막걸리 박스로 가득 찰 정도였다.

매번 개최하는 세미나는 항상 회원들로 만원을 이뤘다. 회원들의 아파트 매입과 관리를 도와주고 그들이 행복해하는 모습에 보람을 느끼며 부동산 컨설팅 회사 운영에 더 박차를 가했다. 이젠 어떤 어려움이 닥쳐와도 쓰러지지 않을 자신이 있었다. 물론 내가 관리하는 회원들도 곧 그런 위치에 오를 터였다. 조만간 아파트 100채를 소유한 회원도 나올 것이고, 50채 갖는 사람은 수없이 생길 것이다. 경제적 자유를 누리게 된 회원들은 비로소 잊고 살았던 자신의 꿈을 실행할 것이고, 돈 때문에 억지로 일하는 게 아니라 자신이 진정 원하는 일을 할 수 있는 선택의 자유를 누릴 것이다.

돈 때문에 비굴하지 않고 당당하게 인생을 꾸려 가는 회원들을 보면서 나 또한 비로소 행복한 인생의 진정한 의미를 깨닫고 보람을 느낄 것이다. 아버지가 평생 강조하신 더불어 잘사는 일에 일조하는, 상생의 길로 들어선 이상, 나의 신념과 의지는 흔들림이 없었다.

진정한 사랑의 둥지

　일에 미친 사람처럼 목표를 향해 질주하는 나의 마음에는 남모를 외로움이 자리 잡고 있었다. 아파트 100채를 소유했다는 자부심이나 사내 실적 1위를 달성한 기쁨을 함께 나눌 인생의 동반자가 없어 기쁨과 슬픔, 절망과 희망 모두 혼자 겪어야 했다. 두 번이나 이혼을 한 뒤 잠시도 몸을 쉬지 않고 일에 매진했지만 진솔하게 마음을 나눌 만한 사람이 없는 데서 오는 허전함은 이따금 나를 처지고 공허하게 만들었다.

　'마주 보고 밝게 웃으면서 기쁨과 슬픔을 공유하고 따뜻하게 품어 줄 사람을 만나는 게 이리도 힘든 일인가? 남들은 지지고 볶더라도 금세 화해하며 동고동락 잘사는데 난 그런 인연을 영영 만날 수 없단 말인가?'

채워지지 않는 고독의 심연 속으로 가라앉을 때마다 홀로 막걸리를 마시며 씁쓸하고 우울한 기분에 사로잡혔다.

'손을 맞잡고 어깨를 기댄 채 같은 방향을 바라보며 서로에게 외투가 되어 줄 따뜻한 사랑을 나누고 싶어…….'

내면의 갈망이 아우성칠 때마다 애써 마음을 다잡았다.

'모든 일엔 때가 있어. 아직 좋은 인연을 만날 때가 안 된 것뿐이야. 신중하게 기다리다 보면 언젠간 몸에 딱 맞는 옷처럼 좋은 사람을 만나겠지.'

아까운 인생을 탄식과 후회로 낭비하느니 그럴 시간에 일이나 더 하자며 고독과 외로움을 억누른 채 일거리에 자신을 내던졌다. 집중해서 일할 때만큼은 마음의 안식과 평화를 찾을 수 있었다.

2012년 말, 근무하던 재무 설계 회사에서 챔피언을 목표로 정신없이 일하는 중에 한 여성이 눈에 들어왔다. 가능하면 동료들과 거리를 두고 술자리에도 잘 가지 않는 내가 오랜만에 전 직원이 함께한 회식에서 활기차고 유쾌하게 좌중을 이끄는 여자 선배의 모습이 인상적이었다.

가볍지 않은 몸가짐과 활짝 웃는 얼굴로 연신 건배를 제안하며 분위기를 띄우는 덕분에 술자리는 금세 왁자지껄해졌고 나도 모처럼 술자리가 즐거웠다. 그녀의 이름은 김명애. 사람을 끌어당기는 묘한 매력만큼 모든 직원에게 인기가 있었다. 내가 입사하기 전까지 그녀가 내리 3년 동안 챔피언이었다는 사실을 알게 된 뒤 그녀에 대한 관심이 더욱 증폭되어 유심히 지켜보았다.

'저렇게 부드럽고 가냘픈 여성이 실적 일등을, 그것도 삼년 연속 하다니……'

그녀 주위를 맴돌며 간간이 대화를 시도했다. 이야기를 하면 할수록 말이 통하는 데다 쾌활하고 일에 관해선 매사 능동적인 태도에 나도 모르게 빨려들었다. 가정을 가진 여성이 일과 가사를 병행하다 보면 수동적이고 시간만 때우거나 소극적이기 십상인데 그녀는 달랐다. 업무 태도도 성실하고 일에 대한 욕심도 많고 맡은 일에 최선을 다하는 모습이 어딘가 나와 닮았다는 생각에 동질감이 느껴지면서 자꾸 마음이 끌렸다.

"선배는 집안일 하랴, 회사 일 하랴 힘들 텐데 어떻게 그렇게 매사 적극적이고 똑 부러져요? 그래서 동료나 후배들에게 귀감이 되나 봅니다."

"그렇게 봐 주니 고맙군요. 호호. 하지만 직장 생활을 하려면 이것 하나는 분명히 해 둬야죠. 업무는 업무고 가정은 가정이다! 회사에 출근하는 순간부터 나 김명애는 회사의 일원으로 엄마라는 사실은 잊자! 물론 퇴근하고 집에 들어가는 순간 철저히 엄마로 돌아가죠. 그런 공사 구분 없이 어떻게 직장 생활을 해요, 안 그래요?"

"와우! 대단하십니다. 맞는 말씀이죠. 근데 대부분의 여성은 체력적으로 달리고 집안 대소사 신경 쓸 일이 많아 쉽지 않을 텐데……. 암튼 존경스럽군요. 그런 의미에서 제가 술 한잔 사고 싶은데 언제 시간 좀 내주세요."

"그러죠, 뭐! 호호호. 전 박정수 씨가 너무 일에 열심이라 건강 해치지 않을까 염려되는데요?"

그녀는 선뜻 술자리 제안을 받아들였다.

비 오는 저녁, 막걸리에 해물파전을 안주 삼아 이런저런 이야기를 나누는데 대화에 막힘이 없어 마치 오랫동안 알고 지낸 사람처럼 편안했다. 빗소리가 고즈넉한 분위기 탓이었을까, 지난날의 아픈 과거를 스스럼없이 털어놓았다. 두 번의 이혼 경력과 두 번의 해고, 위암 투병 생활, 아버지와의 쓰라린 이별, 부동산에 눈뜨면서 세운 재테크 계획까지……. 허위단심하며 달려온 지난 세월을 오랜 지기 대하듯 털어놓았다.

"평상시 박정수 씨의 표정이나 말투, 유머 감각으로 봐선 그런 아픔을 겪었을 거라고 짐작도 못 했는데……. 많이 고통스럽고 힘들었겠어요."

그녀는 진심 어린 표정으로 베인 상처가 아물기도 전에 또 베이면서 덧나고 아물기를 반복하느라 흉하게 일그러진 마음속 깊은 곳의 흉터를 어루만져 주었다.

"정수 씨, 우리는 누구나 다 인생의 성공을 꿈꾸며 살아가잖아요? 근데 전 자신의 성공과 더불어 다른 누군가를 기쁘게 해 줄 수 있다면 그보다 더 보람 있는 인생은 없다고 생각해요. 마음이 가난한 사람은 많이 갖고도 만족하지 못하는 사람이고, 나태한 사람은 당장 해야 할 일을 나중으로 미루는 사람이죠. 근데 그보다 더 딱한 사람은 아예 인생 자체를 목표도 없이 하루하루 그냥 되는대로 살아가는 사람 같아요. 정수 씨는 그동안 정말 최선을 다해 열심히 사신 만큼 자신에게 칭찬받아 마땅해요. 채찍만이 전부는 아니죠? 가끔 자신에게 기특하다, 장하다 칭찬도 좀 해 주시고, 아프면 아프다고 솔직하게 표현도 하시고, 외로우면 외롭다고 말하는 순간 치유되는 기적을 체험하실 거예요."

그녀가 마법사처럼 콧등을 찡긋해 보이더니 활짝 웃었다. 겉으로는 많은 성취를 이루고 사람들의 축하와 부러움을 받으며 화려하게 사는 것 같지만 마음 한구석은 심해에 홀로 떨어진 듯 사무치게 외로웠는데, 그녀의 말을 듣고 비로소 그 외로움의 실체를 깨달았다.

"듣고 보니 그럴 수 있겠다 싶군요. 자기가 자기 자신을 가장 잘 아는 것 같지만 어쩌면 본인이 본인을 가장 모를 수 있거든요. 한 수 배웠습니다. 하하."

분위기가 한결 유쾌해졌다.

"선배는 얼굴 표정이나 성격으로 봐서 아픔이 없어 보여요. 늘 행복하고 씩씩하고 일분일초를 아끼면서 보람되게 사는 거 같아요."

"그렇게 보여요?"

술 한잔 들어간 탓인가, 발그레해진 그녀의 얼굴에 순간 어두운 빛이 스치는 것을 느꼈다.

"글쎄요, 인생 살다 보면 아픔 없고 사연 없는 사람이 어디 있겠어요? 다만 더욱 나은 미래를 위해 과거는 잊고 현재에 충실하며 열심히 살 뿐이죠! 정수 씨도 본인 입으로 말하지 않으면 누가 그런 시련을 겪었다고 짐작이나 하겠어요?"

우리 두 사람 사이에 잠시 침묵이 흘렀다. 깊은 상념에 사로잡힌 듯 막걸릿잔을 빙빙 돌리며 말이 없는 그녀를 물끄러미 바라보는 사이, 문득 이 여자에게 기대어 위로받고 싶다는 강렬한 욕구가 솟았다. 지금까지 강한 척, 상처받지 않은 척, 누구에게도 얕보이고 싶지 않다는 생각에 마음에 빗장을 채우고 살아왔는데…….

그새 집중호우로 바뀐 비가 세차게 유리창을 때렸다. 빗소리에 정신이 번쩍 들었을까, 그녀가 고개를 들고 나를 바라보며 말문을 열었다.

"지난 십 년간…… 주변 사람들에게 철저히 비밀에 부치고 살아왔는데요, 사실은…… 저 이혼하고 남매 키우며 살아요. 아이들에게 부끄럽지 않은 엄마, 아이들 교육에 소홀하지 않은 엄마가 되려고 열심히 일하다 보니 때론 남들 눈에 강하고 억척스럽게 보일지도 모르겠네요."

"아뇨, 절대 그렇지 않습니다. 억척스럽긴요? 오히려 티 없이 밝고 순수해 보여서 좋은걸요. 명애 선배는 주변 사람들을 밝게 물들이는 묘한 매력이 있습니다."

나도 모르게 내 속마음을 털어놓고야 말았다.

"정수 씨도 강해 보이지만 여리고 약한 구석이 있어요. 정도 많아 보이고요, 그죠?"

"어, 그러고 보니 우린 닮은 점이 많네요. 하하하."

두 사람 사이의 공통점을 발견하고 공감대가 형성되자 급속도로 가까워진 느낌이 들었다.

'이 여자라면 내가 꿈꾸던 밝고 유쾌하고 재미있는 결혼 생활을 할 수 있지 않을까? 명랑하고 긍정적이고 지혜롭고 책임감 강한 이런 사람이라면……'

그녀가 싱글이라는 사실을 알자마자 나는 곧바로 상상의 나래를 펼쳤다.

우리는 직장 사람들 눈을 피해 데이트를 즐기기 시작했다. 두 번이나 실패한 경험이 있는 내게 새로운 사랑을 시작하는 게 조심스러웠지만, 만남이 거듭될수록 그러한 걱정이 기우라는 사실에 안도했다. 그녀는 한결같이 건강한 정신과 유쾌한 성격, 긍정적인 마음가짐으로 매사 열성적이고 무엇보다도 상처받은 나의 마음을 따뜻하게 감싸고 배려해 주었다.

그러나 유부녀로 알고 있는 회사 사람들의 눈을 피하는 게 쉽지 않았다. 우리의 데이트 장면이 동료들 눈에 목격되면서 뒷담화가 시작됐다. 특히 여자 동료들의 반발이 거셌다.

"어머, 나 어제 버스 타고 가다 우연히 봤는데 박정수 씨랑 김명애 씨 둘이 걸어가는데 분위기가 심상치 않더라고! 뭔가 있어. 그냥 동료라기엔 두 사람 표정이 너무 다정하더라니까?"

"어머, 어머, 나도 아무래도 이상하다, 뭐가 있지 싶었는데……. 세상에! 버젓이 남편과 애들 있는 여자가 그것도 같은 직장의 연하남이랑? 어떡하니, 어떡해?"

"흥, 얌전한 척은 혼자 다 하더니. 분명히 여자가 먼저 꼬리쳤을 거야. 박정수 씨 아파트가 백 채라며? 돈 있겠다, 싱글이겠다, 나이 어리겠다! 넝쿨째 굴러온 호박이니 놓칠 리가 없지. 흥! 겨우 그런 여자였어? 실망이야, 실망!"

고작 한 살 연상일뿐더러 나 또한 두 번의 이혼 경력이 있다는 걸 모르는 여자 동료들의 시샘과 질시 어린 뒷말은 금세 직원들 사이로 퍼졌다. 평상시 몸가짐을 각별히 조심한 명애는 상황이 이쯤 되자 당황스럽다 못해 무척 괴로워했다.

"우리 만나는 거 아무래도 다시 생각해! 사람들의 따가운 시선을 도저히 못 견디겠어."

"사람들이 뭐라고 떠들든 말든 무슨 상관이야? 아예 이참에 자기 이혼했다는 사실을 공개하자! 공개하고 떳떳하게 사귀는 거야. 우리가 불륜도 아니고 남의 눈치 살필 게 뭐 있어?"

"그건 안 돼. 십 년이나 숨겨 왔는데 지금 갑자기 밝히면 내가 뭐가 되겠어? 사람들이 날 어떻게 보겠냐고? 앙큼하다고 더 손가락질 받을 거야."

평상시 말과 행동거지가 조신한 터라 계속되는 주변 사람들의 험구는 비아냥을 넘어 비수가 돼 그녀를 아프게 찔렀다.

"마냥 감추면서 당할 게 아니라 이혼 사실을 공개하고 떳떳하게 만나자는데 뭘 망설여? 설마 날 못 믿는 거야?"

"그런 게 아니고, 입장 바꿔 생각해 봐! 십 년 동안 감춘 비밀을 하루아침에 털어놓으면 사람들이 뭐라겠어?"

그녀의 심정을 십분 이해했지만 그렇다고 계속 숨기고 오해받으며 수군거림을 참을 이유가 없다고 생각했다. 실랑이 끝에 명애가 마음을 굳혔다. 회사에 10년 전 이혼한 사실을 공개한 뒤 어떤 말이 들려도 신경 쓰지 말자고 굳게 약속했다.

사람 말 한 달 못 간다는 옛말처럼 얼마 가지 않아 우리는 사내 공개 커플로 인정받았고, 명애는 한결 편안한 마음으로 근무에 열중했다. 나는 그녀를 위해서라도 하루빨리 고향의 어머니께 인사시키고 싶었다.

"어서 와요, 색씨. 참 싹싹하고 귀염성이 있구먼. 눈썰미가 좋아서 상대가 뭣이 필요헌가 알아서 챙겨 주니 그것이 얼매나 큰 장점이간디? 우리 정수가 항시 밝고 명랑한 사람 노래를 불러싸터니 기어코 맘에 쏙 드는 천생배필을 만났구먼."

"과찬이세요. 제가 많이 부족하지만 앞으로 자주 찾아뵙고 실망시키지 않도록 노력하겠습니다."

"그려요, 그려. 피차 아깝디아까운 젊은 시절을 외롭게 살았웅게 한시라도 피 같은 시간 허비하지 말고 뜻만 맞으면 언제든 합치소. 정수야, 엄마는 대만족이다!"

명애는 그 뒤 토요일마다 바쁜 시간 쪼개 전주에 내려가서 어머니 일을 도와드리거나 함께 외식과 쇼핑을 하면서 마음을 썼다. 친딸이라도 그럴 수 없겠다 싶을 정도로 정성을 보이니 어머니는 아들보다 장래 며느리를 더 반기고 기다리는 상황이 되었다.

1년여 동안 교제한 뒤 더 이상 망설이거나 시간 끌 필요가 없다고 생각했다. 젊을 때 멋모르고 사랑이라 착각했다가 배신당한 기억, 오직 아버지에게 효도하는 심정으로 마지못해 선택한 두 번째 결혼에 대한 부정적인 생각을 불식시키고도 남을 만큼 그녀는 배려가 넘치고 가족 누구에게나 다정다감했다. 언니가 없어 늘 외로웠던 여동생까지 명애를 친언니처럼 따르면서 그녀는 어머니와 동생에게 아들보다 더 환영받는 존재가 되었다.

평상시 용기 있는 선택이 운명을 결정한다고 믿어 온 나는 명애야말로 내가 그동안 볼 수 없고 만질 수 없고 느낄 수 없었던 모든 것을 가능하게 해 줄 희망이라는 확신을 갖고 청혼했다.

"당신은 늘 내게 힘과 용기, 희망을 불어넣어 줘서 당신과 함께라면 어떤 어려움도 견뎌 낼 수 있을 거 같아! 평생 당신의 울타리가 되고 싶은데 나를 믿고 내 안에 따뜻한 둥지를 틀면 어때? 난 이미 내 마음 한복판에 당신의 자리를 만들어 놨는데."

진심을 담아 떨리는 손을 내밀자 그녀가 웅숭깊은 시선으로 말없이 바라보았다.

얼마나 침묵이 흘렀을까, 그녀가 나의 손을 살포시 맞잡으며 수줍게 말했다.

"나도 정수 씨와 함께라면 남은 인생을 더 알차고 성실하고 즐겁게 살 수 있을 거 같아. 울타리가 돼 주겠다는 고마운 제안을 어떻게 거절하겠어? 오히려 내가 고마워!"

또박또박 힘주어 말하는 한마디 한마디에 그녀를 와락 끌어안았다. 멀고 먼 길을 돌고 돌아 이제 제대로 인연을 만났다는 감동과 기쁨에 눈물이 고였다.

2013년, 그녀의 아이들과 함께 가정을 꾸렸다. 한꺼번에 아내와 아들, 딸이 생긴 감격에 겨워 남몰래 뜨거운 눈물을 흘렸다. 늘 마음 한구석이 텅 빈 듯 허전했는데 이제 하얀 나무 울타리를 세우고 비둘기 집을 마련하자 가장으로서 뿌듯함과 책임감이 느껴졌다. 낡은 목선을 타고 험난한 바다에서 풍랑 속을 헤매다 안전한 항구에 닻을 내린 심정이었다. 인연을 만나는 것도 때가 있다고 했던가, 이제야 아귀가 딱 맞는 반쪽을 만났다는 사실에 감동했다.

"아가, 당최 무릎이 아파 운신을 못 허는디 어쩌끄나? 병원 가도 만날 그 병이 그 병이라고, 나이 먹어 어쩔 수 없다는디 아픈 사람 심정은 본인 아니면 아무도 모른다."

"아유, 그럼요, 어머니. 참을성 많으신 어머님이 오죽 편찮으시면 그러시겠어요? 아파 보지 않으면 아무도 모른다니까요. 제가 내일 당장 내려갈 테니 저랑 함께 다른 병원 가 보셔요. 무리하지 마시고 보일러 온도 높여서 집 따뜻하게 하고 누워서 쉬세요. 내일 아침 일찍 갈게요!"

"오냐, 너밖에 읎다. 자리보전하고 누워 있어 봐야 맴만 서글프다. 그만 털고 일어나 노인정에 가 봐야지. 아가, 내일 보자!"

어머니는 하소연하러 전화 걸었다가 명애의 살뜰한 말에

위안을 받아 자리를 털고 일어나기 일쑤였다.

"아가, 수원 사는 은영이가 어디가 얼매나 아픈지 나헌티는 당최 말을 안 헌다만, 병원 가서 뭔 검사를 받았다는디 너가 좀 알아봐라잉?"

"네, 어머니! 아가씨가 속이 깊어 어머니 걱정하실까 봐 말을 안 하는 걸 거예요. 제가 알아볼게요. 큰일 아닐 테니 어머니 속 끓이지 마시고 노인정이라도 가세요."

어머니와 은영은 이제 무슨 일이 생기면 아들보다 며느리에게 전화를 걸어 대소사를 의논했고 그때마다 명애는 흔쾌히 딸 노릇, 언니 노릇에 충실했다. 며느리에 대한 신뢰와 애정이 깊어지면서 고부간의 갈등은 남의 집 얘기에 불과했다.

집안일에 신경 쓸 일이 적어지면서 나는 본격적으로 부동산 컨설팅 사업에 몰두하기 시작했다. 바쁜 일정에도 불구하고 1인 4역, 5역을 척척 해내는 명애를 보면서 아내야말로 가정의 평화를 일군 일등공신이라는 생각에 마음이 뭉클하고 더없이 고마웠다.

"당신에게 뭔가 기억에 남는 선물을 해 주고 싶은데 뭐가 가장 갖고 싶어?"

"나? 음…… 오래전부터 꿈인데, 텃밭이 딸린 교외의 예쁜 전원주택! 거기다 우리 가족이 먹을 채소도 직접 키우고, 어머니도 연로하셨으니 언젠간 우리가 모셔야 하잖아요. 머잖은 미래에 전원주택에서 어머니랑 함께 살며 소일거리로 고추며 오이, 토마토, 가지 그런 거 조금씩 농사짓고 평화롭게 사는 게 꿈이야."

연세가 높아진 어머니를 모실 생각을 하는 아내의 깊은 속내에 감동을 받았다.

"당신은 정말 얼굴만 예쁜 게 아니라 마음 씀씀이도 최고야! 내가 늦복이 터졌군. 하하하!"

우선 나의 오랜 꿈인, 한강의 전경이 한눈에 내려다보이는 너른 평수의 아파트를 장만했다. 아내와 거실에서 한강의 야경을 내려다보며 술 한잔으로 하루의 피로를 푸는 광경을 상상만 해도 즐거웠다. 그리고 전적으로 아내의 취향을 고려해 아내 마음에 드는 전원주택도 마련했다. 어머니는 한사코 정든 고향집을 떠날 수 없다며 서울로 오는 걸 거부했다.

"아야, 너그들 맴 쓰는 건 고맙다만, 아직 내 몸으로 끼니 챙길 수 있응게, 나중에 운신이 어렵거든 그때 너그들 하잔 대로 할 텐게 지금은 내 뜻대로 허자. 서로 편한 게 좋은 거 아니냐? 지금 이대로가 나는 편허다!"

"어머니, 그럼 나중에 꼭 저희랑 같이 사세요. 어머니를 위해서 황토방도 만들 거니까 허리랑 무릎도 지지시면서 소일거리로 친환경 채소도 키우고 그러시게요."

"오냐, 우리 복댕이 며늘애 말을 들어야제. 허나 지금 말고 나중에!"

서울에서 부동산 사업으로 바쁜 만큼 당장 전원생활을 하기 힘든 터라 어머니 건강이 허락할 때까지 전원생활은 미루기로 했다.

어느 날 저녁 퇴근길에 아내가 차 안에서 말했다.

"당신한테 오래전부터 하고 싶은 말이 있는데……."

"뭔데? 말해 봐!"

운전하는 남편의 옆얼굴을 빤히 쳐다보던 아내가 작심한 듯 말했다.

"난 처음부터 당신의 근면 검소한 점이 참 마음에 들었어. 소탈하고, 허례허식 없고, 진실하고……."

"허허허. 갑자기 왜 이렇게 비행기를 태워? 조금 있다 추락하는 거 아냐? 살살 해!"

내가 웃어넘기려 하자 명애가 곧장 본론으로 들어갔다.

"이제 당신 차 좀 바꿨으면 좋겠어! 이십만 킬로 훨씬 넘게 뛰어서 얘도 불쌍하고, 명색이 부동산 컨설팅 대표가 이 차는 좀 그렇잖아? 사실은 너무 낡아서 사고 나지 않을까 자나 깨나 그게 가장 걱정돼!"

사실 나는 아버지에게 물려받은 구형 엘란트라를 몰고 있었다. 연식이 오래돼 부속품 구하기도 어렵고 주행거리가 너무 많아 안전이 걱정되긴 했다. 차를 바꿔야겠다고 생각은 했지만 바쁘다는 이유로, 또 특별히 사고가 난 적도 없어 차일피일 미루고 있었는데 아내의 말을 듣고 보니 이제 바꿀 때가 됐다는 생각이 들었다.

"당신 말도 일리가 있어. 이번에 바꾸는 게 좋겠군. 처음으로 내가 사는 차니까 바꾸는 김에 아예 오랜 로망인 벤츠로 바꿀까 하는데 당신 생각은 어때?"

"벤츠?"

"응, 남자들은 차나 오토바이에 로망이 있거든. 난 젊을 때부터 자동차 잡지를 보면 유독 벤츠에 맘이 끌리더라고! 독일 차 중에서 벤츠가 가장 튼튼해 사고 위험성이 낮다는 얘길 들은 기억도 나고! 난 벤츠로 바꾸고 싶어."

"당신 생각이 그렇다면 그래야지. 가장 튼튼하다는데 망설일 게 뭐 있어?"

아내가 선뜻 동의했다. 그녀의 제안과 응원을 계기로 오랫동안 정든 엘란트라를 처분하고 벤츠 GLK 220을 구입했다. 물질적인 풍요가 행복의 척도가 될 순 없지만 평생 근검절약으로 일군 성공인 만큼 이제 좀 누리며 살고 싶었다.

결혼 생활을 시작한 지도 어언 3년이 넘었다. 재무설계사였던 아내는 회사에서는 동업자이자 조력자로 나의 오른팔 역할을 하며 어머니에게는 무슨 말이든 털어놓기 편한 큰딸이 됐고, 은영에게는 올케를 넘어 살가운 친언니처럼 고민을 털어놓고 마음을 주고받는 사이가 되었다. 아들딸도 반듯한 성인으로 자라 제 앞가림을 하며 엄마와 아빠의 든든한 응원군이 되다 보니 나는 비로소 마음의 안정과 평화를 누리며 사업에 더욱 박차를 가하기 시작했다.

소중한 결실

매년 상반기와 하반기 두 차례, 4월과 10월에 컨벤션홀을 빌려 회원 세미나를 개최한다. 향후 부동산 동향에 대해 강의하고 나면 회원들이 사례 발표를 하고 그에 따른 회원들의 질의응답으로 이어졌다.

내가 직접 설립한 부동산 컨설팅 회사를 통해 아파트를 매입한 회원들이 벌써 400명에 가깝다. 경제적 여유를 찾으면서 진정한 자기 인생의 주인이 된 회원들은 나를 '교주'라고 부른다. 소형 아파트를 통해 자신의 꿈을 이룰 수 있게 도와준 고마운 사람이라는 뜻에서 그렇게 부른다.

특히 회원들의 사례 발표 시간은 모두에게 가장 중요하고 즐거운 시간이다. 소형 아파트를 통해 나름대로 성공을 이룬 사람들이 자신의 경험을 발표하는 시간이라 분위기가 상당히 고무적이다.

"전 삼 년 전까지만 해도 월급 이백만 원을 받는 사회복지사로 사느라 매달 살림살이 꾸려 가기도 벅찰 만큼 어려운 상황이었습니다. 그런데 박 대표님께서 삼 년 뒤에 아파트 열 채를 장만한다는 목표로 도전해 보라고 하셨지요. 처음엔 반신반의, 과연 그런 일이 제게도 생길까 믿지 않았습니다만, 지금은 어엿하게 아파트 열 채를 소유했고, 그 아파트의 전세가가 상승한 덕분에 서울에 집을 사서 결혼까지 했습니다. 이 모든 게 박 대표님 덕분이라 감사한 마음뿐입니다."

"저는 울산에 사는 평범한 직장인이었습니다. 대표님을 만나기 전까지만 해도 꿈이 성공학 강사였지만 그것을 이룰 수 있으리라곤 생각하지 못했습니다. 그러나 대표님을 알게 된 이후로 직장인이 성공하는 방법을 알았고, 끊임없는 자기 계발과 아파트 투자로 지금은 직장을 그만두고 제 꿈인 성공학 강사를 하면서 진정한 행복을 느끼고 있습니다. 박 대표님, 정말 고맙습니다!"

"저는 투자 지식이 전혀 없어 보험설계사의 권유대로 매달 백여 만 원씩 보험금만 납입하고 있었습니다. 대표님을 만난 뒤 말씀하시는 대로 투자하여 아파트가 오십 채 이상 됐고, 그 아파트를 통해 연수입이 삼억 원 이상 발생하면서 경제적으로 매우 풍요로운 생활을 누리고 있습니다. 또한 제 남편은 의사지만 적성이 안 맞아 요리사가 되는 게 꿈이었거든요! 얼마 전에 남편은 드디어 의사 생활을 접고 일식집을 차렸습니다. 지금은 매우 만족하고 있습니다. 박 대표님은 저희 부부가 잊고 살았던 꿈을 되찾아 주신 아주 고마운 분입니다."

"저는 대기업 생산직 근로자였습니다. 꿈은 에세이 작가였지만 수입이 적고 본격적으로 작가 수업을 할 시간도 없어서 그저 현재에 만족하며 살 수밖에 없었습니다. 하지만 대표님을 만나면서 부동산에 투자했고, 그로 인해 삼 년 뒤에는 전업 작가 생활을 할 수 있을 것 같습니다. 제가 그토록 꿈꾸던 작가가 될 날도 머지않았다 싶으니 꿈만 같습니다. 꿈은 반드시 이루어진다는 말이 있잖습니까? 박 대표님은 꿈이 그저 꿈에 그치지 않고 현실에서도 이룰 수 있다는 희망을 주셨습니다. 정말 감사합니다."

"저와 대표님의 인연은 대표님 사무실 앞에서 낮술을 마신 때였습니다. 우리나라에서 최고로 알아주는 대기업을 퇴사하고 시간과 경제의 자유를 위해 보험설계사 일을 선택했지만 영업에 한계를 느끼던 시점입니다. 대표님은 절

보자마자 낮술 한잔하자며 회사 앞 편의점에서 막걸리를 권하셨습니다. 미친 듯이 마시며 이런저런 대화를 나누다가 의기투합해 대표님 사무실에서 일을 돕게 됐고, 지금은 대표님 곁에서 부동산 사업에 동참하고 있습니다. 현재 분에 넘치는 소득과 좋은 사람들과 즐겁게 일할 수 있는 직장까지 얻어 아주 만족스러운 삶을 살고 있습니다. 이 자리를 빌려 다시 한 번 대표님께 감사의 말씀을 전합니다."

회원들은 나와 인연을 맺고 소형 아파트에 투자한 결과 예전과 비교도 할 수 없는 경제적 여유를 누리며 미래의 꿈과 포부를 밝히는 사례를 발표했다. 그들의 이야기는 많은 참석자에게 희망과 용기를 불어넣어 주었다.

"회원님들의 말씀을 들어 보니 모두 대표님을 통해 꿈을 실현한 것 같습니다. 저도 지금은 직장인에 불과하지만, 언젠가는 대표님처럼 큰 부자가 되어 다른 사람들에게 선한 영향을 미치는 사람이 되고 싶습니다. 박 대표님은 보통 사람들이 생각할 수 없는 큰 포부를 갖고 몸소 실천하시는 훌륭한 분입니다. 저는 박 대표님 같은 분을 만난 것만으로도 큰 영광으로 여기고 앞으로 더욱더 열심히 부자되는 일에 매진할 것이며, 부자가 되면 다른 사람들과 나누는 일에 앞장서겠다고 약속드립니다. 이 공약을 꼭 실천하는 날이 올 수 있게 여러분이 많이 격려해 주십시오. 감사합니다."

마지막 사례자의 발표가 끝나자 사람들은 우레와 같은 박수로 서로를 격려하고 축하했다. 나는 회원들과 일일이 악수하며 간략하나마 대화를 나누었다. 그들 한 명 한 명의 사연을 다 알고 있는 만큼 그들에게 맞춤형 인사를 건네며 힘차게 두 손을 잡고 건투를 빌어 주었다.

"희망을 잃지 마시고 소원대로 이루시길 빕니다. 어려운 문제가 생기면 언제든지 연락해 주십시오. 회원님 뒤에는 항상 제가 있다는 걸 잊지 마시고요."

나에게 세미나는 나를 믿고 같은 배를 탄 이상 끝까지 책임지는 선장의 자세로 임하겠다는 각오를 되새기는 자리이기도 했다. 근처 예약해 둔 식당으로 자리를 옮겨 막걸리로 건배하고 기분 좋게 취해서 다음 세미나를 기약하며 모임을 끝냈다.

나는 세미나가 끝나면 항상 아버지 산소를 찾아가 보고했다.

'주변 사람들을 기쁘게 하라고 하신 아버님 말씀을 실천하고 확인하는 자리인 세미나를 성황리에 마쳤습니다. 제 도움을 받아 조금씩 경제적 여유를 찾으며 얼굴 표정이 바뀌고 행복해하는 회원들을 보면 늘 아버님을 생각합니다. 거상(巨商) 임상옥처럼 이문을 밝히지 말고 사람이 재산이니 사람을 얻는 데 소홀하지 말라는 아버님 말씀대로 살다 보니 제 주변에는 정말 좋은 분이 많습니다. 제가 그분들을 돕는다기보다 서로 도움을 주고받는 관계로 오랫동안 인연을 이어 가고 싶어요. 사회생활을 하다 보니 사람이 재산이라는 말이 맞는 거 같습니다. 저 혼자 성공하고 만족하기보다 저를 믿고 따라 주는 회원분들도 큰 성공을 이루도록 돕는 것이 아버님의 뜻이자 제 뜻입니다. 오늘의 제가 있는 것은 모두 아버님의 가르침 덕분 아니겠습니까? 정말 고맙습니다. 아버지, 사랑합니다.'

회식 자리에서 회원들이 묻곤 했다.

"대표님은 세상에서 누굴 가장 존경하십니까?"

"대표님은 독특한 철학이 있는 거 같은데 영향받은 인물이나 존경하는 사람이 있습니까?"

그때마다 주저하지 않고 대답했다.

"물론 있지요. 바로 저희 아버님입니다. 지금은 제 곁에 안 계시지만 평생 잔소리라는 회초리와 사랑이라는 이름의 당근으로 조련해 주신 아버님을 가장 존경하고 사랑합니다. 제가 회원님들께 편지 쓸 때 서두에 사랑하고 존경하는 회원님! 하고 쓰는 이유도 다 회원님 한 분 한 분을 저희 아버님 대하듯 아버님께 편지하는 심정으로 쓰는 겁니다."

"아하! 허 이거 원, 너무 황송하고 고맙습니다. 그런 깊은 뜻이 있었군요."

"역시 대표님은 달라도 뭔가 크게 다르시군요. 대표님 뒤에 그런 훌륭한 아버님이 계셨다니 부럽고……. 별세하셨다니 안타깝기 그지없습니다."

"과찬이십니다. 저는 아버님 발꿈치도 못 따라갑니다만 저희 아버님만큼은 정말 제가 드러내 놓고 자랑해도 부족함이 없을 겁니다."

아버지 뜻에 따라 아버지께 배운 대로 실천하다 보니 사람들에게 칭찬받는 것이 낯간지럽긴 해도 아버지에 대한 존경과 사랑마저 감추고 싶진 않았다. 적어도 특별한 인연을 맺은 회원들에게만큼은 마음껏 아버지 자랑을 해도 허물이 될 것 같지 않았다. 피를 나눈 혈육은 아니지만 그만큼 특별한 존재라서 회원들과 막걸리를 마시며 마음껏 취하고 속을 다 드러내보여도 거리낌이 없었다.

'아버지, 이제 곧 올해가 저물면 새해가 밝을 것이고, 자연 순환의 법칙에 따라 사계절이 바뀌고, 저는 또 새로운 목표를 세워 열심히 달려갈 테지요. 종착지가 어디쯤일지 모르지만, 언젠간 다다를 종착지를 향해 달려가는 동안 넘어지기도 할 테고 다리가 아프면 앉아서 쉴 때도 있을 겁니다. 어쩌면 아파 누웠다가 일어나 다시 제자리 뛰기를 할지도 모르겠군요. 그래도 지금까지 그래 왔듯이 저는 해찰하지 않고 달려갈 겁니다. 아버지는 저를 달리게 하는 원동력이고 구심축이니까요. 제 안에 아버지가 살아 계신 한 저는 달리기를 멈추지 않을 것입니다.'

쇼하우스 그룹

2016년은 나의 인생에서 가장 많은 일을 겪은 만큼 다섯 손가락에 꼽힐 정도로 바빴다. 소유한 오피스텔과 소형 아파트가 300채를 넘어섰고, 부동산 투자에 관한 비결을 세상 사람들과 공유하고 싶어서 부동산과 금융 전반에 관한 책을 세 권이나 출간했다.

나의 부동산 컨설팅 회사를 통해 아파트를 100채나 소유한 회원도 생겼고, 50여 채 지닌 사람은 여러 명이다. 그들과 정기 세미나를 통해 교류하는 것도 나의 스케줄에서 큰 비중을 차지하고 있다.

일주일, 한 달, 1년이 어떻게 지나가는지 모르게 훌쩍 지나간 대신 빽빽한 일정표가 지나간 시간을 설명해 주었다.

그러나 여기서 도전은 멈추지 않았다. 새로운 사업 구상을 이미 마치고 실행 단계에 들어섰다. 기업형 주택 임대 사업인 '쇼하우스(Show House)' 법인을 설립한 것이다. 나는 부동산 투자에 머물지 않고 새로운 분야로 확장해 나가는 꿈을 꾸기 시작했다.

부동산 투자 사업을 하는 동안 개인이 임대하는 민간 임대주택 시스템의 문제점을 하나하나 메모해 놓았다. 임대인이 집을 어떻게 관리하느냐에 따라 주거지의 품질이 달라지기 마련인데, 임차인은 어디가 고장 나도 수리 요청을 묵살당하거나 자비로 수리하거나 그럴 형편조차 안 되면 불편을 감수하면서 참고 사는 게 대부분이었다. 더구나 임대인의 상황에 따라 갑작스럽게 퇴거 요청을 받으면 울며 겨자 먹기로 집을 비워 줘야 하는 기막힌 상황도 발생했다.

"억울하면 출세하란 말이 괜히 있나? 내 집 내가 빼라는데 뭔 잔소리야?"

임대인들의 횡포도 만만찮아 주인인 갑이 임차인 을에게 갑질을 하면 고스란히 당하는 수밖에 없었다. 물론 그에 따른 법적 보호 제도도 있다. 그러나 때때로 법 위에 군림하는 갑질을 보며 나는 세입자들의 입장에서 좀 더 높은 수준의 주거 서비스를 받을 방법은 없을까 늘 고심해 왔다.

'돈이 없어 남의 집에 세 들어 사는 것도 서러운데 낡고 지저분한 환경에서 꼬박꼬박 월세를 내거나 전셋돈 올려 줄 형편이 안 돼 고통받는 사람들에게 힘이 될 방법이 없을까?'

최근 정부는 뉴스테이(New Stay) 정책을 통해 개인 임대 시장을 기업형 임대 시장으로 바꾸어 가는 추세다. 대기업이 나서서 개인 대 개인의 임대 방식을 기업형으로 바꾸어 세입자들에게 좀 더 나은 환경과 질 높은 서비스를 제공하는 것이다.

전세나 월세 살면서 내 집 마련을 목표로 허리끈 졸라매고 긴축하며 사는 수십만 세대주의 고통과 설움을 조금이나마 덜어 주는 바람직한 방법이긴 한데, 문제는 수십만 임차인을 정부와 대기업의 기업형 임대 시장이 다 소화해 내지 못한다는 점이다.

'그래, 틈새를 공략하자!'

단순히 개인이 임대하는 형식은 기업형 임대주택과의 경쟁에서 이기기 힘들다고 판단했다. 소규모 임대사업자를 하나로 묶어 개인이 제공하지 못하는 다양한 주거 서비스를 제공함으로써 기업형 임대주택에 밀리지 않는 시스템을 구축하자는 아이디어였다.

'우선 십만 가구를 목표로 임대인과 임차인 모두를 만족시킬 수 있도록, 대기업 못잖은 다양한 주거 서비스를 제공하는 회사를 설립하는 거야.'

생각이 거기에 미치자 직원회의에 안건을 내놓았고, 부

동산 현장에서 잔뼈가 굵은 직원들이 여러 가지 아이디어를 냈다. 그야말로 '체험! 삶의 현장'에서 우러나온 현실적인 보완책들이었다.

"몇 년 전까지만 해도 중개수수료 아끼려고 동네 소식지에 전세나 월세 내놓으면 그걸 미끼로 집 보러 왔다고 속여서 문 열게 하고 강도질하는 범죄가 많았잖아요? 요즘은 인터넷으로 집이나 방을 구하는데 역시 마찬가지예요. 범죄에 노출되는 경우가 많아요. 그래서 젊은 사람들은 개인 대 개인끼리 집의 구조나 내부 사진을 찍어 인터넷 사이트에 올리고 맘에 들면 찾아가서 보고 계약하는 경우가 많긴 합니다만……."

평상시 두뇌 회전이 빠르고 아이디어가 풍부한 김 과장이 적극적으로 의견을 냈다.

"그렇지. 요즘은 추세가 바뀌었지. 사람들이 똑똑하고 범죄에 대한 경계심이 높아져 조심하니까. 근데 뭐가 문제야? 인터넷으로 정보를 공유하고 합의 아래 찾아가도 범죄가 발생하나?"

"물론 범죄가 발생하긴 합니다만 현저히 줄었지요. 대신 바쁜 현대인들은 집을 보러 가고 오고 서로 시간 맞추는 게 쉽지 않거든요. 바쁜 임차인과 임대인들이 서로 시간을 맞추는 수고를 줄일 수 있도록 우리 회사를 통해 도와줄 방법을 구체적으로 제시하는 게 우리만의 큰 장점일 거 같습니다."

김 과장의 의견을 듣고 나는 무릎을 쳤다. 얼마 전 한국에 오래 거주한 외국인들이 한국 문화에 대해 허심탄회하게 이야기하는 TV 프로그램에서 출연자 전원이 폭소한 장면이 떠올랐다.

"한국에선 집을 세놓겠다고 하면 밤낮 안 가리고 아무 때나 부동산중개소 아저씨랑 집을 구하는 사람이 방문해요. 초인종을 눌러도 반응이 없으면 대문을 쾅쾅 두드립니다. 그런 행동은 깡패들이 돈 받으러 왔을 때나 하는 짓이거든요."

그때는 웃어넘겼지만, 언젠가부터 이사를 앞둔 임대인과 임차인 모두의 고충이자 반드시 개선해야 하는 점이라고 생각했다. 집을 내놓는 순간부터 시도 때도 없이 집 보러 온다고 하면 집에서 대기하거나 퇴근 후로 약속을 잡아야 하고, 자신의 생활공간에 낯선 사람들을 수시로 들여야 하는 점도 반드시 개선돼야 할 점이라고 생각해 온 터였다.

늘 부동산에 촉각을 곤두세우고 살다 보니 얼마 전 유튜브에서 외국의 부동산 거래에 신개념을 도입한 최신 동영상을 보았다. 중개업체에서 3D 촬영 장비로 미리 촬영해 둔 아파트와 주택, 오피스텔의 내부를 VR 안경을 끼고 보면, 실제로 그 집 현관에 들어선 듯 보고 싶은 공간을 상세히 볼 수 있는 시스템이었다. 나는 집을 직접 방문하지 않고도 집 안 내부를 구석구석 볼 수 있는 시스템에 신선한 충격을 받았다.

"현대인들에게 시간은 금이야. 더구나 요즘은 모든 걸 스마트폰 하나로 해결하는 시대잖아! 주택과 아파트, 오피스텔을 쓰리디(3D) 카메라로 촬영하여 임차인이 원하는 조건에 맞는 집을 스마트폰으로 클릭만 하면 볼 수 있게 하는 거야. 젊은 사람들의 취향을 저격한 부동산 앱을 만드는 거지. 스마트폰 앱 하나로 모든 걸 해결할 수 있도록 대한민국에서 대기업 빼고 개인으론 내가 최초로 신개념 주택 임대 시스템을 도입하는 거야."

직원들도 대환영이었다.

"대표님, 몇 가지 더 보완해서 추진하면 엄청난 호응을 불러일으킬 겁니다. 부동산 시장에서 새로운 분야를 개척하는 선구자가 되시는 거죠."

내가 달려갈 새로운 길을 발견하자 흥분됐다. 지금까지 부동산 투자자였다면 이제 부동산 임대에 신개념을 도입한다는 측면에서 충분히 의미 있는 일 아닌가. 부동산 현장에서 반드시 보완할 점이라고 생각해 마치 숙제처럼 여겨 온 일을 이제 실행할 때가 왔다는 사실에 책임감마저 생겼다.

"자, 여러분, 이제 갈 길은 정해졌습니다. 제 마음도 확고하고 방향도 확실합니다. 물론 부동산 컨설팅 회사는 계속 병행해 회원 분들과 정기 세미나를 개최할 것입니다. 이와 더불어 우리도 대기업 임대 시장 못잖은 서비스를 제공하는 기업형 임대 사업 회사로 도약하는 겁니다. 일단 십만 가구가 목표지만, 그것을 발판 삼아 앞으로 더욱 확장해 나갈 것입니다. 임대와 임차가 계속되는 부동산 구조상 누군가는 반드시 해야 할 과업인 만큼 제가 앞장서겠습니다. 부동산 임대 시장에 혁명을 일으키겠습니다."

나는 사업에 대한 이익보다 부동산 현장 실습을 통해 깨달은 임대인과 임차인 사이에서 벌어지는 문제점을 개선하는 데 도움이 되겠다는 일념으로 가득했다.

쇼하우스가 본격적으로 가동하기 시작하면 임차인은 소정의 관리비로 높은 주거 서비스를 받을 수 있으며, 임대인 또한 주택과 임차인 관리를 쇼하우스에 맡김으로써 주택 관리 스트레스 없이 안정된 소득을 거둘 것이다.

갑자기 집세를 올리거나 방을 빼라는 집주인의 요구에

시달리는 임차인, 월세를 내지 않거나 자기 집이 아니라고 집을 함부로 사용해 속상한 임대인의 불만을 해소하는 일거양득의 효과를 보지 않을까.

여러 차례 직원들과 머리를 맞댄 회의를 통해 윤곽이 잡히자 쇼하우스 그룹이 지향하는 목표를 크게 두 가지로 정리했다.

첫째, 아파트 내부를 실제 부동산을 둘러보듯 볼 수 있게 수도권 내 주요 아파트의 내부를 3D 카메라로 촬영한 다음 데이터베이스화한다. 부동산을 찾는 고객들이 쇼하우스 그룹에서 제공하는 3D 데이터를 통해 편안하게 집을 선택하도록 돕는 것이다.

둘째, 부동산 앱을 개발한다. 임대인, 임차인, 부동산 관리인, 중개인 등을 앱으로 묶어 관리하는 것이다. 부동산 계약 기간, 전월세 보증금 등 계약과 관련된 기본 사항을 앱을 통해 쉽게 확인하고 관리하는 시스템이다. 수리가 필요한 경우 임차인이 사진을 찍어 앱에 올리면 임대인은 조치 결과를 앱에 공지하는 식이다.

쇼하우스가 임대인과 임차인 등의 고객을 확보하면 기존의 임대인은 쇼하우스의 관리 서비스를 통해 소유한 임대주택의 공실률을 최소화할 수 있으며, 임차인 또한 쉽고 편하게 아파트를 둘러보고 선택의 폭을 넓힐 수 있다. 주택 관리 앱 개발이야말로 고객들에게 편리한 부동산 관리 서비스를 제공할 것이다.

21세기에 걸맞게 개인 임대 시장에 머문 주거 서비스의 품질을 높이고 임대인이나 임차인에게 높은 만족도를 제공하는 기업형 주택 임대 사업이 나의 궁극적인 목표다. 수천수만의 회원을 거느린 국내 최고, 최신, 최대 기업형 임대주택 사업자로 거듭나는 것! 이미 첫 삽을 떴으니 시작이 반이라는 말처럼, 목표를 향한 질주는 시작됐다.

부동산에 눈을 뜬 뒤 길지 않은 세월 동안 온몸으로 부딪쳐 깨지고 넘어지면서 생긴 상처가 아물 새도 없이 도전을 거듭하며 때론 강편치를 맞고 링에 쓰러진 권투선수처럼, 때론 사막을 홀로 건너가는 낙타처럼 고독한 적도 많았지만 결코 물러서거나 포기하지 않았다. 절망하거나 낙담하지 않았다. 흐르는 피를 닦으며 등에 걸머진 혹을 운명으로 여기고 묵묵히 나아갔다. 나인들 아프지 않고 고독하지 않았겠는가? 그러나 승리를 자신했기에 견딜 수 있었고, 견뎌 냈다. 이제 세상을 향해 자신 있게 외치려 한다,

"도전하는 자만이 승리할 수 있으며, 내 사전에 포기나 좌절은 없다. 때로는 독도 약이 된다는 사실을 반드시 기억하자!"

-끝-

아버지의 편지

첫 결혼에 실패한 직후 아버지는 토요일마다 나를 전주로 부르셨다. KTX를 그만두고 보험회사로 옮긴 뒤 실적이 한 건도 없어 실의에 빠져 지내는 때였다. 지독한 무기력증으로 바닥을 헤맬 때라 내키지 않았지만 아버지 목소리가 하도 간곡해 피곤함을 무릅쓰고 내려갔다. 아버지는 늘 시외버스 터미널에서 목이 빠지도록 기다리고 섰다가 아들의 손을 끌고 근처 포장마차에 가서 소주와 닭똥집을 주문하셨다.

"정수야, 일이 고되진 않냐? 만날 고객은 있고? 끼니는 잘 챙겨 먹냐? 잘 씻고 다니냐? 고객들 만날 때 꾀죄죄하면 못쓴다."

그저 아들 걱정뿐인 아버지는 아들의 얼굴을 보니 안심되는 듯 술잔을 권하셨다.

"그럼요. 고객들 만나느라 너무 바빠서 오늘도 겨우 내려온걸요?"

일부러 활기찬 목소리로 대답하면 물끄러미 바라보는 아버지의 눈빛이 대신 답했다.

'네 처지 말 안 혀도 다 안다. 오죽 힘들것냐…….'

다음 날 서울로 올라가는 내게 아버지는 편지봉투를 내미셨다. 봉투 속에는 한 주 동안 쓸 식비와 차비가량의 돈이 들어 있었다. 그러나 봉투가 특별한 이유는 겉봉에 쓰인 아버지의 달필이었다.

"모든 사람에게 모범이 되도록 매사 솔선수범하거라!"

"정직하게 살고, 순간의 이익을 좇지 마라!"

"사사로운 욕심에 사로잡혀 큰일을 그르치지 말거라!"

"주변 사람들을 기쁘게 하라!"

"정직하고 희망적인 세상, 더불어 잘사는 세상을 만드는 데 일조하거라!"

정성스럽게 붓펜으로 쓴 편지는 아버지가 췌장암으로 세상을 떠날 때까지 한 주도 거른 적이 없으셨다. 투병하느라 기운이 없어 몸을 가누지 못할 때도 아버지의 붓펜은 멈추지 않았다. 건강이 악화되어 도저히 움직이기 힘들어도 안방에서 서재까지 기어가셨다. 불과 3~4미터 거리를 몇 십 분에 걸쳐 기어간 뒤에 앉은뱅이책상에 정좌해 한 자 한 자 써 내려간 편지봉투의 글귀는 아들에게 주는 아버지의 피맺힌 유언이나 다름없었다. 아버지가 세상을 떠나기 직전, 마지막 주에 써 준 봉투를 지금도 지니고 있다.

팔에 힘이 없어 글씨라기보다 그림에 가까워 알아보기 힘든 아버지의 마지막 전언(傳言)…….

시련과 역경, 고난이 닥칠 때마다 아버지의 글귀를 떠올리며 스스로를 다잡곤 했다. 비록 아버지는 떠났지만 주변 사람들을 기쁘게 하라는, 정직하고 희망적인 세상, 더불어 잘사는 세상을 만드는 데 일조하라는 말씀은 오늘의 나를 있게 한 든든한 버팀목이자, 터널에 갇힌 듯 사방이 캄캄한 고난에 처했을 때 앞을 비춰 준 등불이었다.

2015년 나는 드디어 위암 완치 판정을 받았다. 원래 지인들과 막걸리 마시는 걸 좋아한 만큼 요즘 다시 막걸리를 마시고 담배도 하루에 서너 개비를 피운다. 주치의는 농담 반 진담 반으로 말했다.

"술은 간암 안 걸릴 정도까지만 마시고, 담배도 폐암 안 걸릴 정도만 태우세요."

사형선고와도 같은 위암 3기를 극복하고 완치 판정을 받기까지 숱한 사연은 일일이 다 설명할 수 없다. 분명한 점은 '인생은 스스로 개척해 가는 것'이라는 나의 지론이다. 위암 3기라는 병마도 굳센 투병 의지 앞에선 맥을 못 추고 후퇴했다.

인생 이모작 시점에서 지나온 시간을 돌이켜 보며 나는 감히 '성공한 인생'이라고 자부한다. 인생을 누릴 줄도 알고 다스릴 줄도 알며 주인 되는 법을 터득한 것이다. 공작새는 세상에서 자기 꼬리가 가장 아름답다고 믿기 때문에 다른 공작새의 꼬리를 부러워하지 않는다고 했던가. 자신의 처지를 남과 비교해 그들보다 못하다고 느낄 때 불행이 시작된다. 그러나 지혜로운 사람은 자신을 남과 비교할 시간에 스스로 자존감을 높이고 자중자애하며 미래의 성공을 위해 최선을 다한다.

행운과 불행이 교차하는 인생의 롤러코스터에 탑승한 나는 인내와 도전이라는 안전벨트로 중무장하고 질주를 거듭한 끝에 '소형 아파트'라는 열매가 300개나 열린 나무의 주인이 되었다. 그러나 거대한 부동산 자산가에 만족하지 않고 국내 최초 민간인 기업형 주택 임대 법인 대표로서 새로운 도전을 시작했다. 성공은 끝이 없다. 또한 성공은 감히 다른 자가 쫓아올 겨를이 없을 정도로 빨리 달리는 자에게만 주어진다. 나의 도전이 계속되는 동안 앞으로 어떤 거목이 그 앞에 깊은 그늘을 드리우며 서 있을지 자못 궁금하다.

여러분도 '바보부자'가 되기를

　요즘 많은 사람이 힘들다고 한다. 사는 게 팍팍하고, 경제 상황도 너무 어렵고, 회사에서의 생존 자체도 보장할 수 없는 사회에 살고 있기에 힘들 수밖에 없다는 게 어쩌면 지극히 당연한 것처럼 여겨진다. 희망이 없고 절망적인 이 사회를 누군가는 '헬조선'이라고도 한다.

　나는 이러한 일련의 주변 상황 속에서 힘들어하며 살고 있는 이 시대의 여러분, 특히 젊은 친구들, 학생들에게 힘을 드리고 싶어 이 책을 쓰게 되었다.

　내가 살아온 과정을 담은 이 소설이, 지금 힘들어하는 여러분에게 아직은 이 세상이 도전할 만한 곳이고, 살만한 곳이라는 것, 그리고 노력하면 큰 성공을 이룰 수 있는 곳이라는 희망을 드렸으면 한다.

출신이 금수저여야만 하고, 좋은 학벌을 가져야만 하고, 좋은 직장에 다녀야만 성공할 수 있는 게 아니다. 나처럼 좋은 학교를 나오지 않아도, 좋은 직장에 다니지 않아도, 살면서 숱한 어려움을 겪더라도, 끝까지 포기하지 않고, 도전을 거듭하며 끊임없이 목표에 매진하면 그 어느 누구라도 결국은 크게 성공할 수 있다는 것을 알려주고 싶었다. 힘들어하고 포기하려 하는 여러분에게 큰 힘을 드리고 싶었다.

있지도 않은 허구의 성공 스토리가 아니라 늘 여러분 옆에서 살아가는 사람인 나, 박정수같은 지극히 보통사람도 이렇게 크게 성공할 수 있음을 알려 드리고 싶었다. 그럼으로써 여러분도 힘과 용기를 얻어 다시 한 번 도전하고,

노력하는 그 끝에 성공을 쟁취할 수 있는 원동력을 드리고
싶었다.

여러분! 제발 이 시대가 힘들다고만 생각하지 말자.
좌절하거나 분노하기에는 아직 이르다. 이글거리는 눈
빛으로 열정을 불태워보자. 꼿꼿한 자세와 땀 흘리며 미
친 듯이 도전하는 모습으로 성공 스토리를 만들어보자. 신
(神)도 그런 여러분의 모습에 큰 행운을 가져다줄 것이다.
그저 어렵고 힘든 상황에 쉽게 무릎 꿇고 좌절하지 말자는
뜻이다.

소설을 쓰는 동안 나는 과거에 경험한 아픔과 고통, 찢
어질 듯한 슬픔, 배신 등을 회상하고 줄담배를 피우며 눈

물도 흘리기도 했다. 그래도 되돌아보면 그런 모든 것은 힘든 고비를 이겨 내고 성공하여 지금의 나를 만들어준 큰 자양분이었다.

그래서 난 지금도 말한다.

"박정수! 너 그동안 잘 살아왔어. 애썼다. 그동안 얼마나 고생이 많았냐? 수고했어! 그리고 지금의 너의 모습 대견하다! 사랑하고 존경한다! 박정수!"

내가 가장 존경하는 나의 아버지는 살아 계실 때 나를 항상 바보라고 하셨다. 왜 그리 남들에게 퍼 주려 하느냐고.

뭐 하나라도 가지고 있으면 남에게 더 나누어주려 하는 나의 모습에 항상 바보라고 웃으면서 혼내셨던 그분, 나의 아버지는 늘 이런 말씀을 하셨다.

"정수야! 너로 인해 너의 주변을 기쁘게 해 봐. 그리고 말이다, 위대한 장사꾼은 이문(利文)에 밝을 게 아니라 사람을 얻는 데에 집중해야 한다. 너의 성품은 분명히 그럴 자질이 충분해! 정수야, 알았지?"

아버지의 이 말씀 한마디가 지금 나의 이 소설과 전작(前作) 세 권(《왕초보도 100% 성공하는 부동산 투자 100문 100답》《부동산 & 금융 100문 100답 -김남수와 공저》《나는 갭투자로 300채 집 주인이 되었다》)을 출판하는 계기가 되었다.

아버지의 말씀처럼 남을 도우며 살고 싶었다. 이기적이고 나태한 사람들이 아닌 착하게 하루하루를 열심히 살아가는 사람들에게 큰 도움을 주는 사람이 되고 싶었다. 능력 없는 한 개인으로서 몇몇 사람을 돕는 게 아니라 위대한 사람, 거대한 영웅으로서 수많은 사람에게 도움을 주고 좋은 영향력을 미치고 싶었다.

그런 이유로 내가 과거부터 지금까지 숱한 어려움을 하나하나 어떻게 이겨 나가며 성공해 왔는지 그 과정을 소설로 전하고 싶었다. 이 시대를 살아가며 좌절하는 많은 사람에게 큰 용기와 힘을 주고 싶었다. 또한 나의 부동산 투자 과정과 그것을 통해 어렵게 얻은 나만의 노하우, 누구도 쉽게 말하지 않는 부자가 되는 노하우를 책을 통해 전해 드리고 싶었다.

나처럼 많은 실수를 경험하지 않고 맘껏 도전해서 그 성취를 맛볼 수 있게, 하루하루 성공을 향해 달려갈 수 있게 도움을 주고 싶었다. 그게 바로 내가 생각하는 이 시대의 영웅이라고 생각하기에. 내가 바로 이런 영웅이 너무나도 되고 싶었기에. 아버지의 말씀을 너무나도 지키고 싶었기에. 아버지가 나에게 거는 기대에 부응하고 싶었기에.

나는 이 책을 그저 아무나 읽지 않았으면 한다. 정말로 하루하루를 열심히 사는 사람들, 선한 마음을 가지고 사는 사람들이 읽었으면 한다. 그래서 나의 진심이 이 책을 보는 여러분에게 전달되기를 바란다.

그리고 여러분도 반드시 나 같은 '바보부자'가 되기를 바란다. 크게 성공한 뒤 주변의 좋은 사람들에게 많이 베풀고 그들이 성공하는 데 큰 도움이 되는 사람이 되어주기를 바란다. 바로 그게 여러분과 내가 이 시대의 진정한 영웅으로서 해야 할 행동이 아니겠는가?

부자가 되고 나면 편히 쉬는 사람도 있다지만 나는 오늘도 미친 듯이 도전하고 있다. 사람들은 나에게 왜 그렇게 항상 도전하고 바쁘게 사느냐고 의아해한다.

하지만 나는 쉬고 싶지 않다. 더 도전하고 싶고, 더 크고 멋진 나 자신이 되고 싶고, 더 많은 것을 베풀고 싶고, 더 많은 사람에게 좋은 영향력을 미치며 살고 싶다.

나는 지금도 새로운 사업을 시작하고 있다. 그것을 통해 나의 한계를 넘고 싶고, 지금까지 해온 것처럼 훌륭한 성품을 가진 많은 사람이 부자가 되는 데 도움을 드려 그들의 얼굴에 웃음을 선물해 드리고 싶다. 또한 나의 직원들이 더 큰 보람과 성취감을 갖게 하고 싶다. 이 얼마나 기쁜 일인가?

나는 매월 말 아버지의 산소에 가서 인사를 드린다. 아들의 멋진 모습을 보여 드리고 싶어서. 한 달 한 달 내가 어떻게 살고 있는지 알려 드리고 싶어서.

산소 앞에서 아버지께 항상 묻는다.

"아버지! 저 자랑스러우시죠? 저 잘살고 있죠? 아버지 맘에 들도록 항상 최선을 다할께요. 아버지, 사랑하고 존경합니다! 당신 덕분에 제가 이렇게 살고 있습니다!"

매일 이렇게 도전하느라 집안일에는 신경도 못 쓰고 있는 남편을 잘 이해해 주는 아내 김명란(소설 속의 김명애)에게 지극한 감사와 깊은 사랑을 전한다. 그 어느 여자가 나 같은 성격의 남자를 좋아하겠는가? 날 이해해 주고 잘 따라 주는 아내가 있어 이렇게 매일 도전하며 살고 있다.

마지막으로 다시 한 번 나의 소설을 포함한 다른 전작들이 여러분의 성공에 도움이 되기를 간절히 기도한다. 그리고 나와 함께 이 시대의 영웅으로 살아가 보자. 그것이 내가 진심으로 열렬히 바라는 일이다.

2017년 2월 22일 박정수

상하이 컨벤션에서 부모님과 함께한 골드 수상의 순간, 그리고 상하이 여행(2009년)

박정수 실화소설

바보
부자

지은이 | 박정수
발행처 | 도서출판 평단
발행인 | 최석두

신고번호 | 제2015-000132호
신고연월일 | 1988년 07월 06일

초판 1쇄 발행 | 2017년 03월 17일
초판 3쇄 발행 | 2017년 05월 11일

우편번호 | 10594
주소 | 경기도 고양시 덕양구 통일로 140(동산동 376) 삼송테크노밸리 A동 351호
전화번호 | (02)325-8144(代)
팩스번호 | (02)325-8143
이메일 | pyongdan@daum.net

ISBN 978-89-7343-492-3 03810

값 · 14,000원

이 도서의 국립중앙도서관 출판시 도서목록(CIP)은 서지정보유통지원시스템 홈페이지(http://seoji.nl.go.kr)와 국가자료 공동목록시스템(http://www.nl.go.kr/kolisnet)에서 이용하실 수 있습니다.(CIP제어번호: **CIP2017004789**)